André Herzberg
Alle Nähe fern

andré

24.6.15

ANDRÉ HERZBERG

Alle Nähe fern

ROMAN

ULLSTEIN

ICH, JAKOB ZIMMERMANN, bin die Mitte.
Ich habe den Stein ins Rollen gebracht. Meinetwegen findet das Familientreffen statt. Da sitze ich also, man hat mich für das Foto auf den Sessel gesetzt, ich sitze da und reiße die Augen auf, ich achte nicht darauf, wer mich fotografiert, höchstens drehe ich den Kopf herum wegen des Blitzes. Ich bin damit beschäftigt, die Stimmen um mich herum zu hören, solange es nicht plötzlich laut wird, gar schrill, bleibe ich entspannt, es kann Deutsch, Englisch oder sogar Hebräisch sein, ganz egal, nur Angst soll es mir nicht machen. Ich kann ihre Auren sehen, obwohl ich noch nicht sehen kann, ich weiß nicht, warum sie nicht richtig miteinander lachen, sprechen, lieben, warum sie nur im Korsett sind. Es würde alles explodieren, wenn nur einer explodiert, aber trotzdem, in mir wird etwas geweckt, was mich nie mehr verlassen wird, eine Sehnsucht, eine Behaglichkeit, eine Zufriedenheit, dieses Gewirr von Stimmen, dieses Brummen, die mittleren Töne, die hellen, wie eine Sinfonie, ich werde von ihnen allen gehalten, ich gehe durch ihre Hände. Ich bin Familie.

Ich spüre sie, von einem zum anderen, wie sie um mich sitzen, stehen, reden, mich schon nicht mehr beachten, Großvater Heinrich mit seinen grauen Haaren, seiner Brille, Großmutter Rosa mit ihrer hohen Stimme, ihren weichen Händen, meinen Onkel Konrad, auch mit Brille, wie er dem Alten grollt, aber Platz macht, meinen Vater Paul, wie er ständig die junge Republik lobt, aber niemals Heinrich in die Parade fährt, meine Mutter Lea, wie sie Paul verachtet, aber im

Augenblick trotzdem glücklich ist, denn sie hat keine eigene Familie mehr, und ich sehe meine Geschwister, meinen Bruder Johann, der dem Vater nacheifert, ihn zu übertreffen sucht, und meine Schwester Lena, wie sie still auf dem Ecksofa sitzt, von Opa und Oma verwöhnt, wären sie bloß nicht nur zu Besuch. Dahinter sind noch mehr Leute, die aber so durchsichtig scheinen, dass ich sie nur unscharf sehen kann, meine Tante Gertrud, äußerlich meiner Großmutter ähnlich, aber mit hochmütigem Blick, ihre Augen unter ihrem Schleier am Hut blitzen, sie verachtet Männer, das spüre ich, besonders in diesem Moment, wo wir alle beisammen sind, da ist mir meine Tante Fanny neben ihr schon viel lieber, sie ist schön, hat diesen wunderbaren Bubikopf, sieht verwegen aus, und sie liebt Kinder, sie lacht. Sie hat den Onkel Franz, ihren jüngeren Bruder, auf dem Schoß. Dahinter sind noch andere aus der Familie, alle Vorfahren zurück bis zu unserem Stammvater Abraham und seiner Frau Sara, ihrem Sohn Isaak, seiner Frau Rebecca. Es ist wunderbar für mich, weil wir so viele sind. Ich sehe noch ein besonders warmes Licht, eine Aura, aber ohne Gesicht, ich spüre die Wärme, die Aura gehört meiner Großmutter Johanna, sie steht hinter meiner Mutter, die kann sie aber nicht spüren, deshalb ist meine Mutter oft so traurig. Die Familie ist riesengroß, der Raum ist voller Menschen, ich ahne schon, das werde ich mein ganzes Leben lang vermissen.

Jetzt aber kommt der Mohel, er reist in der Welt umher, um Beschneidungen vorzunehmen, er sieht mich, mit dem anderen Auge sucht er schon einen Platz, wo er seine Instrumente hinpacken kann. Die Kommode wird abgeräumt. Er packt aus, mir wird die Windel geöffnet, mein kleiner Schwanz herausgeholt, fest packt der Mohel zu, ich kann nichts sehen, all diese Köpfe, die über mir zusammengebeugt stehen, aber ich schreie, ich spüre ein Brennen zwischen den Beinen, was schnell nachlässt. Dann reiben sie da unten an mir herum, Mutter ist weit weg, sie hat Angst, will es nicht mit ansehen, Großvater hat schon alles unter Kontrolle. Er hat ein Glas

Kognak in der Hand und prostet den Männern zu, unser Blut geht schon lange in deutsche Erde, setzt er zu seiner Rede an, und alle verziehen das Gesicht, ganz besonders Konrad, weil er die Leier schon sein ganzes Leben kennt. Dann kommt die Aufzählung der Familiengeschichte von vierzehnhundertdreiundneunzig, als wir aus Spanien rausgeschmissen wurden, weshalb wir früher Spanier hießen, bis heute. Noch ahne ich nichts von dem Schmerz, der in dem Satz liegt, den Heinrich so triumphierend dahersagt, ich bin mit dem kleinen Ritz an meinem Schwänzchen beschäftigt, unser Blut geht schon lange in deutsche Erde. Sie verpacken mich wieder, dann stehen die Männer zusammen, Mazeltov prosten sie sich zu, die Frauen glucksen, bis auf meine Großmutter Rosa, die mich in den Armen hält. Der Mohel sagt die Segenssprüche, mein Vater blickt nach unten, grinst meine Mutter an, aber er würde nichts sagen, nicht gegen seinen Vater, sogar Konrad unterdrückt eine wütende Bemerkung, er weiß, dass sich so schnell keine Gelegenheit für die Familie wieder ergeben wird. Und richtig, wir werden nie alle zusammentreffen, alle haben sich schon lange verabschiedet, von Gott, von dieser Art Tradition, dieses Familientreffen wegen meiner Brit Mila hat nie stattgefunden, und ich bin plötzlich kein Baby mehr, ich bin auch nicht beschnitten, ich sehe im Halbdunkel die digitalen Ziffern meines Weckers aus dem Supermarkt, dieses unerbittliche Folterinstrument, was nur aufhört mit der Bewegung, wenn die Batterie leer ist, ich muss aufstehen.

1

JA, VATER, MACH ICH, ich muss los, so verabschiedet sich Heinrich aus dem Büro, rennt zum Bahnhof und setzt sich in den Frühzug nach Bremen. Den Herrn Mayer hat er schon mal getroffen, er weiß, wer der Mann ist, Arthur hat ihm natürlich die Frachtpapiere mitgegeben, die Heinrich unter dem Revers fühlt. Er soll das eingetroffene Leder prüfen. Als er im Hafen ankommt, sieht er schon von weitem das Schiff mit dem roten Schornstein am Kai, das wird es sein. Heinrich muss sich sputen, das Abladen hat bereits begonnen.

Da stehen sie, Mayer in der Mitte. Er drängelt sich zu ihm durch, als er neben ihm eine junge Frau stehen sieht, die müde und desinteressiert aussieht, sie muss eine Tochter vom Mayer sein, warum ist sie dabei, denkt Heinrich, er spürt plötzlich eine Trockenheit im Hals, dass er sich räuspern muss. Er gerät in einen seltsamen Zustand, nimmt nur noch wie im Nebel wahr, was um ihn herum vorgeht, was er selber tut. Das macht ihn ängstlich, aber er hat keine Zeit nachzudenken, er sagt höflich guten Morgen in die Runde, sagt seinen Spruch wegen des Lederpostens, den das Schiff mitgebracht hat, dabei starrt er in ihre Richtung.

Sowie sich ihr Vater umdreht, um mit dem Zollbeamten zu verhandeln, schiebt Heinrich seine Hand in ihre, bringt seinen Mund an ihr Ohr und flüstert, ich will mit dir schlafen, und Rosa, die Tochter von Karl Mayer, ist in diesem Moment im selben Rausch wie Heinrich, sie sieht ihn nicht an, schaut, wie sie vorher geschaut hat, höchstens lächelt sie ein klein wenig, sagt, ohne die Lippen zu bewegen, na, dann mach mal. Diese

Antwort löst eine Explosion in Heinrichs Kopf aus, er denkt nach, sagt ihr Treffpunkt, Datum und Uhrzeit, sie schaut weiter desinteressiert und nickt nach einer Weile ganz leicht.

Drei Tage später ist er wieder in Bremen, wartet auf sie im Zimmer des Hotels, die vereinbarte Uhrzeit ist lange vorüber, und Heinrich will schon aufgeben, als es leise klopft. Ich bin nicht losgekommen, sagt Rosa atemlos, da hat er sie schon in den Armen, öffnet ihr das Kleid, und Rosa macht auch keinen Versuch der Erklärung mehr. Er ist nicht besonders zart, sondern dringt schnell in sie ein, dass es ihr weh tut, aber Rosa, die schon viel über das erste Mal gehört hat, genießt es trotzdem, weil der Moment ihrer ersten Begegnung ihr nicht mehr aus dem Kopf gehen wollte, im Gegenteil, sie hat die Nächte nicht mehr schlafen können, sie war nur noch abwesend, es war wie ein Sog, der sie gezogen hat bis hierher, bis er von ihr heruntergleitet, erst da sind sie beide ruhiger. Als Heinrich sie ansieht, wie sie neben ihm auf dem Bett liegt, und sagt, ich möchte dich heiraten, lächelt sie und lacht dann los, wieder setzt das Brausen, das Schweben in ihrem Kopf ein.

2

WIE ES IHRER MUTTER EVA GELINGT, ihren Mann zu überzeugen, der schließlich für Rosa, wie für alle seine Töchter, zehntausend Goldmark zur Hochzeit gibt, wie Eva in der Bremer Gemeinde das Gerücht streut, das Schadchen hätte bei dieser Verbindung die entscheidende Rolle gespielt, obwohl man schon Rosas Bauch sehen kann, sind weitere Ereignisse, bei denen Rosa mit ihrer Mutter eine unauffällig das Schicksal lenkende Hand an der Seite hat. Karl, Rosas Vater, hat es sich auch nicht nehmen lassen, dass die Hochzeit in seinem großartigen Haus in Bremen stattfindet.

Es ist eine Feier mit allem Drum und Dran und natürlich mit Rosas acht Geschwistern. Heinrichs Eltern Arthur und Judith sind auch gekommen. Sie fühlen sich nicht sehr wohl. Es liegt an der ungewohnten Umgebung, an Karls aufwendigem Lebensstil, er ist der Vertreter der englischen Reederei Cunard in Deutschland, das heißt, angeschlossen zu sein an die Welt, an die neuesten Erfindungen, denn ihre Schiffe pendeln regelmäßig zwischen New York und Bremen. Das Haus der Mayers ist immer taghell, weil überall mit elektrischem Strom ausgestattet, mit Aufzug für das Essen, einem Telegraphen und Telefon. Richtig reich war Karl an den Juden geworden, die wegen der Pogrome aus Russland kamen und über Bremen nach Amerika weiterfuhren, an den Unzähligen, die unten im Bauch des Schiffs, in der dritten Klasse, die Überfahrt mitmachten. Das alles war ein paar Nummern zu groß, zu mächtig für Arthur, den Lederhändler aus Hannover. Aber er macht gute Miene zum Spiel. Heinrich ist so stolz, und Arthur will seinem

Sohn nicht die Feier verderben. Rosa sieht wunderschön aus in ihrem Brautkleid, trotz des Bauchs, vielleicht gerade deshalb.

Als sie in die Wohnung in Hannover einziehen, ist Rosa noch ganz benommen, keine Zeit nachzudenken, eben noch getanzt, dann ihre Kleider zusammengepackt, noch den Frisierschrank dazu, das ist alles. Heinrich hat gesagt, es wäre alles da. Seine Eltern Arthur und Judith sind mit hinaufgegangen, sie haben die neue Wohnung, die Heinrich angemietet hat, auch noch nicht gesehen, sie machen ihre Ahs und Ohs, während ihr Sohn sie durch die Räume führt. Dann verschwinden sie wieder. Und auch Heinrich besinnt sich plötzlich seiner Arbeit, er schaut Rosa verlegen an und sagt, ich geh gleich mit, ich muss zu Vater ins Büro.

Nun ist sie allein, läuft wie aufgezogen von Zimmer zu Zimmer, ja, ein Klavier ist da, wie er versprochen hat, auch ihre Staffelei steht daneben, aber als Rosa aus dem Fenster sieht, denkt sie an Bremen, wo sie auf einen stillen Garten geschaut hatte, dagegen hier das Treiben vor dem Haus, überall Menschen, die herumlaufen, sie wollen zum Gottesdienst in die Kirche gegenüber, und wie ihr Blick zurück ins Zimmer geht, sieht sie, noch nichts für das Baby da, vor ein paar Monaten in Bremen hätte sie sich beim Vater beinahe durchgesetzt und studiert, schlecht ist ihr, sie muss sich setzen. Dieser fremde Geruch, ihr ist kalt, die Kohlen stehen ja neben dem Ofen, aber wie geht das. Als sie mit ihren Fingern danach greift, sind die schwarz, nein, vorher muss das Holz in das Loch, also die Kohlen wieder raus, Holz rein und die Kohlen hinterher. Sie öffnet die darunterliegende Klappe, jetzt hat sie nicht nur schwarze, sondern dazu noch braune Finger von der Asche, aber dafür ist es doch geschafft, das Feuer lodert, Rosa schaut in die Flammen, sitzt auf dem Boden und träumt.

3

HEINRICH KREMPELT DIE ÄRMEL HOCH, jetzt ist er endlich am Zug. Er hat es sich schon als Junge erträumt, wie er das Unternehmen des Vaters leitet, wie er Chef eines Universums wird, nun ist die junge Frau erobert, sein erstes Kind unterwegs, Geld ist da, er sieht alles genau voraus: fünf Kinder, Geschäft vergrößern, Haus bauen, alles Teil seines Plans. Heinrich ist rastlos, getrieben von seiner Vision, er hat keine Zeit, und die Zeichen stehen günstig. Er wird sich nicht mehr, wie sein Vater, mit jedem einzelnen Schuster treffen und ihm ein winziges Stück verkaufen, er handelt mit südamerikanischem, hochwertigem Leder, große Posten, die er an- und wieder verkauft. Die Lederwerke Wiemann in Hamburg sind sein Partner, die brauchen immer Nachschub für ihre Treibriemen, die für Maschinen benötigt werden. Heinrich wird auch Mitglied der Handwerkskammer, er weiß, was Netzwerk bedeutet, er ist Teil des Getriebes, er schließt überall seine Verbindungen.

Rosa ist wieder schwanger, als die kleine Gertrud gerade laufen kann, für Heinrich ganz nach Plan, vielleicht ist das schon der Nachfolger. Rosas Bauch wird dieses Mal größer, es sind Zwillinge, sagt ihr fröhlich der Arzt. Die letzten Wochen kann sie kaum noch krauchen, es ist wunderschöner später Frühling, als sie sich eines Abends im Bett aufrichtet, Heini, ruf den Arzt, es ist so weit. Schnell ist der Doktor in der Wohnung, schnell sind alle da, um das Ereignis zu feiern, aber Rosa leidet, die Geburten zerreißen sie vor Schmerzen, erst kommt das Mädchen, das war noch zu ertragen, dann aber bleibt der Junge stecken, er will nicht heraus, der Doktor muss schneiden.

Endlich liegen beide Kinder da, beide schwach, wie Rosa auch, beide wimmern, wie Rosa auch. Und Heinrich ist ihr keine Hilfe, hat weder Verständnis noch Taktgefühl, denn sofort will er feiern, steht schon mit dem Vater und ein paar Kerlen aus der Gemeinde im Nebenzimmer, sie haben die aufgesparte Flasche mit Kognak geöffnet, er kann so grob, so ein Fleischer sein, denkt sie. Sie fühlt sich allein, während sie drüben die Männer auf den Jungen anstoßen hört. Er weiß noch gar nicht, wie es den Kindern geht. Da ist etwas nicht in Ordnung, hat der Arzt zu ihr gesagt.

Die ersten Tage ist ihre Schwiegermutter Judith noch im Haus und hilft ihr, dann ist der Punkt erreicht, wo Rosa nicht mehr kann. Heinrich, wir müssen reden. Heinrich hört es nicht gern. Er hat es sich gerade mit der Zeitung gemütlich gemacht. Gertrud spielt in der Ecke, die Kleinen schlafen ausnahmsweise beide, kein Geschrei. Es könnte so schön sein, der Tag im Büro war hart, aber gut, schön, er wendet sein Gesicht Rosa zu. Ich war heute wieder beim Arzt, die Zwillinge haben Rachitis, sie müssen Beinschienen tragen, ab sofort. Hmm, sagt er zögernd. In Heinrichs Kopf spult sich eine Kette von Enttäuschungen ab, er hat sich einen starken Jungen gewünscht, kein zweites Mädchen, es ist anders, als er es sich vorgestellt hat, und nun noch diese Krankheit, ach, das ist Rosas Angelegenheit, wieso quält sie ihn damit. Aber Rosa will nur eins von ihm, ich brauche Hilfe, eine zuverlässige Person, die bei uns einzieht, eine, die mit Kindern kann, die mir auch den Haushalt macht. Dafür bewundert Heinrich seine Frau, dass sie mitdenkt, auch wenn es ihn trifft, denn er hat das Geld verplant, doch nicht dafür. Aber er weiß, in diesem Punkt wird Rosa nicht mit sich spaßen lassen. Rosa hat Seiten, die ihn beunruhigen, wenn ihr Quengeln in eine stumme Kälte umschlägt. Bevor das passiert, muss Heinrich handeln. Er fragt herum, sein Lagerarbeiter Nothvogel weiß Rat, ausgerechnet er, der immer besoffen ist. Die Frieda, meine Nichte, die kann das machen.

4

HEINRICH HOLT FRIEDA VOM BAHNHOF AB. Da steht die kleine Person, Sie sind also die Frieda, die Nichte vom Nothvogel, sagt Heinrich hilflos. Frieda nickt, sie war noch nie in ihrem Leben in einer großen Stadt wie Hannover, sie ist vorher nie aus ihrem Dorf herausgekommen, dabei ist sie schon zwanzig. Dann kommen Sie mal, sagt der große, vornehme Herr vor ihr, und Frieda betritt das erste Mal die Wohnung von Heinrich und Rosa. Als sie Gertrud und Konrad und Fanny, die beiden Kleinen, sieht, lächelt sie und setzt sich gleich zu ihnen. Das wollte Heinrich sehen und freut sich, Rosa ist kühler, abwartender, pragmatischer, erst als Frieda auch in der Küche beweist, was sie außerdem kann, ist sie milder gestimmt. Frieda wird sich ab sofort um die Zwillinge kümmern, ihnen die Beinschienen anlegen, mit ihnen und Gertrud spazieren gehen, alle bekochen. Rosa macht wieder ein freundlicheres Gesicht. Heinrich und Arthur sind jeden Tag für die Firma unterwegs oder im Büro.

Gertrud ist in der Schule, die Kleinen haben sich großartig entwickelt, sie können längst laufen und wollen in die Eilenriede, das ist der Wald, der gleich in der Nähe beginnt, ihr Spielplatz. Rosa ist auch fort, zum Einkaufen in die Stadt gegangen. Der kleine Konrad bettelt bei Frieda, bitte lass uns gehen, aber die Kleinen sollen nicht alleine los, besonders Heinrich ist streng, das weiß Frieda, aber er ist den ganzen Tag weg, und der Junge lässt ihr keine Ruhe. Pass auf deine Schwester auf, sagt Frieda, und schon laufen Fanny und Konrad los, die Eilenriede ist doch nur ein paar Kreuzungen entfernt von ihnen zu Hause, dann ist die Stadt plötzlich zu Ende, und sie sind im Wald. Konrad kennt sich aus, sie sind öfter mit den Eltern hier, auch dort, wo die Wege immer schmaler werden. Er hat es gern, wenn Fanny seine Hand stärker drückt, dann fühlt er sich groß. Schweigend tippelt die Schwester neben ihm, dann biegt er plötzlich noch mal ab. Sie laufen über Moos und weichen Waldboden, über Wurzeln, die sie stolpern lassen. Wenn die Pflanzen ringsum zu grün werden, biegt Konrad immer wieder ab, das muss Sumpf sein, die hohen, spitzen grünen Halme zeigen es an. Da gibt es einen kleinen gelben, sonnenbeschienenen Fleck inmitten der Bäume, wo sich die Kinder auf den Boden setzen können, Nadeln liegen da rum, und Ameisen klettern sofort auf die Füße und an den Beinen hoch. Konrad hat seinen Teddy und Fanny ihre Puppe dabei, die miteinander sprechen.

Ich muss ins Büro, sagt Teddy, du starrst doch immer den Weibern nach, sagt die Puppe, ach Quatsch, ich muss jetzt los, Teddy dreht sich energisch um, und Konrad lässt ihn laufen, aber schon nach ein paar Schritten auf dem Waldboden wird Teddy bang, er bleibt zögernd stehen und geht zur Puppe zurück, die auf einem Ast Klavier spielt. Die Kinder schauen auf, es hat so komisch geraschelt, wir müssen nach Haus, sagt Fanny. Dann laufen sie, halten sich wieder bei den Händen, nun müssen sie sich doch loslassen, der Weg ist für beide zu schmal geworden. Aber da ist ja auch gar kein Weg mehr, Konrad schaut schon ganz ernst, sagt nichts mehr, während Fanny die ganze Zeit plappert, dafür hört er plötzlich wieder etwas, ein hohes Pfeifen, es kommt von rechts, sie müssen schon dicht bei der Bahnlinie sein, jetzt weiß er auch, wohin er ihre Schritte lenken muss.

Sie stoßen endlich wieder auf einen großen Weg, der führt schnurgerade in die gewünschte Richtung, sie laufen und laufen, bis sie an der Straße sind, wo sie schon die Silhouette der Stadt in der Ferne sehen können. Konrad bringt seine

Schwester und sich auf die linke Seite der Straße, das weiß er von Heinrich, der es ihm immer wieder gepredigt hat, und so laufen sie der Stadt entgegen. Frieda kriegt zu Hause von Rosa eine Abmahnung, weil sie die Kinder allein fortließ, aber Fanny und ihr Bruder sind glücklich in der Wanne. Gertrud ist aus der Schule zurück, und bald sitzt die Familie am Abendbrottisch.

5

ROSA HAT DIE GROSSE AN DER EINEN HAND und an der anderen Konrad, der Fanny hält. Sie holen Heinrich aus dem Büro ab, dann steigen sie in den Zug. Es ist Freitagnachmittag, sie müssen rechtzeitig bei den Schwiegereltern Eva und Karl in Bremen zum Schabbat sein. Heinrich macht sich nicht viel aus Ritualen, das ganze Beten und dauernde Lernen, das Einhalten der Gebote liegt ihm nicht. Auch sonnabends gibt es das Geschäft, er ist ein praktischer Mensch, isst gern Wurst und Schinken und kann sich Rosa gegenüber die Palette an Witzen nicht verkneifen, hab ich gefragt, wie der Fisch heißt. Die tägliche Welt macht den *alten Käse*, wie Heinrich es nennt, immer unangebrachter. Auch Rosa ist modern, aber sie liebt ihre Mutter und die Familienfeste, und ihr Vater nimmt es genau.

Vom Hauptbahnhof brauchen sie noch eine halbe Stunde bis zu den Mayers, das Anzünden der Kerzen muss achtzehn Minuten vor Sonnenuntergang erfolgen, es ist schon Ende Oktober, bald dunkel. Sie rennen die Strecke vom Bahnhof, was Heinrich noch mehr ärgert, er fühlt sich seinem Schwiegervater unterlegen, wenn er mit hängender Zunge vor ihm steht. Doch Karl schätzt diese Tradition und folgt ihr mit Strenge. Da steht er schon in der Tür, alle rein, donnert er, da ist ja mein Schätzchen, und gibt Rosa einen Schmatzer, während er den Rest der Familie nicht beachtet. Drinnen hört man den Flügel klimpern. Der riesige Tisch ist schon gedeckt, das weiße Tischtuch darüber mit einer Last von Tellern und Speisen, der Kidduschbecher mit Wein, die zwei Kerzen, die Challes. Gleich werden alle darum herumsitzen. Zwei Teller gehören den Brüdern von Rosa, sie sind in Uniform, weil sie bald in den Krieg ziehen werden.

Baruch Atah Adonai, beginnt Karl eilig über den gezündeten Kerzen, die Gesichter der Ankömmlinge sind noch erhitzt und rot, Karl segnet den Wein im Becher, das Brot, die Kinder und den Kaiser, der zum Krieg und die Deutschen zu den Waffen gerufen hat. Endlich das erlösende Amen, was alle erleichtert mitmurmeln. Eva zieht bei der Erwähnung des Namens Wilhelm ein Gesicht. Sie kann den Hohenzoller nicht ausstehen. Sie schaut schnell zu Fanny und Konrad rüber, sie sehen heute so süß in ihren gleichen Sachen aus, wie sie in den Schein der Kerzen schauen. Mit Gertrud, der Großen, hat sie ihre Schwierigkeiten, sie ist immer höflich und ernst, so erwachsen, wie langweilig. Aber jetzt kommt ihr Part, sie setzt sich rüber an den Flügel, stimmt Shalom Aleichem an, sofort sind die Kinder bei ihr und singen mit, sie hat ihre Aufmerksamkeit. Eva schielt dabei zu ihrem Schwiegersohn, er ist ein Hallodri, aber sie kann ihre Tochter verstehen, er ist auch ein fescher Hund.

Dann sitzen alle wieder um den Tisch, der Kidduschbecher kreist, das Essen und Reden geht los, die Männer sind sich einig über den kommenden Krieg. Da lassen weder Karl noch Heinrich mit sich spaßen. Sie sind sich Deutschlands Sieges gewiss, genießen einen Kognak und eine Zigarre. Jetzt, wo das Essen und Beten vorbei ist, können die Kinder tun, was sie wollen. Konrad und Fanny sitzen unter dem Flügel, da ist der schönste Platz, Großmutter Eva spielt wieder, die Kinder starren auf ihre Füße, von denen der eine das Pedal tritt und wieder loslässt. Dann sind daraus vier Füße geworden, Eva und Rosa spielen zusammen. Später bringen die Frauen die Kinder ins Bett, während die Männer inzwischen mit schwerer Zunge reden.

Als Konrad am nächsten Morgen ins Esszimmer kommt, sitzt Eva schon mit Fanny auf dem Boden und spielt. Es ist ein ungewohntes Bild, Rosa würde das nie tun, sie spricht immer nur über Kunst. Am Frühstückstisch kann Eva es nicht lassen, sie sagt zu ihren Söhnen, ihr werdet euch kalte Füße holen da drüben, dabei kann sie sowieso nichts mehr ändern. Die Männer der Familie sind alle verrückt. Die Jungs sind in ein paar Wochen fort, und Karl hat sein ganzes Geld in Kriegsanleihen angelegt, auch Heinrich wird man bald einziehen. Sogar die Kleinen spielen schon mit Soldaten aus Gips. Es ist einfach alles auf den Krieg eingestimmt. Ihr sollt den Russen, diesen Kosaken, diesen Judenschändern eins aufs Maul geben, dröhnt Karl am Tisch. Ihr werdet da drüben sterben, plappert Konrad, wie er es von der Oma gehört hat, Karl steht mit einem Ruck auf und fummelt den Gürtel von der Hose, er will dem Jungen Manieren beibringen, aber Eva läuft zum Flügel, sie spielt einen Akkord in einem langen Glissando, dazu singt sie mit ihrer höchsten Opernstimme ein Haaaalt, das bringt alle zum Lachen. Konrad würde am liebsten noch mit dem Schiffsmodell spielen, das hinter Glas im Schrank steht, wo er nicht rankommt. Als Karl aus dem Zimmer ist, macht Eva für den Jungen die Tür auf, und er darf das Schiff in die Hand nehmen. Es ist das neueste der Cunard Line, das wöchentlich nach drüben, nach New York fährt. Konrad träumt mit den Soldaten aus Gips, die seine Seeleute bilden, hart steuerbord, das Schiff dreht sich langsam auf dem Teppich. Da steht Karls Fuß plötzlich mitten im Meer, Konrad muss Schluss machen.

6

BEI HEINRICH KLINGELT ES. Arthur und Judith kommen die Familie abholen. Aber Konrad und Fanny sind nicht fertig, sie werden noch von Frieda herausgeputzt, Gertrud kann es schon allein, darauf legt sie Wert. Arthur lässt es sich nicht nehmen, selber Konrads Aussehen zu überprüfen, kämm dir noch mal die Haare, sagt er streng. Sogar Pomade haben sie ihm heute reingemacht, darüber zieht ihm Großvater die Schülermütze, so dass die langen Haare darunter ganz verschwinden. Heinrich und Rosa sind auch fertig und warten schon. Alle zusammen machen sie sich auf den Weg.

Konrad springt gleich an die Hand vom Großvater, der wie Vater heute Zylinder trägt. Konrad, der mit dem Großvater und Vater vorn ist, bemerkt, dass sie langsamer gehen als sonst. Fanny und sogar Gertrud laufen an Mamas Hand hinter ihnen, sie bleiben ein bisschen zurück. Die Eltern haben den Kindern nichts vom Besuch in der Synagoge gesagt. Je näher die Familie dem großen Haus kommt, desto schweigsamer wird der Großvater, auch Konrad sagt nun nichts mehr. Sha na tova, kommt ein Ruf von der Seite, als sie die große Pforte öffnen, die erwachsenen Männer reagieren nicht. Drinnen sind Rosa, Jenny, Fanny und Gertrud plötzlich verschwunden, sie müssen die Treppen hochgegangen sein. Konrad muss mit dem Vater und dem Großvater unten durch die Reihen der Bänke und andere Männer begrüßen, mein Sohn, mein Enkel, das ist unser Konrad, der Junge muss lauter fremde Hände schütteln.

Dann sind sie endlich ganz vorn, hier sind ihre Plätze. Ein Mann kommt mit eiligen Schritten, er hat Bücher in den Armen und verteilt sie an Arthur und Heinrich, auch Konrad bekommt eins in die Hand gedrückt. Es summt und brummt überall, Konrad schaut nach oben zum Rang, er sucht, endlich kann er sie sehen, Fanny winkt ihm zu, aber er wagt nicht, zurückzuwinken. Schon geht es los, alle erheben sich, das Lied, das sie um ihn herum singen, hat Konrad noch nie gehört, er kann es nicht mitsingen, aber er kann das Brummen vom Großvater und vom Vater heraushören, er sieht ihr angestrengtes Schauen in das Buch, das sie vor sich haben. Der Großvater hat sich sogar ein Tuch umgehängt, er zieht es über den Kopf. Als das Singen vorbei ist, geht das Sprechen und Nicken los, der Großvater murmelt vor sich hin, aber dann schaut er zu Konrad, öffnet den Arm, nimmt ihn mit unter sein Tuch, zwinkert ihm zu. Es ist wie in einer Höhle, Baruch Atah Adonai, sagt er, dabei wiegt er sich, was Konrad ihm nachmacht. Das also ist mit Gott Sprechen. Als der Junge die Augen schließt, nur noch das Murmeln um ihn herum hört, läuft ihm ein Schauer über den Rücken. Hat ihn gerade der liebe Gott gestreichelt?

Vater hat sich schon aus der Reihe herausgewunden, ist weg. Konrad schleicht ihm nach, er steht da am Eingang mit einem Mann, sie reden unbeeindruckt miteinander, während es drinnen immer weiter murmelt. Konrad schleicht am Vater vorbei, die Treppe hoch nach oben. Da legt sich ein Arm auf seine Schulter, was machst du hier, Jenny nimmt ihn an die Hand und bringt ihn rüber zu Rosa, Fanny und Gertrud. Du solltest unten sein, tadelt ihn die große Schwester, Rosa sieht ihm in die Augen, geh runter, du hast hier oben nichts verloren. Das ist ein Befehl von der Mutter, so was kennt Konrad sonst nicht von ihr, also muss er den ganzen Weg zurück. Vater ist nicht mehr da, und Konrad muss noch den ganzen Gang von der Tür durch alle Reihen allein gehen. Dabei drängen die Männer an die Innenseite, so dass Konrad sich von allen Seiten umzingelt fühlt. Er muss durch all ihre Blicke durch. Ganz vorn, vor ihm, kommt ihm eine Gruppe mit einer großen glitzernden Rolle auf den Schultern entgegen. Dahin gehen die Blicke der

Männer, deshalb stehen sie und drängen sich am Gang, jeder versucht der Rolle nah zu sein, einen Zipfel zu erwischen, zu berühren oder sein Buch dagegenzudrücken. Der ganze Pulk kommt immer näher, Konrad schlüpft schnell auf seinen Platz. Es geht noch ewig. Aufstehen, setzen, aufstehen, setzen, bis sich die Stimme hebt und Namen und Zahlen durchgesagt werden, bei deren Erwähnung sich die Männer umschauen, Herr Berliner hat für den Krieg zehntausend gespendet und Herr Silberstein fünftausend. Shana tova, kommt es wieder von allen Seiten, ein großes Händeschütteln. Konrad wird immer wieder die Hand gedrückt, während sie mit den anderen zum Ausgang strömen. Da hört er schon von draußen Marschmusik.

7

WIEDER IM HELLEN LICHT, sieht er die Soldaten marschieren wie seine Gipssoldaten im Zimmer. Konrad marschiert sofort mit, jubelt den Soldaten zu, alle sind so begeistert, nur Mama ruft aus der Menge, Konrad, komm hierher, aber Opa und Vater winken ihm zu. Heinrich ärgert sich, warum pfeift sie ihn zurück, ein Verdacht steigt in ihm hoch, es geht gar nicht um Konrad, um ihn, Heinrich, geht es, Rosa gönnt ihm seine Zeit nicht, die auch er bald bei der Armee sein wird, deshalb verweichlicht sie den Kleinen. Ihre Gespräche zu Hause, wenn du nun nicht wieder nach Hause kommst, sondern nur als Leiche, Quatsch, mir kann nichts passieren, du, du spielst bald Krieg, ich spiele nicht Krieg, wir gewinnen den Krieg, so denken alle. Wie lässt du den Jungen rumlaufen, greift er sie an, kein Wunder, wenn der ein Weichei wird. Der Konrad ist noch ein Kind, den lass mal da raus.

Wo wollt ihr denn jetzt noch hin, sagt Rosa ängstlich, denn Heinrich hat sich Konrads Hand geangelt. Ich zeige dem Jungen noch was, sagt er ausweichend. Komm. Konrad ist froh, wenn Vater mit ihm was vorhat. Das kommt nicht oft vor. Pass auf, jetzt bekommst du was Schönes, flüstert Heinrich verschwörerisch Konrad ins Ohr, sogar Großvater Arthur hat schon gelästert, hast da ja eine süße Kleine, das wird sich ändern. Jetzt gehen sie zum Herrn Neuner. Guten Tag, ich möchte für meinen Jungen eine ordentliche Frisur, was soll's denn sein, wie bei mir, alles klar. Es klimpert, die Schere klappert und klappert, Konrad schließt die Augen. Es kitzelt ein bisschen. Als er die Augen wieder öffnet, staunt er, dann zieht er die Stirn kraus. Es ist kalt am Kopf geworden. Jetzt bekommst du noch einen tollen Hut. Sie gehen gleich nach nebenan zum Herrn Huber, das Geschäft, wo Vater Leder hinliefert, da machen sie Kleidung in bayerischer Tradition, sogar für Kinder. Konrad bekommt einen Hut mit Feder, fesch, sagt der Herr Huber, habe die Ehre, zum Herrn Vater, siehst du, jetzt ist es wieder warm, sagt Heinrich.

Rosa starrt zu Hause auf die Geistererscheinung. Wie sieht der Junge aus, ordentlich, was hast du aus meinem Jungen gemacht, er gehört nicht dir, das dauert doch Jahre, bis es wieder lang gewachsen ist, damit ist jetzt Schluss. Die Eltern gehen ins Schlafzimmer, Konrad hört das wütende Gebelle. Er steht vor dem Spiegel im Flur, nimmt den Hut runter, um sich anzuschauen, er weiß nicht, ob er lachen oder weinen soll. Vor allen Dingen sollen sie sich nicht streiten. Die Worte klingen gedämpft, es liegt daran, dass sie hinter der Tür sind. Sie haben so ein Zeichen, Konrad ärgert sich, jedes Mal verpasst er es, wenn sie mitten im Streit plötzlich aufstehen, gemeinsam den Raum verlassen und das Gespräch ohne ihn fortsetzen. Sie haben da was gemeinsam, was ihm verborgen ist, was er nicht versteht.

Er lauscht, wie drüben das Gespräch immer leiser wird, wie ein Sturm, der sich legt. Dann wird es wieder lauter, schon längst hat er verloren, um was es ging, seine Haare, oder was war es, er sieht in sein neues, älteres Gesicht im Spiegel, in die wieder leiser werdenden Töne mischt sich ein Lachen, ein Brummen, ein Schnauben, was er nicht kennt, wenn er nicht wüsste, es sind die Eltern, käme es ihm fremd vor. Jetzt klingt es übermütig, gar nicht mehr wütend, es hat einen verschwörerischen Charakter, wodurch Konrad sich noch ausgeschlossener fühlt. Dann ist es ganz still. Dann hört er wieder die Mutter, aber viel höher als sonst klingt ihre Stimme, es sind keine Worte mehr, die Laute sind mehr wie Atmer. Dann ist es wieder still, endgültig still.

8

ROSAS BAUCH IST WIEDER dicker geworden, und das Fränzchen ist auf die Welt gekommen. Heinrich, der statt ins Büro jeden Tag in die Kaserne in Hannover geht, lässt sich als Rekrut geduldig die Schikane der Ausbildung gefallen. Der Kaiser hat gesagt, ich kenne keine Parteien, ich kenne nur noch Deutsche, Heinrich will ein deutscher Kamerad sein, er darf es nun. Es ist ein neues, anderes Leben unter Männern, das er führt, es riecht nach Abenteuer, nach Ferne. Dann ist der Tag gekommen, auch Nothvogel, der Lagerarbeiter aus der Firma, ist Rekrut geworden wie Heinrich und wird nun mit ihm, in seiner Einheit ins Feld ziehen. Wenn der Mann nur nicht so viel saufen würde, dann ist er unberechenbar, wird er aufsässig, landet noch im Loch, und Heinrich muss auf Abstand zu ihm gehen.

Die Familie ist gekommen, sie stehen auf dem sandigen Viereck, auf dem Platz, wo jeden Tag die Soldaten das Marschieren, das Schießen, das Bewegen mit den Pferden geübt haben, Kommandos hallten, endloses Gebrülle, bis aus den Individuen ein Körper geworden ist, der nur noch auf Befehl handelt. Bis kein unnützer Gedanke mehr quält, sondern die Masse Mensch pariert. Hier stehen heute die Zivilisten, darunter unsere Familie, um den Vater in den Krieg zu verabschieden. Sein Regiment verlässt den Welfenplatz, wo ist in diesem Haufen von gleich aussehenden Uniformen das vertraute Gesicht mit der Brille. Heinrich sitzt hinter seiner Kanone, die von Pferden gezogen wird, es geht zur russischen Front. Die Männer singen *Heil dir im Siegerkranz*. Großmutter Judith weint schon wieder, wie kann man einen Vater von vier Kindern einziehen, es sind doch schon so viele Soldaten gefallen.

Die Familie steht eng beieinander, Arthur und Judith, Rosa mit dem kleinen Fränzchen auf dem Arm, den sie so hochhält, dass der Vater ihn sehen kann. Konrad winkt mit der Mütze in der Hand, bis Heinrich verschwunden ist. Rosa sagt, euer Vater wird nun eine ganze Weile fort sein. Doch Großvater Arthur winkt ab, ich bin schließlich auch noch da, sagt er mit seiner tiefen Stimme.

9

AUS DER BEGEISTERUNG DER STUNDE wird die Gewöhnung, aus der Gewöhnung wird Lethargie, aus der Lethargie kommt die Depression. Heinrich ist schon so lange fort, es kommen immer schlechtere Nachrichten von der Front und zu Hause macht sich Hunger breit.

Konrad, Fanny! Mutter ist sauer, sie ruft schon eine Weile, sie läuft durch den Flur bis zum Kinderzimmer. Die Kinder wollen sich drücken, sie liegen auf ihren Betten, wollen nicht hören. Seit die Schule wegen des Krieges geschlossen ist, ist der Schlendrian eingezogen, aber sie müssen raus, sich Eimer und Schaufel schnappen.

Gertrud und Frieda sind schon voraus in den kleinen Garten gegangen, den die Familie gepachtet hat. Rosa und die Kleinen gehen hinterher, dabei haben die beiden noch eine Aufgabe, sie sollen den Pferdemist von der Straße sammeln, befiehlt Rosa. Konrad ist es peinlich, er will nicht mit dem Eimer gesehen werden, aber Rosa ist unerbittlich, und auf der großen Bremer Allee, wo die Pferdefuhrwerke aus der Stadt rollen, liegt ein Haufen hinter dem anderen. Zum Glück ist es noch früh, da ist noch niemand unterwegs. So stehen Konrad und Fanny und schippen das stinkende Zeug von den Pflastersteinen, und dann wird geschleppt. Als sie endlich im Garten ankommen, sind Gertrud und Frieda schon mit dem Einpacken der Obstgläser fertig. Das waren die letzten, sagt Frieda. Bis zur nächsten Ernte ist es noch lange hin, ab jetzt gibt es nur noch Einkaufen auf Ration, ein Stück Margarine, ein Brot, ein bisschen Fisch.

Oma Judith ist krank, das lähmt Arthur, sonst hat er alle angesteckt mit seinem tiefen Lachen, seiner lauten Stimme, aber nun geht er nur noch schweigend ins Büro. Von Heinrich haben sie schon ewig nichts mehr gehört, Rosa ist immer wieder bang. Es hat sich auch zwischen ihr und den Schwiegereltern verändert. Erst hat Arthur immer geholfen, hat den Ton angegeben, inzwischen aber können die beiden Alten nicht mehr, Rosa muss sie betreuen. Aber sie zwingt sich, dunkle Gedanken nicht zu Ende zu denken, sie hat Heinrichs Disziplin übernommen, früh aufstehen, Essen besorgen, jeden Tag dasselbe. Vier Kinder wollen versorgt werden.

Der Krieg wird wohl bald aus sein, sie haben schon im Osten mit Russland Frieden geschlossen, aber trotzdem dauert es, die Nachrichten überschlagen sich, alles ist unsicher. Im Westen wird noch gekämpft, die deutschen Matrosen sollten auf See sein, stattdessen machen die einen Aufstand, es heißt sogar, der Kaiser soll abdanken. Sie wollen eine Republik ausrufen. Rosa interessiert sich nicht für Politik, aber sie spürt genau, wie unsicher die Zeiten sind, und der Hunger dazu, das macht böse, wann kommt endlich Heinrich, die Preise gehen auch immer weiter hoch. Und Konrad macht ihr Sorgen, der Junge hat sich verändert, er ist so ernst und störrisch geworden.

10

DER ZUG FÄHRT IN DEN BAHNHOF von Hannover ein. Heinrich und sein Vorgesetzter, der Major von Schulze Berge, stehen auf. Sie schütteln sich die Hände, nein, umarmen wird er den Juden nicht, denkt der Major, aber geistig sind sie sich sehr nahegekommen, die Jahre im Krieg und zuletzt die ewige Fahrt zurück aus Russland haben sie zusammengeschweißt. Heini, wie er genannt wird, hat alle angesteckt mit seiner Art. Er war immer vorn dabei, seinen Kameraden ein guter Kamerad, sogar dem Nothvogel aus der Firma, der ihm immer wieder über den Weg gelaufen ist. Nothvogel ist einfacher Soldat geblieben, während Heinrich es bis zum Unteroffizier geschafft hat. Der Major hat ihm sogar seine Adresse aufgeschrieben. Besuchen Sie mich mal, wir sind ja nicht aus der Welt. Beide Männer sind still, beide denken daran, wie es von nun an werden wird. Heinrich hat die Familie drei Jahre nicht gesehen. Sogar der kleine Franz ist schon vier. Er denkt an die Großen und vor allen Dingen an Rosa.

Der Bahnsteig ist unübersichtlich, voll von Soldaten, von allerhand merkwürdigem Volk, die Männer werden sofort in der Menge getrennt. Heinrich ist verlegen wegen seines Vollbarts, wegen der staubigen, dreckigen Uniform, auch die Wunde schmerzt noch, aber schon schlägt man ihm auf den Rücken, Mensch, Kamerad, nimm die Schulterstücke ab, wir sind jetzt alle gleich. Da versucht ihm doch der Kerl sein Eisernes Kreuz von der Brust abzureißen, Heinrich schüttelt ihn ab, was will denn der Idiot, wieso schreien die alle so, von Genossen, von Revolution brüllen die. Wir sind doch hier nicht in Russland.

Er drückt sich an der Wand lang zur Tür, macht, dass er wegkommt. Wo werden sie sein, zu Hause oder beim Vater, im Grunde ist es egal, es ist von einer zur anderen Wohnung nicht weit. Heinrich läuft durch die Stadt, er ist es die letzten Jahre nicht anders gewohnt, immer ist er marschiert mit dem Tornister auf dem Rücken, am Ende haben sie sogar die Kanone mit den Händen gezogen durch den Schlamm und das Eis, schon lange gab es kein Pferd mehr. Er und Schulze Berge, die meisten tot, erschossen, erfroren, wie der Gaul. Ach, diese endlose Weite, dieses Warten, dieses Weiß, der gefrorene Atem.

Heinrich sieht sich um, schüttelt die Erinnerung ab, besonders das Bild von dem Mann im Baum mit dem Tallit um die Schultern und der Kippa auf, mit den Locken, die im Wind flattern, sie haben Partisan zu der Leiche gesagt, wie sie sich dunkel gegen den Schnee abzeichnet, sie hing da, wochenlang. Heinrich sieht zum stolzen Rathaus von Hannover rüber, alles, wie er es kennt, als wäre kein Tag vergangen, es scheint sich nichts verändert zu haben in der Heimat. Was jetzt kommt, Familie, Verantwortung, der Vater, die Firma, er fühlt es mit jedem Schritt, und das macht es schwer. Er war fröhlich in Russland, unbeschwert, auch wenn er wusste, der Tod könnte auch auf ihn warten. Aber es war leicht, das Leben, er war Kamerad unter Kameraden. Auch als dem Major eben das Herz überging.

Er läuft an der Markuskirche vorbei. Da ist das Haus, die Treppen hoch, bei jedem Schritt wird er langsamer, bleibt vor der Tür stehen, Heinrich horcht, ja, er kann sie hören hinter der Tür, das Krakeelen der Kinder, das Plinkern des Klaviers, er atmet durch, dann klopft er. Der Großvater lässt einen Mann herein. Fränzchen fragt, wer ist der Russe. Der fremde Mann hat einen Vollbart, die Uniform ist verschlissen, das Eiserne Kreuz baumelt stumpf auf der Brust. Alle müssen lachen, dein

Vater ist aus dem Krieg heimgekommen. Er sieht von einem zum anderen, zu seiner Frau, als hätten sie gerade auf ihn gewartet. Dann sitzt er endlich in der Badewanne.

11

HEINRICH GRÜBELT AUF dem Weg vom Büro nach Haus, investieren, sagt er sich. Während das Geld immer weniger wert ist, hat er einen großen Posten Leder gekauft, den Bauauftrag verhandelt, alles Geld, das er hatte, eingesetzt, der Stadt Bauland abgekauft. Alle andern haben ihr Geld für schlechte Zeiten gehortet, er hat in den Bau des eigenen Hauses und in das Geschäft investiert, in die Zukunft. Es herrscht Inflation, aber Heinrich hat sich anders entschieden als die meisten anderen, hat alles Geld eingesetzt.

Jeden Mittag kommt er aus dem Büro nach Hause. Nach dem Essen legt er sich zum Mittagsschläfchen hin, draußen rumort Konrad auf dem Flur. Heinrich hasst Geräusche, wegen dem Krach der Kanone, die er bediente. Davon wurde er fast taub auf einem Ohr. Der Krieg hat ihn härter gemacht. Das bekommt der Junge zu spüren. Heinrich reißt die Tür auf. Du darfst morgen dein neues Fahrrad nicht benutzen, nein, du darfst zu Fuß zur Schule gehen, ist mir egal, ob es Sommer oder Winter ist.

Es ist Konrad nicht gut bekommen, dass der Vater wieder da ist, vorher konnte er sich einen Wunschvater träumen, stark und gerecht, einen Spielkamerad. Aber der Vater ist abweisender geworden, als er ihn in Erinnerung hatte, und gemein zur Mutter. Doch Konrad ist nicht mehr der kleine Junge, den Heinrich kannte, er erwidert Vaters Blick.

Sie sitzen alle um den Esstisch, Heinrich murmelt zu Konrad, sag mal der Frau, sie soll die Zuckerdose rumreichen. Die Eltern streiten sich um die Einteilung des Haushaltgelds. Doch dieses Mal mischt Konrad sich ein. Mutter bekommt das Geld am Monatsbeginn, es ist doch kein Wunder, dass sie nicht auskommt, wir müssen hungern, du bist unverantwortlich, sagt Konrad, das Geld reicht nicht hinten und vorne, ihr habt keine Ahnung, was Hunger ist, es wird so gemacht, wie ich es sage, misch dich nicht ein, wenn ich mit Mutter rede, du bist ein Fleischer, das ist Rosas laute Verachtung dazwischen, Heinrich hat plötzlich die Weinflasche in der Hand, ist über sie gebeugt. Da klingelt das Telefon, und er nimmt abgelenkt den Hörer in die Hand, es ist Schwiegervater Karl, meine Kriegsanleihen sind futsch, ich habe alles verloren, mein ganzes Geld ist weg, wir müssen aus dem Haus, kannst du mir was geben. Es ist unfassbar, der große Zampano ist tödlich getroffen. Rosa möchte ihre Eltern zu sich nehmen, aber Heinrich sagt, nein, kommt nicht in Frage. Darüber setzen die beiden ihre Unterhaltung nur hinter verschlossenen Türen fort.

Rosa, du weißt, dass es nicht geht. Karl und ich, wir sind zwei gleiche Pole, wir können nicht so nahe beieinander sein, es würde dauernd Streit geben. Aber es sind meine Eltern, und du hast eine Menge Geld zur Hochzeit bekommen von Karl. Ich zahle ab sofort die Miete für ihre Wohnung, knurrt Heinrich. Nun muss er wieder neu kalkulieren, er kann nicht alles aus der Westentasche finanzieren. Aber Karl und Eva werden Rosa und ihre Familie niemals in Hannover besuchen, das bringt Karl nicht fertig, dazu ist er zu stolz. Eva ist todtraurig, sie spielt so gern mit den Enkeln, aber wenn die nur so selten vorbeikommen. Es ist eine neue Verlegenheit zwischen Eltern und Tochter, die nie mehr weichen wird.

Dazu ist Judith schon lange krank, sie hat sich nicht mehr erholt, die letzten Jahre musste sie gepflegt werden. Erst ist Rosa tagsüber hingegangen, Arthur hat noch das Geschäft aufrechterhalten, solange Heinrich im Feld war, aber er konnte sich nicht um seine Frau kümmern. Es war ein stilles Dahingleiten, sie wurde immer müder, und dann macht sie eines Morgens einfach nicht mehr die Augen auf. Arthur sagt zu Heinrich im Büro, Junge, deine Mutter ist tot. Es ist nicht so, dass Heinrich die Nachricht nicht längst erwartet hätte, aber während der Vater weiterspricht, kommt ihm das Bild in den Kopf, das er nie mehr sehen wollte. Der baumelnde Körper vor dem weißgrauen Hintergrund, drum herum die Äste, so schwarz wie der Mantel um den Toten. Das Lächeln der Kameraden und auch Heinrichs Lächeln, Partisan, aber an der Seite hängen die Schaufäden aus der Hose. Es ist doch nur ein kleiner Itzig, haben sie ihm schulterklopfend gesagt. Schulze Berge, der dabeistand, schrie, die Leiche soll hängen bleiben als Abschreckung, das ist eine militärische Maßnahme. Heinrich bekommt das Bild einfach nicht aus dem Kopf, schwarz, weiß, mit den verräterischen Fäden. Judiths Beerdigung ist morgen früh um zehn Uhr, hörst du mir zu, ja, ich höre, sagt Heinrich zum Vater, aber ihm ist schwindelig, er kann sich nicht konzentrieren.

12

FRÄNZCHEN IST KRANK, er jammert andauernd über Bauchschmerzen. Der Familienarzt gibt ihm Bittersalz, aber der kleine Kerl schreit vor Qualen und muss ins Krankenhaus gebracht werden. Das Telefon klingelt. Heinrich spricht mit dem Arzt, beim Abendbrot sagt er, euer Bruder hat eine Blinddarmentzündung, das ist es, was die Kinder zu hören bekommen. Ihr könnt nicht zu ihm, vielleicht in ein paar Tagen, setzt er zögernd hinterher. Konrad kennt den Alten, etwas stimmt da nicht. Er macht sich am nächsten Tag nach der Schule auf den Weg, es ist nicht weit von Vaters Büro. Er schleicht über die Gänge des Krankenhauses, bis er in einem Zimmer hinter der Glasscheibe ein Gesichtchen in einem der Betten sieht. Konrad zuckt zurück, es ist das Gesicht eines alten Mannes und zugleich eines stummen Babys. Plötzlich zieht ihn eine Hand an der Schulter, es ist Arthur, was ist mit ihm, er stirbt, sagt der Großvater. Das sollten die Kinder nicht sehen.

Rosa kommt nicht mehr aus ihrem Zimmer. Sie sitzen ohne sie beim Frühstück. Heinrich sagt, Konrad, du gehst heut nicht zur Schule, du gehst mit Vater und mir. Für Arthur und Heinrich ist es Routine, Chevra Kadisha, oft werden sie von der Gemeinde gerufen, sie kennen die Abläufe. Das hilft, das Unfassbare zu ertragen. Arthur hat angespannt, ein Pferd mit Wagen aus der Firma wartet unten vor der Tür. Sie zuckeln zuerst zum Lagerraum der Gemeinde. Ein Kindersarg wird nicht oft gebraucht, noch dazu so ein kleiner. Konrad trägt die Holzkiste. Dann rumpelt der Wagen mit Großvater, Vater und ihm bis zum Krankenhaus. Als sie den Körper reinlegen, erhascht Konrad einen letzten Blick auf den Bruder, jetzt ist er wieder Fränzchen, wie er ihn kennt, der Tod hat ihm den Schmerz aus dem Gesicht genommen. Konrad hat den kleinen Teddy mitgebracht. Keiner hat es gesehen, wie er ihn mit hineinlegt. Dann wollen sie zum Friedhof. Die Kiste hoppelt auf dem Wagen, als er über das Pflaster fährt. Setz dich drauf, Konrad, sagt Heinrich. Vorn der Vater und Großvater, hinten Konrad auf der Kiste mit Fränzchen.

Als der Wagen auf der Höhe der Friedhofsmauer ist, sehen sie die Jungen, die auf der Straße spielen. Sie treten wegen des Rumpelns beiseite und schauen ihnen hinterher. Wie der Wagen zum Tor einbiegt, kommen die Rufe, Judenleiche, Judenleiche, und ein paar Poch-Poch-Geräusche von Steinen, die auf das Holz des Wagens prasseln. Großvater drückt Konrads Schulter runter, wir schlagen uns nicht an diesem Tag. Konrad keucht unter Arthurs Griff, aber schließlich gibt er nach. Großvater mit seinem lächerlichen Zylinder, aber er kann ihm das jetzt nicht antun. Die Jungen grinsen, weil sie es gesehen haben.

Rosa ist nicht mitgekommen, Gertrud und Fanny auch nicht, weil Vater das so wollte, Männersache, sagte er. Für Heinrich ist es auch wie eine Beerdigung an der Front. Sie lassen den kleinen Sarg herab, gleich neben Omas frischem Grab. Drei Schaufeln Sand musst du werfen, sagt Arthur zu Konrad. Dann murmelt er, Yisgadal v'yiskadash shmai raba. Konrad ist, als träumte er, er schwankt, aber Heinrich hält ihn, es ist schon so lange her, dass er den Arm des Vaters um sich gefühlt hat. Arthur schickt dem Gebet noch einen Satz hinterher, wie kann es sein, dass der Ast vor dem Stamm stirbt, aber Gott gibt keine Antwort. So stehen sie zu dritt, sich gegenseitig haltend. Endlich laufen Konrad die Tränen, die Augen, die vorher so trocken und heiß waren, füllen sich wieder, es ist, als ob alles abfällt, alles wird weich und Vaters Arm um ihn, der ihn hält.

Als sie den Friedhof verlassen, sagt Konrad, ich will allein gehen, Heinrich, der sonst immer mit ihm streitet, lässt es zu, wir sehen uns zum Abendbrot, Konrad nickt, er ist heute mit einem Ruck erwachsen geworden. Mit den Jungen vor dem Friedhof wird er sich nicht abgeben, stattdessen geht er zu einem Bücherladen, an dem er schon oft vorbeikam. Er kauft sich heute sein erstes Buch, *Abenteuer des Schienenstranges* von Jack London. Zu Hause legt sich Konrad aufs Bett und verschlingt es, er ist der Held, er ist unterwegs, er weiß es jetzt, er wird fortgehen, eines Tages, bis nach Amerika. Hier ist alles eng, hier ist er unglücklich, hier ist Vater, der ihm am Ende ja doch nicht grün ist, wo keine Anstrengung nützt. Er wird es ihm zeigen, ganz allein in der Fremde, und wenn er wiederkommt als großer, starker Mann, dann wird Vater schon sehen.

13

ARTHUR HAT SICH HINGELEGT, um nie mehr aufzustehen, Judith wartet ja schon. Heinrich steht an seinem Bett, du weißt, was du machen musst, halte die Familie zusammen, wie ich es immer getan habe, das ist das Wichtigste, und die Firma, du bist gut aufgestellt, aber du musst jederzeit gewappnet sein für andere Zeiten, reich mir den Stift. Arthur überträgt Heinrich seine Anteile. Er überträgt ihm seine Ämter, seinen Sitzplatz in der Synagoge. Seinen Platz bei Chevra Kadisha.

Es ist, als hätte Arthur noch auf Heinrichs Wiederkehr aus dem Krieg gewartet, einer musste sich ja um die Familie kümmern, er hat alle gestützt, bis Judith und dann Franz gestorben sind. Er hat Heinrich beraten, als der mit der Stadt wegen des Grundstücks verhandelt hat, und schließlich hat er Heinrich zugeredet, leg das Geld in Sachwerten an. Es ist alles geordnet, er kann abtreten, ja, sogar sein Tod ist vorbereitet, Heinrich wird sein würdiger Nachfolger. Heinrich hat immer gewusst, dass er dem Alten dafür vor allen Dingen Loyalität schuldig ist. Die Männer sind sich einig. Das Familiengrab, wo Judith und das Fränzchen schon liegen, hat Platz. Diesmal marschiert die Familie zusammen zum Friedhof, um dem Großvater die letzte Ehre zu erweisen.

Rosa ist, seit Franz tot ist, wie im Nebel. Sie kommt nicht mehr aus ihrem Zimmer. Wäre Frieda nicht, Gertrud und die Zwillinge wüssten nicht, woher sie ihr tägliches Brot, ihre saubere Wäsche bekämen. Heinrich kommt nach Hause, so kann es nicht weitergehen. Er drückt ihre Klinke, die Tür ist offen, er steht im Dunkeln, tastet sich nach dem Bett, lässt sich herunter, sucht, bis er ihre Hand in seiner hat, plötzlich kommt ihm wieder dieses Bild in den Kopf, von dem er ihr noch nie erzählt hat. Er flüstert, ich sehe die Leiche, ich höre, wie das Seil knarrt, ich habe erst nicht gesehen, dass er den Tallit umhatte. Rosa ist vom Klang seiner Stimme wach geworden, sie lauscht seinem kratzenden Ton, sie hat Heinrich noch nie weinen gehört. Etwas wird auch in ihr weich, und auch aus ihr kommt ein Schluchzen, ein Wimmern, ein Strom von Schmerz. Ich bin schuldig, Gott hat mich bestraft, weil ich Franz nur Frieda überlassen habe. Heinrich dringt in sie ein, ganz sanft und zärtlich, sie finden sich am Ende schweigend, die Tränen und die Worte sind aufgebraucht.

Rosa geht mit jedem Tag, den ihr Bauch dicker wird, ins Leben zurück. Dieses Mal wissen sie beide, was sie wollen, einfach Gott danken für die Chance, noch einmal von vorne zu beginnen, und die Zeichen stehen günstig. Heinrich hat die Lederhäute bis unters Dach und die Abnehmer dazu, der Rohbau vom Haus steht schon, und für den Übergang haben sie immer noch den Garten, der sie ernährt. Denn diese Zeiten, in denen das Geld nichts wert ist, müssen sie überstehen. So kommt Paul ins Leben, noch einmal die Schmerzen der Geburt, noch einmal glückliches Lächeln, als das Kind in Rosas Armen liegt. Noch einmal Anstoßen der Männer mit Kognak.

14

LANGE HAT DIE FAMILIE auf diesen Tag gewartet. Heinrich hat den Bau genauestens überwacht, er hat all die endlosen Gespräche geführt, mit der Stadt verhandelt. Es ist eine hübsche Siedlung am Stadtrand entstanden, dort ist auch ihr Grundstück. Er hat der Stadt das Gelände abgekauft, er hat das Wachsen des Hauses beaufsichtigt, endlose Streitereien mit den Handwerkern gehabt, am Ende steht das Haus. Es ist alles so geworden, wie Heinrich es sich erträumt hat. Eine hübsche Villa in einer Gegend voller hübscher Villen.

Die Handwerker haben die vielen neuen Möbel reingetragen, ein Fotograf hat von jedem eingerichteten Raum im Haus Fotos gemacht, die große Mappe bezeugt es, das ist der ganze Stolz von Heinrich, jeder soll es sehen. Jedes Zimmer hat eine andere Einrichtung, jeder in der Familie bekommt hier sein eigenes Reich. Der Vater sein Herrenzimmer, dazu die Bibliothek, die Angestellten ihre Zimmer, die riesige Küche, der Bereich für Frieda, ein Extrahaus im Garten als Garage und zum Wohnen für den Chauffeur. Heinrich hält das Schlüsselbund in den Händen. Die Eingangstür ist mit einem Band geschmückt. Er hat darauf bestanden, dass sie sich an den Händen fassen, alle. Frieda und die Dienerschaft stehen ihnen gegenüber. Sogar das Herzlich willkommen im Chor haben die Angestellten üben müssen. Konrad macht als Einziger ein mürrisches Gesicht. Ihm ist das alles zu protzig, zu aufgeblasen. Du brauchst ja nicht zu kommen, hat Heinrich ihm höhnisch entgegengehalten. Aber für Rosa wäre das nie in Frage gekommen. Erst hat sie befohlen, dann Konrad angebettelt. Also sind sie alle da.

Sie stehen vor dem Haus, ein Haus nur für die Familie allein, das war immer Heinrichs Traum, das hat er Rosa schon vor der Hochzeit versprochen. Es ist sein großer Moment. Dann gehen sie hinein, Rosa mit dem Kleinen auf dem Arm. Die Fotos haben sie ja alle schon gesehen, aber so groß, so mächtig haben sie es sich nicht vorgestellt. Sie gehen durch die Eingangshalle, über die Treppe in den ersten Stock, in den zweiten Stock, bis ganz nach oben unters Dach, wieder herunter bis in die Küche, Frieda strahlt, sie gehört ja schon lange mit zur Familie. Der Wagen mit den restlichen Sachen aus der alten Wohnung steht auch schon vor der Einfahrt. Rosa muss nur Anweisungen geben, wohin alles verteilt werden soll. Sogar an große eingebaute Schränke hat Heinrich gedacht. Es ist so viel Platz da. Und der große Garten noch dazu, und gleich um die Ecke fängt die Eilenriede an, wo Konrad und Fanny früher immer gespielt haben.

Gertrud ist der Stolz anzusehen. Die Älteste macht alles, wie Vater es will, sie ist immer streng, auch streng gegen sich, und wird ja doch bald fortgehen und standesgemäß heiraten, genau wie es Vaters Wille ist. Konrad stellt seine Möbel gleich um, er und Fanny haben ihre Zimmer nebeneinander. Es ist das erste Mal, dass sie nicht in einem Raum schlafen. Fanny ist traurig, sie sagt aber nichts wegen Vater, sie kann ja Konrad jederzeit besuchen. Sie mussten sich, seit sie keine Grundschüler mehr sind, schon tagsüber trennen, Fanny ist in Gertruds Lyzeum gelandet, Konrad auf dem Gymnasium.
   Sie geht rüber zu ihm, schau mal, sie verschränkt die Finger und hält sie nach unten, dann bewegt sie die Fußspitzen und hebt sie abwechselnd, so sieht der neue Tanz aus, der von drüben, aus Amerika gekommen ist. Heut Abend ist in der Schwanenburg ein Fest, da geh ich hin. Konrad schüttelt den

Kopf, Fanny lacht. Die sind doch alle viel älter als du, na und, lass dich nicht erwischen, ich gehe nach dem Abendbrot. Sie hat sich diese neue Frisur machen lassen, einen Bubikopf. Konrad sitzt lieber zu Hause und liest. Er baut sich eine Welt voller Gerechtigkeit im Kopf. Zu Hause geht es ungerecht zu, das weiß er, und der Vater ist ein Ausbeuter, den man bekämpfen muss, wie die Kameraden von der SPD sagen.

Heinrich sitzt Abend für Abend in seinem Sessel im Herrenzimmer, das ist nun sein Reich, alles nur für ihn gemacht. Er hat sich befreit vom Gestank des Gerbens, er ist kein mauschelnder Viehhändler mehr, wie noch sein Vater in jungen Jahren, er ist angesehener Unternehmer, er ist vornehmer Kamerad, denen, die seine Kameraderie verdienen. Er hat sich mit dem neuen Haus befreit vom Gestank des Geldes. In dieser Gegend redet man nicht mehr darüber, hier hat man es. Es ist ein Neuanfang für die Familie. Nach dem Albdruck mit Fränzchen soll alles besser, größer und schöner sein. Seit der Kleine starb, weiß Heinrich, wie zerbrechlich Familie sein kann, weiß er, wie zerbrechlich Leben überhaupt ist.

15

PAUL IST DER NEUE, süße Mittelpunkt, der allen ein Lächeln ins Gesicht zaubert, und Paul macht kein Theater, er ist sanft, ein süßer, kleiner Träumer, ein Paulchen, schmal. Die schwarzen, glatten Haare hat ihm Rosa zum Pagenkopf frisieren lassen, diesmal erlaubt Heinrich es, und geduldig lässt sich der Kleine verwöhnen, erziehen. Er ist in Butter getaucht, niemand nimmt ihn ernst, so süß, wie er ist. Er darf alles, nichts kann er falsch machen. Sein Reich, die ganze Villa und der Garten, alle Hausangestellten, Frieda vornweg, lachen, wenn er daherkommt. Das ist das neue Glück.

Paul tapert durchs Haus. Es ist still, wenn die Geschwister nicht da sind, ja ein bisschen langweilig, die Mama will nicht gestört werden, Vater ist schon früh aus dem Haus gegangen, Frieda unten in der Küche. Paulchen allein. Da macht er eine Entdeckung, die Tür von Vaters Zimmer ist nur angelehnt, sonst darf er nie rein, heute ist sein Tag. Er drückt vorsichtig dagegen, bis die Tür sich so weit öffnet, dass er durchschlüpfen kann. Er spürt den weichen Teppich an den bloßen Füßen, dann zieht er sich an Vaters Schreibtisch hoch. Er kann gerade bis zur Tischplatte mit den Händen greifen, als er darauf etwas ertastet, er zieht, und etwas fällt auf den Boden. Er kennt die Bilder auf den Kästchen, er weiß, wozu das alles dient, denn er hat den Vater oft schon damit gesehen. Das gefällt ihm, denn erst damit kann Paul wie der Vater selber sein.

Also nimmt er die beiden Kästchen, läuft über den Flur, dann die Treppe bis in den Garten, wo seine Füße von den Grashalmen gekitzelt werden, wo er seinen Lieblingsplatz hat. Es ist die Hundehütte von Robby, der mit Vater weg ist. Er kriecht rein, so dass er ganz darin verschwindet. Dann setzt er sich auf und holt eine lange braune Stange aus dem größeren Kistchen heraus. Sie riecht nach Vater, er steckt sie in den Mund. Sie schmeckt bitter. Dazu nimmt er ein kleines Hölzchen aus dem kleineren Kistchen, er hat gesehen, wie der Vater das macht, meist nach dem Essen, wenn er im Sessel sitzt. Paul lehnt an der Wand der Hütte, er reibt das rote Ende des Hölzchens, bis die Flamme da ist, dann hält er sie unter die Stange, aber so richtig will kein Rauch kommen, obwohl er pustet, stattdessen geht die Flamme aus. Er schmeißt die Stange und das Hölzchen hin, nimmt alles neu und versucht es wieder und wieder. Es fängt an zu rauchen und zu stinken in der Hütte, bis ihm die Augen tränen. Plötzlich wird er von Friedas Armen aus der Hütte gerissen, Junge, was machst du da. Frieda läuft mit Paul auf den Armen rasch ins Haus zu Fanny, die am Flügel sitzt, hat sich der Kleine was getan, abgetastet von Frauenhänden wird der Junge, Paul wird auf Brandspuren untersucht, aber er hat Glück gehabt, außer dem Rauch, den er inhaliert hat, ist nichts passiert.

Einmal am Tag trifft die Familie zusammen. Abend für Abend inszeniert Heinrich das Ritual, darauf besteht er, sie sitzen gemeinsam beim Essen. Frieda deckt für alle ein, nur der Platz vom Fränzchen bleibt leer, die Blicke der Eltern gehen oft dorthin. Es ist der alte, lange Esstisch aus der Wohnung, der hier im neuen, großen Haus klein aussieht. Das ist jetzt ihr Platz, sagt Paul, als er seine Puppe mit abgerissenem Kopf auf den leeren Stuhl setzt. Alle schauen zu ihm. Paul setzt der Puppe den Kopf wieder auf, und jetzt lebt sie wieder. Rosa hält den Atem an, doch sie ist auch erleichtert, jetzt werden sie sich vielleicht nicht streiten. Sie hat Gespräche über Politik verboten, doch Heinrich und Konrad können es nicht lassen. Bald geht das ewige Hin und Her wieder los, über die neue

Bewegung, die in aller Munde ist, die Nazis. Gertrud schaut missbilligend, es ist ihr letzter Abend, sie geht zum Studium fort, aber Konrad redet sich schon heiß, Fanny will ihren Bruder unterstützen, traut sich jedoch nicht, so bleiben nur die Männer, allenfalls Rosa mischt sich noch ein, aber Heinrich ist in Fahrt.

Für ihn sind Kommunisten und Nazis aus einem Holz, er spricht von früher, wie es noch unter dem Kaiser war, wo die Welt eine Ordnung hatte. Es ist der Umbruch der Zeiten, den er nicht versteht, seit dem Krieg ist Deutschland nicht mehr das, was es einmal war. Es gibt keinen Adel mehr, keinen Herrscher, es schreien der Mob und das Chaos. Die alte Ordnung ist aus den Fugen. Er hasst die Quatscherei im Parlament, die Streitereien, von denen er in der Zeitung liest, all das war klarer unter dem Kaiser, und der Junge ist angesteckt von diesen Straßenkrakeelern, den Linken. Sogar die Frauen haben sich geändert, jetzt wollen sie studieren, sie wollen mitreden, ja, sie sprechen über ihre Sexualität. Gut, wenn es hart auf hart kommt, hält seine Frau zu ihm, aber sie streiten sich endlos, und Rosa will ihm auch nicht sein Poussieren gönnen, seine kleinen Auszeiten.

Natürlich haben die Kinder gepetzt, wie er neulich bei der Klassenlehrerin von Gertrud zu lange in der Wohnung geblieben ist. Er hat sich aber auch dumm angestellt, hatte alle drei zum Besuch mit, hat sie in den Park geschickt, sie sollten da auf ihn warten, hat sich wohl ein bisschen zu sicher gefühlt, aber das Wichtigste ist doch, Rosa, es hat nichts zu bedeuten, ich liebe nur dich, aber sie hat wieder einen endlosen Krach angefangen, hat sich wieder wochenlang abweisend verhalten.

Dabei will Heinrich nur geliebt werden, von seiner Frau, von seinen Töchtern. Fanny macht es ihm auch schwer. Sie verhält sich nicht nach den Regeln. Gertrud macht es wenigstens diskret, so dass er offiziell nichts davon weiß. Für wen hat er die Villa gebaut, für wen schuftet er sich Tag für Tag in der Firma ab, für wen hält er die Verbindungen in der Gemeinde, tut, was schon der Vater immer getan hat, jawohl, für die Familie. Für ihre extravaganten Wünsche, für ihr Wohlgefallen, weil er Verantwortung übernimmt, er hält alles und alle zusammen, er sorgt dafür, dass alles und alle Platz haben. Aber sie danken es ihm nicht genügend.

Er hat die Schulen bezahlt. Bei jedem Kind wurden seine Hoffnungen geweckt, wer wird Nachfolger, Konrad, was ist mit Konrad los, der redet nur noch über Politik, anstatt über das Wohl der Familie, das bringt Heinrich hoch, der Junge muss noch viel lernen, wenn er mal übernehmen will. Sie haben sich geeinigt, Heinrich hat nach Amerika geschrieben, sie werden Konrad nehmen, er soll dort den Einkauf machen. Konrad war ganz froh, als Heinrich ihm seinen Entschluss mitgeteilt hat, und Heinrich ist erleichtert, er ist ihn los, soll er sich da bewähren, dann kann er ihm hier nicht dauernd in die Quere kommen. Gertrud geht auch fort, zum Studieren. Paul ist in der Schule. Das Haus wird wieder stiller werden.

16

ROSA WEISS NICHT, wann Heinrich nach Hause kommt, er macht, was er will, aber um diese Zeit kann es nicht sein, es klingelt, und er hat doch seinen Schlüssel. Sie geht selber nachschauen, es ist der junge Herr Dreyfuss, ist immer schüchtern, wenn er Rosa trifft. Oft war er schon bei Gertrud zu Besuch. Die beiden waren früher mal zusammen in einer Klasse. Entschuldigen Sie, ich wollte zu Fräulein Gertrud, sagt er stockend. Kommen Sie rein, sagt Rosa trocken. Rosa hat Klavier gespielt und jäh unterbrochen, als es klingelte. Ich habe die Musik gehört, ich dachte, Gertrud spielt, ich kam gerade vorbei, man kann es auf der Straße hören. Gertrud ist in München, ach, was macht sie denn da, sie studiert, davon hat sie mir gar nichts gesagt. Rosa setzt sich wieder an den Flügel, der Herr Dreyfuss sitzt unbequem und unschlüssig auf der Lehne des Sessels, ist der Schubert nicht vierhändig, er kennt sich aus, sie nickt ihm zu, er kommt herüber, sitzt dicht neben ihr, da sieht sie seine Hände, sie riecht seine Haut, sie sieht seine Lippen, ihr wird schwindelig. Sie steht auf und zieht ihn in ihr Ankleidezimmer, sie öffnet ihm die Hose und das Hemd. Diese Haut, diese junge Haut, alles ist so weich und jung an ihm. Rosa sehnt sich so. Sie sprechen kein einziges Wort, er möchte gern, aber sie hält ihm den Mund zu, sie legt ihn auf den Boden, und er ist Wachs in ihren Händen. Sie setzt sich auf ihn, und er keucht, erst durch sein Keuchen wird ihr klar, wie fremd er ihr ist, er ist aufgeregt und vermasselt alles. Es ist schon vorbei. Doch Rosa ist froh, dass sie es getan hat. Sie hat sich an Heini gerächt, an seinen jahrelangen Demütigungen, und sie hat ein Stück des Lebens der Künstler gelebt, die sie so liebt. Diese Malerinnen, diese modernen Frauen, von denen sie liest. Herr Dreyfuss, Sie müssen jetzt sofort gehen, Gertrud ist ja nicht da, sagt sie dem verdutzten jungen Mann. Sooft er in der nächsten Zeit klingeln wird, sie wird ihn nie wieder einlassen, sie brauchte auch den Sex nicht mit ihm, das ist es nicht, aber sie will sich stark an der Seite ihres Mannes fühlen, und das ist sie jetzt.

17

FÜR KONRAD IST DER GROSSE TAG gekommen, sein Abitur liegt hinter ihm, der Job drüben wartet schon. Er steht am Heck des Schiffs, das ihn von Hamburg bis in die Neue Welt bringen soll. Ihm ist kalt, und er muss dauernd gähnen. Er sieht nun das erste Mal von der Seeseite aus, wie die Stadt hinter ihm im Nebel versinkt. Konrad weiß aus seinen Büchern, Amerika ist modern, Abenteuer, alles lockt ihn, zu Hause ist Enge. Natürlich hat er dem Vater seinen ersten Job drüben zu verdanken, aber jetzt, hier an Deck, spürt er sich fest auf seinen Füßen. Konrad richtet den Blick nach vorn, geht rüber zum Bug, dahin, wo alles weit und weiß ist, wie seine Zukunft. Nur ein paar Möwen kreischen, er geht, so weit er kann.

Wie Konrad nach ein paar Tagen die Freiheitsstatue in der Ferne sieht, ist er enttäuscht. Sie ist kleiner, als er erwartet hat, überhaupt ist es drüben anders als gedacht. Als er die Reling runterstolpert, muss er sich in der Menge der Wartenden in einer langen Reihe anstellen. Grob wird er von dem Mann in Uniform angefahren, er soll nicht über die Linie treten, dabei hat er sich nur ein bisschen aus der Reihe gewagt. Nach endloser Abfertigung kann er endlich gehen. Niemand wartet auf ihn, und er fühlt sich auf einmal allein. Er fährt mit dem Zug rüber, über die Grenze nach Kanada, da ist es ruhiger als in den Straßen von New York, aber dafür sind die Leute noch schwieriger zu verstehen. Endlich kommt er in dem kleinen Städtchen an, wo Herr Wolf, der Bekannte von Heinrich, seine Fabrik hat. Du kannst morgen anfangen, für fünfundzwanzig im

Monat, hier ist dein Zimmer. Ein Bett, ein Stuhl, ein Schrank. Die Tür geht zu, er ist wieder allein, von fern nur der Lärm der Straße, es ist kalt hier, der Winter hat schon begonnen.

Wie betäubt ist Konrad in den ersten Wochen, die Zahlenkolonnen sind dieselben, wie er sie vom Vater kennt, wenn er bei der Buchführung ausgeholfen hat. Der Weg in das verqualmte Büro, ist er dafür gereist, ist das das Abenteuer des Schienenstranges. Das Mädchen, mit dem er sich angefreundet hat, spricht Englisch mit französischem Akzent, es klingt süß. Sie haben sich im Café verabredet, aber als sie erfährt, dass er Jude ist, sagt sie, isch kann nischt, mein Vater sagt, nischt mit eine Juif. So bleiben ihm nur noch Kino am Wochenende und Spazierengehen. Einmal im Monat Abendessen beim Chef, was gibt es Neues aus der Heimat. Konrad bleibt gar nichts anderes übrig, als fleißig zu lernen, sein Französisch und sein Englisch zu verbessern, abends, nach dem Büro, geht er noch zur Sprachschule. Aber so kann es nicht weitergehen. Er kauft sich Zeitungen, wer sucht einen Deutschen mit kaufmännischen Kenntnissen, aber hier ist Wirtschaftskrise, sie nennen es the big crash. Sie suchen höchstens Kellner.

Konrad fährt wieder rüber nach New York, hat ein winziges Zimmer, das er sich auch noch teilen muss, und geht um vier Uhr früh zur Arbeit, um zu kellnern. Um die Mittagszeit kommen die Gäste, sie sehen aus wie Vaters Freunde zu Hause, und Konrad soll ihnen die Teller servieren und für sie lächeln. Die Schicht endet um sechs Uhr abends, dann schleppt er sich nur noch todmüde in sein Zimmer, wo der andere Kerl bald besoffen nach Hause kommen und ihn wecken wird.

Er muss etwas unternehmen. Also wieder Annoncen in Zeitungen lesen. Wieder Hoffnung, der Mann sucht einen, der sich mit Zahlen auskennt, er ist auch Deutscher, aber als Konrad endlich am neuen Arbeitsplatz am Schreibtisch sitzt und die Schublade öffnet, sieht er eine Pistole und ein Päckchen mit Munition. Wo bin ich gelandet, ich fahre nach Haus, ich habe genug, Konrad schreibt an Heinrich, es kommt die Rückfahrkarte. Zu Hause fällt Vaters Kommentar beißend und kurz aus, ich wundere mich, dass du es immer noch nicht geschafft hast. Zu Hause ist auch Gertrud. Nun wollt ihr beide wohl wieder hier Unterkunft suchen. Aber bitte schön, soll Konrad zeigen, was er kann, was er gelernt hat. Er soll der neue Außenvertreter in Vaters Firma werden, er macht ab jetzt den Einkauf für ganz Norddeutschland.

18

ES IST KALT GEWORDEN, und Heinrich hat das Personal der Firma in die Villa eingeladen, Gertrud verpackt Geschenke, unten, im Vestibül, ist ein Baum aufgestellt. Rosa hat es sich nicht nehmen lassen und hat ihn persönlich geschmückt, die großen roten Kugeln, das silberne Lametta, ist ja für den guten Zweck, sagt sie sich selbst. Es klingelt, nun kommen Heinrichs Angestellte, die Männer mit ihren schwarzen Mützen, ihren Lederschürzen, ihren groben Schuhen, wie sie verlegen über den flauschigen Teppich stolpern. Frieda und der Chauffeur sind auch da, es kann losgehen.

Heinrich kommt herunter, es gibt Glühwein, alle stehen mit den Gläsern in der Hand, der Chef hält seine Rede, unser Schiff ist glücklich bis hierhergekommen, die Firma, die in unruhigen, ja stürmischen Zeiten war, segelt wieder in sicherem ruhigem Gewässer, und Sie alle hatten daran Anteil, dafür möchte ich Ihnen danken. Da wird Heinrich unterbrochen, weil es noch einmal klingelt, der Lagerarbeiter Walter Nothvogel betritt den Raum, er stützt sich schwer auf einen Stock, Rosa hat ihn ewig nicht gesehen, wie immer zu spät, niemand würde etwas sagen, so lange, wie der Mann schon für die Firma arbeitet, sie reicht auch ihm ein Glas. Es ist still geworden, alle starren Walter Nothvogel an, der atmet schwer, Rosa kann ihn pfeifen hören, er hat das Glas genommen, ohne sie anzusehen.

Heinrich holt Luft, um wieder über die glückliche Fahrt des Schiffes zu sprechen, als Nothvogel mit einem schnellen Hieb seines Stocks drei rote Kugeln vom Baum wegspritzen lässt, begleitet von einem Ooaah der Angestellten. Ehe jemand einschreitet, hat er auch den Rest der Kugeln mit erstaunlicher Treffsicherheit wegrasiert, dreht sich zum Buffet und jagt mit dem Stock das Porzellan runter, dass es mit einem Klirren zerspringt. Dann dreht er sich wieder zu den Anwesenden, ohne den Chef anzusehen, schöne Weihnachten, lallt Nothvogel und humpelt mit seinem Stock wieder nach draußen.

Heinrich fängt sich als Erster, murmelt zu Rosa, ich hab noch zu tun, und geht, ohne die anderen zu beachten, zurück in sein Arbeitszimmer. Dort sitzt er wie in einer Wolke, träumt vor sich hin, etwas hat seinen Frieden gestört, aber er schiebt die dunklen Gedanken beiseite. Rosa bringt die Feier, so gut sie kann, zu Ende. Abends wartet die Familie auf Heinrichs Reaktion, doch der tut so, als wäre nichts passiert. Er spricht auch nicht mehr darüber, Nothvogel wird nicht entlassen. Nothvogel ist sicher, der kann machen, was er will, der Alte braucht ihn.

Die Wut ist dem Nothvogel gekommen, der wieder in der Kneipe hängt, einfach die Wut, er ist schon sein ganzes Leben Lagerarbeiter, erst beim Vater, dann beim Sohn. Aber dieses Getue, ihm Weihnachten vorspielen, ihn mit dem Tand und mit ein paar Zigarren abspeisen, zusammen im Feld waren sie, und nun wieder jeden Tag, ja, Chef, mach ich. Ja und Amen. Na, es kommen bald andere Zeiten. Er hat sich schon so eine neue Uniform besorgt, sollte der Chef mal sehen, wenn er mit seinen neuen Kameraden zusammensitzt. Sie haben noch viel vor. Da ist das letzte Wort noch nicht gesprochen.

19

KONRAD IST JETZT EIN MANN, und Heinrich grübelt wieder mal, wer soll die Firma übernehmen. Er ist inzwischen zweiundfünfzig, Paul ist noch viel zu jung, aber der Konrad mit seinen vierundzwanzig Lenzen macht keine Anstalten, sich zu fügen, zwar ist er beruflich lange nicht mehr unbeleckt, ja, er macht seine Sache gut, das muss Heinrich zugeben, aber ansonsten spuckt er ihm dauernd in die Suppe. Dauernd redet Konrad von der Gefahr der Nazis, Heinrich hat sich ewig nicht mehr um Politik gekümmert, nun, da Konrad wieder da ist, redet der umso mehr darüber, er sagt, dass sie alle weggehen müssen. Weggehen. Das soll Zusammenhalt sein.

Zusammenhalt. Familie, das bedeutet, dass sich Konrad unterordnen soll, den Interessen der Firma, der Familie, ihm. Was interessiert Heinrich, wer in Berlin regiert, das ändert sich doch sowieso inzwischen alle paar Wochen. Wenn schon, dann keine Sozis. Mutter redet mit Konrad in Heinrichs Namen, du musst Hindenburg deine Stimme geben, er ist das kleinere Übel, nein, streitet Konrad, meine Sozialdemokraten sollen eine Einheitsfront mit den Kommunisten bilden. Du bist immer noch ein dummer Junge, sagt Mutter. Doch während man sich darüber hin und her streitet, ernennt in Berlin Hindenburg Hitler zum Reichskanzler. Die Nazis ergreifen an diesem Tag im Januar die Macht, auch in Hannover.

Fünfzehn Jahre Republik sind vorüber. Die Deutschen haben das Ende des Ersten Weltkriegs nie verwunden, die Schmach und die drückenden Lasten, die ihnen von den Siegern aufgebürdet worden sind. Sie haben den Kaiser abtreten lassen, als Sündenbock für das Verlieren. Dann aber gab es unterschiedliche Antworten, wie es weitergehen sollte, die Linken wollten ein Land nach dem Vorbild Russlands, was jetzt Sowjetunion heißt, die Rechten wollten vor allen Dingen ein starkes Deutschland, eine Nation, die sich zum Herrscher der Welt erhebt. Beide, Linke wie Rechte, reden von Revolution. Vor allen Dingen wollten die meisten kein Gequatsche mehr vom Parlament, einfache Antworten, starke Führer, die Herde will wissen, wo es langgeht. Da kommt der Hitler gerade recht. Er ist der Weg, er hat Charisma, er liebt das Marschieren, er ist der Balsam auf den Wunden, er kennt die Schuldigen für das Unglück. Besonders die Frauen sind ihm verfallen. Er kennt den inneren Feind, der muss sofort außer Gefecht gesetzt werden. Von da an sind alle im Siegesrausch, jetzt geht es wieder aufwärts.

Heinrich schickt erst mal die Familie fort aufs Land, denn er hat gehört, jüdische Kapitalisten stehen ganz oben auf der Abschussliste der neuen Regierung. Am Abend ziehen die Sturmtruppen zur Siegesfeier durch die Straßen von Hannover. Nur Konrad und er sind noch im Haus. Sie schließen die Fensterläden. Heinrich drückt Konrad ein Gewehr und eine Pistole in die Hand, das ist seine Ausrüstung von der Bürgerwehr, die sonst hier für Ordnung im Viertel gesorgt hat. Sollten die Rabauken versuchen, durch die Haustür zu kommen, hast du meine Erlaubnis, diese Waffen zur Verteidigung zu benutzen. Konrad nimmt schweigend in die Hand, was Vater ihm so selbstverständlich übergeben hat, kühl ist das Gewehr in der einen, beim Griff der Pistole in der anderen kommen ihm die Gedanken, das ist Wahnsinn, was der Alte von ihm verlangt. Er hat noch nie eine Waffe benutzt, hat sich immer geweigert, er weiß gar nicht, welcher Hebel die Sicherung löst. Er wagt nicht, den Finger auf den Abzugshebel zu legen, er kennt die verdammte Mechanik von dem Ding nicht, er traut sich nicht mal, das Ding einfach in die Ecke zu feuern, es könnte losgehen. Der Griff ist schon ganz feucht von seiner Hand geworden. Aber das kann er Heinrich jetzt nicht sagen, dafür ist es zu spät. Heinrich würde es sowieso nicht verstehen. Er kann nur noch so tun als ob. Aber was, wenn die hier wirklich eindringen, wenn sie kommen.

Sie warten und hören auf die Geräusche von draußen, auf Robby können sie sich verlassen, falls jemand von hinten über den Garten eindringen will, wird er bellen. Langsam vergeht der Abend, die Nacht bricht herein. Diese Verbrecher, schimpft der Alte vor sich hin, diese Verbrecher haben jetzt die Macht, sie sind der Staat, dagegen sind wir machtlos. Beim Alten ist das nicht angekommen, dass die SA ein Teil von Hitlers Apparat ist. Er hält sie für eine Bande, und das waren sie auch bis gestern, aber jetzt sind sie in ihren lächerlichen Uniformen Gesetz, das will er nicht begreifen. Vater, wir müssen weg, es ist noch nicht zu spät. Konrad war tagsüber in der Stadt, am großen Hauptquartier seiner Sozialdemokraten. Sie haben denen einfach die Tür aufgemacht, als die Nazis kamen, haben die übernommen, so läuft das, du törichter Idiot, da glaubst du, wir könnten gegen die ankommen. Dann hören sie das Singen und die Schritte der Stiefel, es wird immer lauter. Sie müssen auf der großen Bremer Allee sein. Zu den Villen ist es nur noch ein Katzensprung, auch aus der Nachbarschaft sind die meisten schon dabei. Was ist aus Schulze Berge geworden, was aus den Männern von den Kameradschaftsabenden, die die Bürgerwehr gegründet haben im Viertel, gegen das Geschmeiß, gegen den Dreck. Aber die meisten von denen machen jetzt selber bei den Nazis mit. Das Gebrüll draußen wird immer lauter, beide halten den Atem an. Heute Abend haben sie Glück, sie ziehen vorbei.

Konrad, der Einkäufer, fährt nach Herford, da ist einer von Heinrichs Partnern, doch vor dem Laden stehen Männer in

Uniform. Hier ist geschlossen, fahr nach Hause, sagen sie, ihr Juden dürft keine Geschäfte mehr machen. Es bleibt ihm nichts anderes übrig, als zurückzufahren. Er sitzt im Büro, wie lange willst du noch rumsitzen, fragt Vater. Er soll wieder raus, diesmal zu einem Deutschen. Sie müssen verstehen, junger Mann, dass sich die Juden immer vordrängen und versuchen, sich Vorteil zu verschaffen, erklärt der ihm die neuen Zeiten. Wenn er doch bloß den Vater umstimmen könnte.

20

HEINRICH HAT ES GETAN, ohne der Familie was zu sagen. Er hat kein Brimborium darum gemacht. Bevor er morgens das Haus verlässt, nimmt er die Fahne aus dem Schrank, wo sie, sauber und gefaltet, unter einem Stapel Wäsche liegt. Er geht in den Vorgarten, befestigt sie am weißen Mast und zieht sie hoch. Da hängt sie nun, wie andere Fahnen auch in der Straße. Die Häuser ähneln sich hier in der Gegend. Nun sind sie alle beflaggt zur Feier der neuen Regierung. Für Heinrich ist es Stolz und Schutz zugleich. Es ist die Fahne, die schon so lange in Familienbesitz ist, die schon sein Vater Arthur hatte. Sie weht vor dem Haus am weißen Mast, schwarz, weiß, rot, für diese Fahne ist Heinrich in den Krieg gezogen, das blöde neumodische Kreuz auf rotem Grund, das woanders zu sehen ist, wird schnell wieder verschwinden, und auch die neuen Herren halten viel von seiner Fahne, das weiß er. Heinrich sieht noch einmal hoch, überprüft, ob das Seil gut geschlungen ist, kann sich gar nicht sattsehen, dann reißt er sich los, geht beruhigt ins Büro. Fahne oben, Familie und Haus gesichert.

Es ist schon fast Mittag, als im Büro das Telefon klingelt. Ruhig nimmt er ab, Sie, Itzig, wenn Sie nicht sofort unsere deutsche Fahne runterziehen, dann gibt's was aufs Maul, sagt es keuchend, dann ist abrupt Ruhe, aufgelegt.

Konrad genießt den Morgen, er streckt sich im Bett, fühlt die feine Wäsche, die wohlige Wärme, draußen ist Februar, herrliche Ruhe, besonders, wo er die Stimme des Alten nicht mehr hören muss, sie wurde abgeschnitten durch das Klappern der

Haustür. Heinrich hat ihm für heute freigegeben. Er könnte mal runter zu Frieda schleichen, mal sehen, was es zum Frühstück gibt. Er ist ja noch nicht lange wieder zurück aus Amerika, aus seinem anderen, harten Leben. Der Alte kann ihm jedenfalls die nächsten Stunden nicht die Stimmung verderben, also erhebt er sich ganz gemütlich und geht rüber in Pauls Zimmer, mal sehen, was der so treibt. Paul sitzt auf dem Bett und liest, hebt kurz den Kopf und schaut wieder ins Buch. Na, Bürschchen, sagt Konrad, wie er es immer getan hat, nur ist Paul kein Bürschchen mehr, er ist ja schon elf, auch drei Jahre älter geworden. Was liest'n da, Konrad erwartet keine Antwort, aber er will nett sein. Er schaut sich um, na ja, Kinderkram, Spielzeug, Muttis Einfälle, alles weiß und sogar ein bisschen plüschig, und Pauls Frisur, diese langen Haare. Den Jungen stört's nicht, der liest, den hat nie was gestört, denkt Konrad neidisch, klein und doof und Mamis Liebling.

Er schaut aus dem Fenster, er stutzt, da wird ihm plötzlich eng ums Herz, die wehende Fahne des Kaiserreichs, direkt vor seinen Augen am Mast, im Garten vor dem Haus. Sie ist auf seiner Höhe, denn Pauls Zimmer liegt im ersten Stock. Was ist denn das, Paul schaut von seinem Buch auf, Konrads Ton hat ihn aufmerksam gemacht, siehst du die Fahne da, klar, die hat Vater drangemacht, bevor er ins Büro gegangen ist. Konrad keucht, das gibt's nicht, dreht der Alte völlig durch. Wieso, fragt Paul, haben doch alle eine Fahne dran. Jetzt sieht auch Konrad, dass die umliegenden Häuser geflaggt haben, meist die neue rote Fahne mit dem Kreuz. Aber wir, wir sind anders, wir sind Juden, hä, wie anders, ach, du hast doch keine Ahnung, Paulchen.

Da kommt Konrad eine Idee, in aller Genauigkeit bildet sie sich in seinem Kopf ab. Er muss grinsen. Er braucht einen Verbündeten, aber ihm ist mulmig, jetzt bloß nicht anfangen zu grübeln. Los, komm. Was. Paul versteht nicht. Komm schon, los. Konrad läuft voran, und das Paulchen tapert hinterher, er stürmt die Treppe runter, Paul ist noch im Schlafanzug, was hast du denn vor, sei leise und komm, fährt ihn Konrad noch mal an. Sie öffnen die Haustür, schneidender Wind kommt ihnen entgegen, aber Konrad stürmt zur Fahnenstange, er zerrt am Strick, bis er die Aufhängung los hat, dann zieht er am Seil. Die Fahne gleitet langsam von der Spitze bis zu ihnen nach unten. Konrad knüpft sie eilig ab und klemmt sie sich unter den Arm. Paul steht frierend dabei. Sie verschwinden wieder in der Tür, die die ganze Zeit offen stand, dann in den Keller. Hier ist es wenigstens warm, wenn auch für Pauls Geschmack zu dunkel. Was machen wir denn hier, wir verbrennen das Ding. Erst bekommt Paul einen Schreck, wenn er an den Vater denkt, dann siegt die Lust auch in ihm, ja, es ist doch herrlich, einen großen Bruder zu haben.

Konrad fingert an der Klappe der Heizung, auu, ist das heiß, aber er bekommt sie geöffnet. Die Brüder schauen in das schimmernde Feuer, aber nicht zu lange, der Mut könnte vergehen, dann stopft Konrad die Fahne in das Loch. Sie schließen schnell wieder zu und laufen in Vaters Arbeitszimmer, wo das Telefon steht, psst, macht Konrad zu Paul, während er wählt, dann bekommt Konrad so einen Gesichtsausdruck, den Paul nicht von ihm kennt. Er sieht dem Bruder auf den Mund, während der in den Hörer mit fremder Stimme trötet. Paul muss lachen, der Bruder klingt wie ein schreiender Nazi. Als Konrad auflegt, fragt Paul, und was machen wir jetzt, frühstücken, sagt Konrad trocken. Die Treppe runter, gleich die nächste Tür, der Lieblingsraum für alle in der Familie, die schwarz-weißen, großen Kacheln, der immer warme Herd und vor allen Dingen Frieda, da hat sich nichts geändert, die nie überrascht ist, nie ablehnend, wenn man mit ungewöhnlichen Wünschen zu ungewöhnlichen Zeiten zu ihr kommt. Sie hat den Tisch für Konrad und Paul schon gedeckt.

Als Frieda am Nachmittag den Kessel nachheizen will, macht sie in der Asche eine merkwürdige Entdeckung, an einer Stelle sieht die Asche anders als üblich aus.

Heinrich hat den ganzen Tag über die Stimme am Telefon gegrübelt, auch über das plötzliche Ende des Anrufs. Als er wieder vor dem Haus steht, sieht er, dass der Fahnenmast leer ist. Was ist hier los, Frieda hebt die Schultern, da steht mit seinem Grinsen Konrad und schüttelt auch den Kopf, Paul daneben, aber dessen Schütteln ist so verdreht, dass Heinrich sofort weiß, wen er sich vornehmen muss. Ja, ich habe mitgemacht, aber Konrad war's. Das gibt Heinrich einen Stich. Konrad hat es getan und ihm frech ins Gesicht gelogen dabei. Wo ist die Fahne hin, was hast du getan, Heinrich wird laut, so dass Frieda wieder aus der Küche gelaufen kommt, mir kam die Asche gleich so komisch vor, sagt sie, im Heizungskessel. Plötzlich bekommt auch die Stimme am Telefon für Heinrich Klarheit. Du hast mich angerufen, mir den Nazi vorgespielt. Konrads Gesicht ist weiß geworden, er ist erkannt, verlegt sich auf Argumente. Vater, sie werden dich drankriegen, wenn du als Jude die Fahne hisst, das ist für Juden verboten. Ach Quatsch, der Alte ist außer sich, du hast gelogen, mir was vorgelogen, ich weiß genau, was ich tue, die Fahne ist Schutz, auch für dich, du Idiot, für deinen Bruder, für deine Mutter. Für uns alle. Seine Stimme überschlägt sich.

21

DIE STIMMUNG ZU HAUSE bleibt eisig. Als Konrad von der Arbeit kommt, ruft ihn Heinrich in sein Zimmer und verkündet, was er gerade über das Telefon gehört hat. Fanny hat versucht, sich umzubringen, sie war bei Gertrud in der Wohnung, aber Gertrud hat es rechtzeitig geschafft, den Gashahn abzudrehen. Warum wollte Fanny sich umbringen, das passt gar nicht zu ihr. Heinrich wird verlegen, das spielt doch keine Rolle, ist sie am Leben, wo ist sie, ich will ihr helfen, wir haben sie ins Krankenhaus gebracht.

Dann bricht es aus Heinrich heraus, sie hat Schmach und Schande über unsere Familie gebracht, so benimmt man sich einfach nicht in unseren Kreisen. Was heißt das, in unseren Kreisen, wer hat festgelegt, wie man sich in unseren Kreisen benimmt, du hast sie weggesperrt, in die Klapse. Sie ist mit einem Geschäftspartner von mir ins Bett gegangen, dann hat sie sich einen Gasschlauch in den Mund gesteckt. Du gibst dich als Familienmensch, als Wohltäter aus, als Moralapostel, ich werde es in der Gemeinde, in der ganzen Stadt bekanntmachen, ich werde es all deinen Geschäftspartnern sagen, was du für einer bist, schreit Konrad. Das reißt Heinrich den Boden unter den Füßen weg, das kann ihn alles kosten, seinen Ruf, die Firma, seine gesamte Reputation, sein Ansehen, alles steht auf dem Spiel, und das will ihm der eigene Sohn antun, sein Fleisch und Blut.

Das ist der Moment, wo das Fass überläuft, dieses Maß an Renitenz, jetzt muss Heinrich handeln, jetzt sofort, raus, weg, besser abschneiden als ewig rumdoktern, jetzt sofort handeln.

Rosa holt auf seine Anordnung hin ein paar Sachen zum Anziehen aus Konrads Zimmer, sie packt sie in zwei Koffer, zum Bahnhof damit, das wird aufgegeben. Konrad kommt am Abend nach Hause, doch sein Schlüssel passt nicht ins Schlüsselloch, er kann machen, was er will, die Haustür lässt sich nicht öffnen, er muss klingeln. Es dauert lange, dann ist die verlegene Frieda an der Tür und öffnet. Ich soll Ihnen das vom Vater aushändigen. Sie drückt ihm den Gepäckschein in die Hand, dazu Vaters Notiz, deine Kledage ist am Hauptbahnhof. Dann schließt sie vor seinen Augen wieder die Tür.

Konrad geht durch den Garten, streichelt Robby, der Alte hat das Schloss austauschen lassen, wohin jetzt. Wo ist Fanny, in welchem Krankenhaus. Vater hat ihm fristlos gekündigt, und Lohn ist ihm der Alte auch noch schuldig. Was soll ich jetzt machen. Konrad läuft los, überall klingt Marschmusik, aber alles wie hinter Glas. Mechanisch fasst er sich in die Tasche, sucht sein Portemonnaie, er hat noch zehn Mark. In der Kyffhäuser Straße bei den Nutten gibt es Zimmer, die bezahlbar sind. Lass mal gut sein, er wehrt die Hand des Mädchens ab, das ihm auf der Straße an die Wäsche will. Die werden euch jetzt auch drankriegen, sagt er matt, weil er weiß, dass die Nazis die Huren von der Straße haben wollen. Aber er ist jetzt zu schwach, mit dem Mädchen zu reden, er geht zu der Alten, holt sich einen Zimmerschlüssel, jetzt nur noch schlafen. Er öffnet im Zimmer das Fenster einen Spaltbreit, kalte Luft und fröhliche Gesänge dringen ein. Konrad legt sich auf das quietschende Bett. Für ein paar Wochen ist er hier einquartiert. Später wird er zu Onkel Moritz nach Hamburg fahren, der hat ihm immer geholfen gegen den Alten. Müde schließt er die Augen.

Es kommt der Brief vom Vater, zusammen mit einem Hundertmarkschein. Fanny ist in Schierke, im Harz, im Nervensanatorium, sie will dich sehen. Konrad macht sich wieder auf den Weg. In Schierke steigt er aus dem Zug, läuft die Straße runter, er wird das Sanatorium schon finden, so groß kann das Nest nicht sein, er hat keine Augen für die schöne Landschaft, die am Ende der Straße beginnt. Da ist es, eine Villa, guten Tag, ich möchte zu Fanny Zimmermann, ich bin der Bruder. Man öffnet ihm eine Tür, das Zimmer ist groß, einsam das Bett in der Mitte, mit der sich abzeichnenden Figur unter der Decke. Konrad lässt sich auf dem Stuhl nieder, schaut aus dem Fenster in den Garten, dann zu Fanny, wie sie daliegt, die Haare strähnig, das kleine Gesicht weiß wie das Laken.

Dann macht sie plötzlich die Augen auf, Konrad, was machst du hier, Fanny, was hast du getan. So wollte er nicht beginnen, aber das Herz geht ihm über. Mir geht es schon wieder ganz gut, lächelt Fanny. Konrad weiß auf einmal nicht, wer der Kranke ist, am liebsten würde er aufstehen, sich zu Fanny legen, wie früher. Jetzt schießen Fanny die Tränen in die Augen, ich bin so froh, dass du da bist, wir gehen weg, wir werden Deutschland verlassen. Schon sind sich beide einig, auch wie früher. Sie lacht, ja, wir gehen fort. Dabei wissen sie beide schon, dass dies nur ein Mutzusprechen ist, denn Fanny und er sind die letzten Jahre schon getrennte Wege gegangen, sie ist anders als er, und allein wird es für ihn leichter zu gehen. Als er aufsteht, das Zimmer verlässt, fühlen sie sich beide stärker.

22

KONRAD HAT NEUEN MUT gefasst, er muss jetzt schnell zum Onkel nach Hamburg, der soll helfen, er will nicht mehr mit Vater verhandeln, das geht ja doch schief. Er weiß auch schon, wohin er emigrieren will. Er hat sich umgetan, mit vielen Leuten geredet, es gibt nur wenige Länder, wo Juden hinkönnen ohne großes Geld. Südafrika, von den Engländern dominiert, das ist sein Ziel, sie suchen sogar ausgebildete Weiße. Es klingt nach Abenteuer, nach Möglichkeiten vorwärtszukommen, es soll sehr schön dort sein, und Konrad hat ein gutes Englisch gelernt in seinen Lehrjahren.

Er holt sich heimlich das Fahrrad aus dem Schuppen neben dem elterlichen Haus, nun radelt er nach Hamburg zum Onkel, um Geld zu sparen, um sich zu beweisen. Er fühlt den frischen Wind auf der Straße, er ist wieder da. Er wird sein Leben in die Hand nehmen, er wird in einer anderen Welt sein als in der des Vaters. Es ist bald wieder Sommer, nicht viel Verkehr, die Bäume mit dem Grün, das graue Band vor ihm, endlos, die Kette knackt, es ist herrlich. Auf dem Weg winken ihm zwei Burschen, weißt du, wo das neue Volkswagenwerk zu finden ist, wir suchen Arbeit. Ja, Arbeit suche ich auch und ein Land, wo ich wohnen kann, möchte Konrad am liebsten sagen. Sie stehen im Dunkeln vor einer Kneipe, Konrad sieht drinnen die saufenden Männer in den Uniformen. Ich bin Jude, da kann ich nicht reingehen, zu viele Nazis, macht nichts, sagen die Jungs, wir hauen dich raus. So sitzen sie doch drin und trinken zusammen Bier. Viel Glück, dann trennen sich ihre Wege.

Onkel Moritz ist wie immer. Du musst hierbleiben, die

Nazis bekämpfen, nach Afrika willst du auswandern, da werden dich die Löwen fressen. Onkel Moritz sagt, wenn der alte Zausel nicht freiwillig zahlt, werden wir ihm mit einem Anwalt Manieren beibringen. Konrad will seine Gerechtigkeit. Da der Vater ihm nichts freiwillig herausrückt, will er seine fristgerechte Kündigung, will seine Fahrkarte nach Übersee und die hundert Pfund Einreiseerlaubnis, die Südafrika als Sicherheit verlangt. Konrad geht ins Reisebüro, einmal Kapstadt über Southampton, ohne Rückfahrkarte, die Rechnung schicken Sie an folgende Adresse. Er bekommt seinen Etappensieg. Er bekommt seine Kündigung, seine Fahrkarte, seine hundert Pfund, das holt Onkel Moritz für ihn heraus. Aber Konrad hat all die Wochen auf ein Zeichen, auf ein Einlenken von Heinrich gehofft. Da erreicht ihn Mutters Nachricht, dein Vater fährt heute nach Berlin zu einer Sitzung, bitte geh zum Bahnhof, passe ihn dort ab. Es ist die letzte Chance.

Konrad geht noch einmal die alten Wege durch Hannover, sogar in der Synagoge sitzt er an der alten Stelle, schaut auf den Ehrenplatz des Vaters. Es ist doch heute Yom Kippur, der höchste Feiertag, alle Juden in der Welt feiern heute Versöhnung. Von der Synagoge läuft Konrad zum Bahnhof, um vierzehn Uhr fünfundfünfzig geht Heinrichs Zug, das hat sie geschrieben.

Als er in der Menge auf dem Bahnsteig Vaters Zylinder ausmacht, geht er zu ihm. Vater, ich bin's, doch der schaut ihn nicht an, kann ihm nicht in die Augen sehen, aber Konrad sagt, ich gehe weg, nach Südafrika, Vater, für immer, Mutter sagte mir, dass du hier bist, ich will mich nicht mehr mit dir streiten. Heinrich hat den einen Fuß schon auf der Stufe zum Waggon, er dreht sich nicht mehr zu ihm um, er reicht ihm nicht mehr die Hand, er steigt schweigend ins Abteil, wirft die Tür hinter sich zu. Konrad sieht durch das Fenster, wie Heinrich die Lippen aufeinanderpresst, da dreht sich auch Konrad um, es hat keinen Sinn. Als der Zug sich schnaufend in Bewegung setzt, begibt sich Heinrich ruhig auf seinen Platz, aber in seinem Inneren tobt es. Ich hätte meinem Vater das nie angetan, mich offen gegen ihn zu erheben, es hat Konrad immer an Respekt gefehlt, er bekommt nicht meinen Segen, er bekommt nicht mein Geld, soll er doch gehen, soll doch seine Zwillingsschwester gehen, sollen sie ihn alle verlassen, ihn, den Macher, den Rabbi der Familie, er lässt sich von keinem Sturm da draußen umblasen, von keinem Hitler, ach Quatsch, Antisemiten hat es immer gegeben, jedes Purim, jedes Pessach, jedes Chanukka erinnert an die Rettung vor den Antisemiten. Deutschland, da sind wir Jahrhunderte zu Hause, das ist die Heimat, für die ich in den Krieg gezogen bin, das ist das Land von Bach, von Beethoven, das Land der stolzen Welfen, das ist der Harz, um den schon meine Vorväter gezogen sind, dieser wunderbare, raue Berg, inmitten vom flachen Land, hier gehe ich nicht weg. Dreißigtausend Mark können wir mitnehmen, hallen ihm Konrads Worte im Ohr, ich habe doch viel mehr zu verlieren als das, meine Firma, mein Haus, mein Hannover, meinen Platz in der Gemeinde, meine Überzeugungen, was wäre ich denn für ein Vater, was für ein Jude.

Heinrich fährt durchs abendliche Berlin, sein Ziel. Er muss auf seinem Weg ausgerechnet durchs Scheunenviertel in der Mitte der Stadt, er sieht die Armen, er sieht das Sodom und Gomorrha. Er hat nur Verachtung für den Dreck, die Männer mit den langen Schläfenlocken, die Frauen mit den Perücken, gepaart mit dem niedrigsten Gesocks, das unerträgliche, schlechte Deutsch, der Gestank. Von denen kommt der Hass auf uns, man hätte sie nie reinlassen sollen, diese Irren aus dem Osten, all diese Weltverbesserer, die *Auf nach Palästina* schreien, als gäbe es nicht schon genug falsche Propheten, diese Horden, dieser Mob. Braun oder rot, alles Geschrei. Meinem Sohn haben die Sozis den Kopf verdreht, ja, sogar mit den Kommunisten will er gemeinsame Sache machen, es ist, als ob jede Vernunft, jede Ordnung, jedes Gesetz auf dem Kopf steht.

Heinrich geht zu seinen Leuten, zur Sitzung vom Centralverein deutscher Staatsbürger jüdischen Glaubens, hier wird er warm empfangen. Hier hört er all die vernünftigen Argumente, die ihn wieder bestärken, das ist endlich Balsam auf seine Wunden. Hier herrscht noch Ordnung, hier ist sein Haltepunkt, sein Anker, sein Glaube.

23

FÜR DIESEN GLAUBEN ist Abraham, Vater der Juden, bereit, das Liebste zu opfern, was er besitzt, seinen Sohn, weil Gott ihn prüfen will.

Immer nachts kommen die Visionen, da lassen sie sich nicht abschütteln, da muss Abraham aufstehen, nach draußen gehen, die Augen geschlossen lassen, den Weg ins Abseits nehmen, um den Stimmen zu lauschen, seine dazuzufügen, nach den Sternen schauen, nach den dunklen Wolkenfetzen. Kein Mensch darf ihn stören, sogar Sara, gerade Sara nicht, er vertraut ihr ja, aber die Frauen sind irdisch, jedenfalls die Frauen, denen Abraham vertraut, die er genau deshalb liebt. Was hat er ihm zu sagen, womit quält er ihn heute Nacht. Abraham kommt aus dem Traum, immer, wenn er zu ihm spricht, wenn die Stimme flüstert, kommt er aus dem Traum, am Tage antwortet Abraham, aber da bleibt die Antwort aus, sogar die Nähe.

Er hat sich ein Stück in die Nacht geschleppt, es soll ihn niemand sehen oder ihm zuhören. Er hat das Gesagte schon im Kopf, er muss es nur noch ordnen. Die Stimme hat geflüstert, nimm Isaak mit nach Moria. Nein, das kann es nicht sein. Abraham denkt das Flüstern nicht zu Ende. Er sieht Isaak noch vor sich, der schläft doch jede Nacht immer noch dicht bei Sara im Zelt, in seinem Alter. Er muss sich konzentrieren. Die Stimme sagte, Nimm deinen Sohn Isaak mit nach Moria und bringe ihn als Brandopfer dar. Jetzt ist es ausgesprochen, zu Ende gedacht. Ich muss wahnsinnig sein. Abraham sieht sich mit weit geöffneten Augen um. Da sind nur die üblichen kargen Sträucher, die dunklen Berge, der Staub, der das Helle verdunkelt, nichts Ungewöhnliches, nicht mal ein Fuchs, dessen Augen glühen würden. Nur noch das Pfeifen des Windes. Bringe ihn als Brandopfer dar. Abraham klopft das Herz bis zum Hals. Was willst du von mir. Das darf eben keiner hören, vor allen Dingen seine Hirten nicht. Er sieht sich noch einmal um, vergewissert sich, dass ihm niemand gefolgt ist. Was willst du von mir, fragt er noch mal in die Dunkelheit. Er setzt sich auf einen Stein und spürt die Kälte nicht, die davon ausgeht. Er hat das Gesicht in den Händen vergraben und sitzt da. Was will er von ihm. Isaak, seinen Isaak. Er verbringt mehr Zeit mit ihm als mit Ismael damals, sie haben ihn erst spät bekommen. Ich bin erst jetzt ein guter Vater, Isaak soll erben, alles erben, das bedeutet, die Sippe zusammenhalten, Mensch und Tier, Entscheidungen treffen, der Junge ist so leicht, so weich, so naiv, so, aach, Abraham stöhnt auf. Das ist es, was er noch lernen muss, Verantwortung, schwere, aber wenn er für diese Erfahrung sterben muss. Was willst du von mir. Abraham weiß, dass er keine Antwort bekommt. Er muss sich auf das Nächstliegende konzentrieren, das Wichtigste und Schwerste zuerst. Sara darf nichts erfahren, niemand darf etwas erfahren. Sie muss ihm nur einmal in die Augen sehen, schon spürt sie was. Er muss es für die nächsten Tage wegschließen, einfach begraben, auf das Endgültige jetzt warten, nicht mehr daran denken. Mit diesem Entschluss macht er sich auf den Weg, zurück zu den Zelten.

Ein paar Tage später weiß er, dass es losgehen muss. Am Morgen murmelt er unvermittelt, wir gehen heute in die Berge, Sara. Sorgsam wendet er den Blick ab, als sie zu ihm schaut, und verschließt sein Gesicht, wie er es vermag. Sara ist merkwürdig still, antwortet nichts. Isaak, ja, Vater, er ruft noch zwei Hirten, dann gehen sie auch schon los. Der Esel hat sein eigenes Tempo, sinnlos, den anzutreiben, aber Sara hat ja auch zur Seite geblickt, sie blieb stumm, irgendwas muss sie ahnen. Die Hirten sind wie kleine Kinder, sie plappern die ganze

Zeit, aber das ist angenehm, weil sonst nur Stille herrschen würde, und weil Abraham auch nicht antwortet auf das, was Isaak zu erzählen hat. Der redet den ganzen Weg, erst ist ihm ein Stein in seine Sandale gekommen, Vater, hilf mir mal, dann macht er dauernd Abraham auf etwas aufmerksam, schau mal hier, schau mal da, oder seine Warum-Fragen, wenn Abraham ausholt und antwortet, ist der Junge längst schon ganz woanders mit den Gedanken.

Sie sind am Fuße des Berges angelangt. Den Hirten sagt Abraham, ihr bleibt hier und wartet. Ich gehe mit dem Jungen allein weiter. Isaak hat nichts bemerkt, er plappert und plappert, dann aber plötzlich, sag mal, warum haben wir kein Lamm mitgenommen. Na bitte, denkt Abraham, er hat aufgepasst. Statt zu antworten, sagt der Alte, sammle Holz, ich baue den Altar. So gewinnt er Zeit. Er legt die Steine aufeinander, den Altar zu bauen ist nicht anders, als eine Mauer zu errichten, wie sie sie für den Garten gebaut haben, der durch die verborgenen Quellen in den Bergen versorgt wird. Man schaut sich die Kanten der Steine an, sie müssen im Winkel passen, dann legt man sie dort aufeinander, manchmal in die Mitte als Füllmaterial kleine Steine oder Sand, am Ende gibt es oben eine ebene Fläche, Abraham macht die Arbeit gern. Zufrieden streicht er mit den Händen darüber, der Altar ist glatt wie ein Tisch geworden, genau wie er es sich gedacht hat.

Jetzt ist der Junge auch wieder da, er hat Schweiß auf der Stirn, hat sich ins Zeug gelegt. Das Holz, das er in den Händen hat, musste er von weit her schleppen, ohne Hilfe von den Wurzeln reißen. Leg es hier rauf. Vater, wo ist das Lamm, fragt Isaak wieder. Setz dich da hin, ich möchte beten. Noch einmal schickt er den Jungen weg, der kennt seinen Alten, Widerspruch hat keinen Sinn, sitzt hinter einem Stein im Staub, doch der Wind pfeift hier oben ordentlich, sofort wird dem Jungen kalt. Was werde ich Sara sagen, fährt es Abraham wieder durch den Kopf, von da aus in den Körper, dass er zusammensackt, er fällt auf die Knie, schließt die Augen, aber es bleibt still, die

Stimme hat ihm nichts mehr zu sagen, er bekommt keine Antworten mehr.

So bleibt Abraham nur sich selbst, und da sind die Worte in ihm, ich bin wahnsinnig, was tue ich, wer erbt, alles wirbelt in seinem Kopf durcheinander, ihm wird schlecht. Wenn er sich alldem überlässt, dann schafft er es nie. Isaak, ruft er den Jungen, seine Stimme ist heiser. Abraham nimmt den Strick vom Esel, den legt er Isaak um Hände und Füße, er macht es sorgsam und seltsam ruhig, so, wie er es bei den Opfertieren schon sein ganzes Leben getan hat. Der Junge schaut nicht zu ihm, hat seine Sprache verloren, er überlässt sich dem seltsamen Vater, er spürt das Übermächtige, was ihn wieder zum gehorsamen Kind macht. Abraham nimmt ihn hoch, hält Isaak in den Armen, und Erinnerungen an das Baby, das Isaak war, schießen ihm in den Kopf. Er legt ihn behutsam auf das sperrige Holz, ein paarmal knacken trockene Zweige unter dem Gewicht des Jungen. Als sich Abraham aufrichtet, sieht er, dass Isaak die Augen geschlossen hat. Beide atmen gleichzeitig durch die Nase aus, aber der Wind ist noch stärker geworden, keiner von ihnen hört den anderen. Das Messer macht ein Schleifgeräusch, als er es herauszieht. Er sieht in das Gesicht seines Sohns, der ist ganz weiß, wie schon tot, das beruhigt Abraham. Er hat das Messer oben, alles wirbelt in seinem Kopf, wenn er jetzt nicht handelt, dann wird er sich selbst das Messer reinstoßen.

Da hört er ein Geräusch, das nicht hier oben hingehört, ein Määh, ein Meckern. Er sieht sich um, unweit von ihm, in einem stacheligen Busch, steht ein junger Widder, der sich mit seinem Horn verfangen hat an einer heraustehenden Wurzel. Er kämpft mit dem Kopf, kommt aber nicht los. Der Widder meckert, und auch Abraham macht sich Luft, ein trockenes Husten, ein Wimmern, ein Schluchzen kommen aus ihm heraus, die Tränen laufen, er fühlt sich so schwach und muss es doch zu Ende bringen. Gut, dass das Tier nicht wegkommt, Isaak scheint noch zu schlafen, rührt sich jedenfalls nicht.

Abraham läuft zu dem Widder, legt ihm den Arm um den Hals und sticht zärtlich in die weiche Haut. Das Tier wird schlaff neben ihm, knickt mit den Hufen ein, sein Blut läuft dem Alten über seinen Kittel, seine Füße, die kalt vom Wind sind, sie werden so gewärmt, nachher wird es kleben, das macht nichts, das ist schön, wie die untergehende Sonne, wie der Wind, wie die Steine, der Staub, wie die Welt ringsum. Nur leben, weiterleben, noch einen Tag.

Der Rest ist schnell getan. Der Junge öffnet die Augen. Steh auf, sagt Abraham, hilf mir. Gemeinsam legen sie das schlaffe Tier auf das Holz. Das Zünden dauert, weil das Blut den Zunder ein bisschen feucht gemacht hat. Isaak hat noch Druckstellen vom Strick, den ihm Abraham eilig gelöst hat, aber das macht alles nichts, das spielt jetzt keine Rolle mehr. Aus der Trauer, aus der Qual Abrahams kommt das überschießende Glück. Er läuft mit dem Jungen an der Hand den Berg herunter. Der Rauch, die Flammen oben interessieren ihn nicht mehr. Nur noch nach Hause, zu Sara, zur Familie, nach Hause, sich ausruhen, danken für das Leben, das seines Sohnes, für sein eigenes, für das Glück, auf der Erde zu sein. Das ist alles.

24

DAS HAUS IST VIEL leerer geworden. Gertrud ist bald nach Konrads Ankunft ebenfalls in Kapstadt gelandet. Auch Fanny ist fort, sie hat in einer Blitzhochzeit den Herrn Dr. Lang geheiratet, der Mann ist Anwalt, und sie sind nach Verona in Italien gegangen, wo der Herr Doktor beruflich Fuß gefasst hat. Von den Kindern ist nur noch Paul da und geht jeden Tag zur Schule, und Heinrich und Rosa halten sich an ihm fest, der nichts ahnt. Fröhlich ist er und ein Träumer. Am Abend sitzen sie am nun viel zu großen Tisch zu dritt, Paul erzählt von seinem Tag, wir haben da so ein neues Fach, das unterrichtet der Herr Steinke, der macht sonst Biologie, ich musste nach vorn, mich vor die Klasse stellen. Er hat so ein Gerät, das hat er mir an den Kopf gehalten, er hat gesagt, das ist zum Vermessen. Rosa schaut Heinrich an, ihre Augen weiten sich, während der Junge immer weiterplappert. Mein Hinterkopf ist ganz arisch, hat Herr Steinke gesagt. Pauls Augen leuchten, er ist stolz. Es ist das neue Fach Rassenkunde.

Am Abend sind sich Heinrich und Rosa einig, der Junge muss sofort aus der Schule genommen werden. Es gibt da ein hervorragendes Internat in der Schweiz. Das Wichtigste: Heinrich muss an das Devisenkonto, die Schweizer akzeptieren nur Franken. Also schreibt Heinrich an den Herrn Finanzpräsidenten, und bald wird Paul nach dem kleinen Ort Einsiedeln gebracht. Rosa fährt nach Ascona weiter. Sie liebt diese Gegend, hier kann sie im Künstlerkreis ausruhen von der Unerträglichkeit, vom Vulgären, vom Schmerz um die Kinder. Hier kann sich ihr Herz der Schönheit zuwenden.

Heinrich igelt sich ein, er kennt wirtschaftlich schlechte Zeiten. Da ihm die neuen Gesetze die Geschäftstätigkeit verbieten, ist vielleicht was über die Kriegsnotwendigkeit zu machen, Leder wird für den kommenden Krieg gebraucht. Aber er darf nichts tun, und seine Stimmung wird immer schlechter. Heinrich geht in den Garten, komm, Robby. Sofort springt der Hund auf und wedelt seinen Herrn an. Neuerdings geht Heinrich jeden Abend mit dem Hund bis in die Eilenriede, Heinrich muss das Tier nur anschauen, dann legt es die Ohren an und läuft exakt einen Schritt neben seinem Herrn.

Als das Telefon nachts klingelt, erschreckt sich Heinrich nicht mehr, richtig, es ist mal wieder die Gestapo. Es ist einer Ihrer Leute, sagt die Stimme im Hörer, ja, am Bahnhof, Heinrich nickt, ich kümmere mich darum, sagt er und legt auf. Er weiß, was ihn erwartet. Das ist aus Chevra Kadisha geworden. Er muss wieder raus, aber nur nachts, sie wollen, dass es unbemerkt bleibt. Für solche Fälle ist sein Büronachbar, Herr Levy, gut, der hat noch Pferde für seine Abdeckerei, die Heinrich anspannen kann.

Heinrich macht sich im Schutz der Dunkelheit auf, er läuft die Strecke, seinen Chauffeur hat er lange schon entlassen müssen. Er nimmt den Schlüssel und schließt den Stall vom Herrn Levy auf. Der Braune ist unruhig, deshalb streichelt er ihn erst mal, dann spannt er an und rumpelt mit dem Wagen hintendran los. Er muss um den ganzen Hauptbahnhof herum, sie legen die Leichen immer an derselben Stelle ab, ganz am Ende des Güterwagenabschnitts, neben der Einfahrt für die Beladung. Richtig, da ragt ein Stück grauer Sack aus dem Dunkeln. Oben, am Strick, hängt ein Pappkärtchen, auf der Flucht erschossen, Name, Adresse, Holster Landstraße neunzehn steht darauf, der Rest ist Sache der Juden.

Heinrich steigt ab, geht zum Sack und wuchtet ihn auf das Gespann. Dann geht es in Richtung Friedhof. Vielleicht ist es einer von denen aus dem Osten, nach der miesen Gegend, wo der Mann wohnte, bestimmt einer von denen, die trotz seines Einspruchs noch von der Gemeinde aufgenommen worden sind, die kamen mal aus Polen oder Russland, siedelten sich in Hannover an und liegen den sozialen Einrichtungen der Gemeinde auf der Tasche. Er wickelt die Leiche aus dem Sack, er kennt den Kerl nicht, das sieht er jetzt, aber er kann die kleine Einschusswunde am Schulterblatt nicht übersehen, jedenfalls hat er nicht lange gelitten. Er bekommt alles Übliche für das jüdische Armengrab, eine schnelle Beerdigung noch in der Nacht, mit Gebeten. Im Morgengrauen zuckelt Heinrich zurück bis zum Stall von Herrn Levy, dann läuft er müde nach Haus.

25

ES IST EIN KALTER HERBSTMORGEN, als Heinrich mit Rosa und Frieda vor der Villa steht. Sie haben oft über den Verkauf der Villa diskutiert. Wir müssen flüssig bleiben, wir brauchen sie doch sowieso nicht mehr, wo die Kinder aus dem Haus sind, hat Rosa lächelnd gesagt. Nun hält Heinrich das Schlüsselbund in der Hand, seine Knöchel sind weiß. Frieda mit ihrem Geheule geht ihm auf die Nerven. Gleich werden die Vertreter der Stadt kommen, da muss er stark sein. Sie haben das meiste vorher weggegeben, die Möbel werden ja doch nicht mehr gebraucht. Das Haus ist so gut wie leer, das bisschen, was sie im Judenhaus noch brauchen, ist längst abgeholt.

Da sind sie schon, er kann die Herren von weitem erkennen, denn er hat vor Jahren mit ihnen den Vertrag über das Bauland ausgehandelt. Frieda muss auf der Stelle gehen, er kann sie jetzt nicht brauchen, mit ihrem Gezeter. Er gibt Rosa mit den Augen ein Zeichen, die geht mit Frieda beiseite. Ich komme Sie besuchen, Sie wohnen doch jetzt beim Herrn Berliner, sagt Frieda noch in Richtung Heinrich, dann dreht sie sich um und geht endlich. So, dann wollen wir mal, sagt der Kollege von der Verwaltung fröhlich, er hält das Übergabeprotokoll in der Hand. Erster Punkt, Wasser und Strom abgestellt, Heinrich nickt, das ist wichtig, ergänzt der Beamte, damit keine Schäden durch geöffnete Hähne oder Frost entstehen können, wir wissen ja noch nicht, wann hier jemand in das Haus einzieht, Heinrich nickt.

Dann geht der gemeinsame Kontrollgang los. Dach, Fenster, Außentüren, Keller. In den Zimmern sind die hellen Rechtecke auf der Tapete noch zu sehen, da, wo Bilder hingen. Der Wind weht herein und Blätter aus dem Garten wirbeln in den Flur, denn sie haben die Eingangstür offen gelassen. Wir sind ja von Ihnen gewohnt, dass Sie korrekt sind. Nun stehen die Herren wieder im Eingangsbereich, so, jetzt bitte die Schlüssel, sagt der Beamte, Heinrich ist stumm. Deshalb versucht der Beamte, umso forscher zu klingen. Schnell drückt ihm Heinrich das Bund in die Hände, schnell dreht sich Heinrich um, sie sollen nicht sehen, wie er fühlt. Aber er schafft es nicht, zum Abschied zu grüßen, geht zu seiner Frau, die am Tor auf ihn wartet, schiebt seine Hand unter ihren Arm und zieht sie weg. Dreh dich nicht um, murmelt er zwischen den Zähnen. Dann gehen sie, sie kennen den Weg gut.

Es ist eine große Villa, die Herrn Berliner gehört hat, der schon lange fort ist. Herr Berliner war der große Zampano in der Gemeinde, er ist berühmt als Erfinder, als Unternehmer. Heinrich hat sich immer gewünscht, einmal die Villa des verehrten Herrn kennenzulernen. Jetzt werden Rosa und er gemeinsam mit sechzig anderen Familien dort wohnen. Die Villa ist zum Judenhaus geworden.

Mit der Firma wird der Abschied schwieriger werden, Konrad ist schon lange fort, und Paul ist eben Paul, noch ein Kind, kein Nachfolger in Sicht. Aber solche Gedanken sind Schnee von gestern. Der Name nur noch Schall und Rauch, die Zahlen sind seit Jahren zurückgegangen und jetzt heißt es Arisierung, Herr Heinemann, der langjährige Prokurist, wird die Firma übernehmen, natürlich mit seinem Namen, nur wegen des Grinsens von Nothvogel ist Heinrich bitter, er geht ein letztes Mal den alten Weg ins Büro, das Namensschild ist schon geändert, aber sonst ist alles beim Alten, Heinemann ist bis zum letzten Augenblick höflich, schließlich war Heinrich auch sein Chef, da ist die Unterschrift schnell erledigt, es werden die Hände geschüttelt. Es war leichter, als Heinrich dachte, das hängt ihm nun auch nicht mehr am Hals.

26

NACH SEINER RÜCKKEHR aus dem Internat in der Schweiz wird Paul auf das jüdische Lehrgut nach Groß Breesen in Schlesien geschickt. Vaters Denken hat sich ganz auf Pauls Zukunft gerichtet, es gibt keine Wahl, der Junge braucht eine praktische Ausbildung, einen Beruf. Er soll erst mal Gärtner werden, keiner will das Wort Bauer in den Mund nehmen. Die Zionisten wissen genau, was sie wollen, Landwirtschaft für Palästina, da sollen die Jungen und Mädchen hin. Heinrich ist da anderer Meinung, aber er weiß ja bis jetzt noch nicht mal, wo er den Jungen anschließend hinschicken kann, von welchem Land er eine Einreise für ihn bekommt. Aber ein Beruf ist besser als keiner. Also hat er ihn für die Ausbildung angemeldet. Paul taucht das erste Mal in etwas anderes als Butter. Die harten Doppelstockbetten aus Holz, die Jungs im selben Zimmer, kein Zurückziehen mehr zum Träumen, dazu körperliches Arbeiten, was er noch nie machen musste. Dauernd muss er zum Chef, sich anhören, wie ungeeignet er ist, was er alles falsch macht, dazu den Spott seiner neuen Kameraden ertragen. Als das Schwein geschlachtet wird, fällt er in Ohnmacht.

Er steht auf der Koppel und friert, es will nicht hell werden, sie mussten heut wieder viel zu früh raus. Vom Gutshaus her kommt der Zimmergenosse gelaufen. Paul, komm schnell, die Herren von der SA sind auf dem Hof, wir sollen antreten. In Reih und Glied stehen sie zusammen, vom Chef bis zum Jüngsten, die SA sortiert die Männer heraus. Paul hat Glück, der Mann in Uniform zwinkert ihm zu, als er fröhlich siebzehn sagt, darf er bleiben, muss nur mit den Mädchen in den Pferdestall. Hinter ihnen wird abgeschlossen, sie wagen kaum zu atmen, die Tiere sind unruhig, warten, warten eine endlose Zeit, an der Tür kratzen, sie vorsichtig öffnen, alle sind vom Hof verschwunden. Paul geht ins Gutshaus zurück, sieht das erste Mal im Leben menschliche Macht. Alles ist zerstört, das ganze Haus kurz und klein geschlagen, die Schränke aufgebrochen, das Bettzeug zerfetzt, alles Geld, alles, was Wert hat, geklaut. Das waren die uniformierten Herren. Paul fährt sofort nach Haus, nur Vater kann jetzt noch helfen, aber Vater ist weg. Vater wurde abgeholt, sagt Rosa. Aber warum denn. Der Makel heißt Jude, das weiß jetzt auch Paul, da nutzt kein Träumen, da nutzt auch der arischste Schädel nichts, sie werden auch ihn holen, sie sind stärker als alles, was er kennt.

27

HEINRICH HAT IMMER GEMACHT, was ihm gesagt wurde, aber eines Morgens klopft es hart an der Tür, diesmal fassen sie ihn an. Alles hat er aushalten können, solange sie ihn nicht anfassen, aber jetzt stoßen sie ihn grob auf den Lastwagen. Da sind schon lauter Bekannte, man flüstert sich zu auf der Ladefläche, wohin geht es, was machen die mit uns. Die Männer in den Ledermänteln nennen es Schutzhaft. Dann das Kommando, runter vom Lastwagen, rein in den Zug.

Als er mit den anderen am Bahnhof Weimar ankommt, als er den Weg mit den anderen vom Bahnhof hoch nach Buchenwald ins neu erbaute Lager geht, als er zu dem Bewacher sagt, der dem Alten neben ihm seinen Orden runterreißt, den du Itzig nennst, hat für Deutschland gekämpft, als ihm dafür das erste Mal im Leben eine Faust ins Gesicht fährt, als ihm die Brille wegfliegt, als er beim nächsten Schlag nur noch verschwommen sieht, als er sein Blut im Mund schmeckt, als seine Zähne klimpern, als er seinen Finger nicht mehr spürt, denn er muss gebrochen sein, da kommt Heinrich das erste Mal ins Wanken, dass ihm all sein *darf ich höflich darum bitten* nichts mehr nützen wird, sein Wissen um das Gesetz, sein Festhalten an Ordnung und Disziplin, weil er nun weiß, dass das Gesetz, die Ordnung selbst das Verbrechen ist.

Während Heinrich die erste Nacht im Lager Buchenwald verbringt, muss Rosa von zu Hause Konrad ein schreckliches Telegramm nach Kapstadt schicken, meldet sich die Mutter auf diese Weise wieder bei ihrem Sohn. fanny ist tot, stop, sie starb an grippe, stop. kannst du uns geld schicken, stop. Rosa weiß, dass sie Konrad diese Nachricht schuldet, auch wenn es ihr das Herz bricht. Dr. Lang hat ihr von Prag aus geschrieben. Da sind sie, Fanny und er, von Italien aus hingegangen. Mussolini war erst freundlich zu den Juden, dann aber nicht mehr. Aber Fanny hat sich nach ihrer Ankunft die Grippe zugezogen und wurde sie nicht wieder los. Nach der Todesnachricht von Fanny, die Nachricht vom Einmarsch der Deutschen in Prag, seitdem kein Brief mehr vom Schwiegersohn. Rosa weiß, sie muss handeln, notfalls auch ohne Heinrichs Einwilligung, sie hat einen Trumpf in der Hinterhand, dafür braucht sie das Geld. Nach ein paar Tagen wird Heinrich entlassen, mit geschorenen Haaren und gebrochenem Finger und ohne Zähne. Er ist nun ein anderer, er geht gebeugter als früher. Er läuft durch Hannover, die Synagoge ist runtergebrannt, ihre Fensterscheiben dunkle Löcher, die jüdischen Geschäfte kaputt. Er ist alles los, Kinder, Haus und Firma, und die Macht kommt nun auch immer bedrohlicher auf ihn zu. Er handelt nicht für sich allein, er trägt ja mindestens noch für Rosa und Paul Verantwortung. Halt's Maul, Alter, befiehlt er laut seinen schwarzen Gedanken, auch wenn er ohne Zähne nuschelt, haltsss Mauuul, Alter.

Zu Hause spricht Rosa nun auch mit anderer Stimme, das erste Mal in ihrer Ehe. Heinrich, wir gehen weg. Wir müssen sofort alle raus hier. Heinrich nickt und diskutiert nicht länger. Ab jetzt geht jeder Tag nur noch mit dem Gedanken, raus, raus, alle raus. Paul muss sofort weg, Heinrich hat für ihn endlich einen Platz auf der Kindertransportliste nach England, damit ist seine Ausreise gesichert. Er packt für den Jungen, Kissen, ein Federbett, eine Taschenuhr aus Silber, die muss wieder raus, ein Dutzend Taschentücher, ein Serviettenring, alles in zwei Koffer. Der Junge ist ja noch so unbeholfen, er wird den Kleinen nach Hamburg bis zum Flughafen schaffen. Er hat seinem Geschäftsfreund telegraphiert, der wird ihn drüben in Empfang nehmen, für den Jungen ist gesorgt. Ab dann gibt es nur noch ihn und Rosa.

Paul und Heinrich stehen auf dem Hamburger Flugfeld. Paul reckt den Körper nach allen Seiten, er will groß und männlich sein. In Mantel und Hut fühlt er sich ja schon ein bisschen wie sein Idol, der berühmte Hans Albers, von dem er alle Filme kennt, aber Vater mit seinem Gesülze, seinen Ermahnungen lässt ihm keine Ruhe. Die Luft ist voll vom herrlichen Geruch nach Abenteuer. Das dauernde Brummen der Propeller, er kann ohnehin nur die Hälfte der Worte verstehen, die Heinrich aus dem Mund kommen. Da war es schon viel schwerer, sich von Frieda und Mutter zu verabschieden. Er ist extra noch mal zu Frieda in den Garten gegangen, wie die Jungchen sagt und Paulchen, wie in alten Tagen. Die Tränen lässt er sich gern gefallen, dann die Mutter, da wird ihm das Herz doch etwas enger, er bekommt ein bisschen Angst vor dem, was er nicht kennt. Englisch kann er ja schon, glaubt er, aber jetzt der Vater mit seinen ewigen Ratschlägen, na, den ist er gleich los.

Dann darf er auch schon einsteigen, die kleine Treppe bis in die Tür, er dreht sich noch mal um, winkt dem Vater. Dann nimmt er Platz und schaut sich um, er war noch nie in einem Flugzeug. Das Brummen wird stärker, sie heben ab. Ab jetzt denkt er keine Sekunde mehr zurück. Das hat er nie, nicht als er in die Schweiz ins Internat fuhr, nicht als es nach Groß Breesen ging. Paul guckt neugierig aus dem Fenster, das sieht lustig aus, die kleinen Häuser, sogar Menschen sind zu erkennen. Dann verlassen sie das Land, und es geht über das Meer. Ein bisschen eintönig, so grau mit weißen Kronen, so endlos. Er wird müde, schließt die Augen, das Brummen füllt seinen Kopf aus. Paul träumt, er steht in einer verrauchten Kneipe, Seemannsbrrraut ist die See, singt er, lässt das R rollen. Sich umschauen unter den Zuschauern, die an seinen Lippen hängen, dieser Blick in die Ferne. Das kann Paul, der jetzt Hans Albers ist, das mögen auch die Mädchen so gern. Ich werde mal Schauspieler, denkt Paul im Aufwachen. Das ist sein Plan für die Fremde, für England, für sein neues Leben, für die Zukunft.

Während Heinrich und Rosa in ihrem Zimmer hocken, jubelt es draußen, die Deutschen ziehen wieder in den Krieg, sie gewinnen, Schlag auf Schlag, niemand und nichts kann ihnen widerstehen. Sie breiten sich in ganz Europa, ja bis nach Afrika aus. Es herrscht ausgelassene Stimmung. In wenigen Monaten hat das deutsche Heer ohne große Verluste Deutschland zu einer Weltmacht geführt.

28

KONRAD HAT GELD GESCHICKT. Heinrich verabschiedet Rosa, ich will gar nicht wissen, wie du es machst. Schon das Wort Bestechung kommt ihm nicht in den Mund. Rosas arische Künstlerfreundin wartet, sie kennt einen hohen Diplomaten. Rosa fährt allein nach Berlin, sie kommt mit den Visa für Kuba nach Hause, oder zu dem Ort, wo sie im Moment hausen. Das wird sie bis ans Ende ihres Lebens zusammenschweißen. Er schreibt zwar den Behörden, füllt immer noch alles Amtliche aus mit seiner hohen, exakten Schrift, aber Rosa denkt und entscheidet für beide. Er setzt sich dran, wie sie sagt, und füllt den Fragebogen für Auswanderer aus.

Er wird noch vieles ausfüllen müssen, damit man sie gehen lässt, ihre Namen muss er ergänzen, er heißt jetzt Israel, seine Frau Sara, sie wohnen zuletzt Körnerstraße vierundzwanzig. Heinrich trägt ein, Alter sechzig. Unter Punkt sechs, Reiseziel, schreibt er Kuba. Unter Punkt zwölf, welchen Beruf wollen Sie im Ausland ergreifen, unbestimmt. Letztes Vermögen, siebenundvierzigtausendzweihundertundsechzig Mark. Zur Ausreise Rosa zehn und er ebenso. So viel dürfen sie mitnehmen. Es ist Zeit zu packen, viel ist es nicht mehr, jeder hat einen Koffer, es ist auch praktischer so. Das Gute ist, man muss nicht mehr so viel überlegen, hier im Haus kennt er viele, die gern annehmen, was sie dalassen. Das Wichtigste ist, was er sich ins Jackett, in die Innentasche steckt, die Papiere, die Visa für Kuba, die Fahrkarten, die Pässe. Der ganze Kram, den man sofort den Beamten in die Hand drücken muss, sonst macht ihnen die Bürokratie noch einen Strich durch die Rechnung.

Dauernd kommen Leute ins Zimmer und fragen, Heini, wie macht ihr das, Heini, hast du noch Geld für mich, Heini, wie seid ihr an die Visa gekommen, oder sie heulen ihm vor, wer sich alles schon umgebracht hat, wen die Gestapo schon alles verschwinden ließ. Ich will niemanden sehen, herrscht er Rosa an, aber das Zimmer lässt sich nicht abschließen, und um in die Küche und ins Bad zu kommen, müssen sie doch auf den Flur, und da hat man den Salat. Rosa hat ihre Sachen schon fertig. Ab Lissabon wird es ja wieder warm, hat sie ihn getröstet, als er seinen dicken Pullover nicht mehr reingekriegt hat. Dann zieht auch er den Riemen um seinen Koffer fest.

Sie fahren zuerst mit dem Zug nach Berlin, das ist noch eine leichte Übung. In Berlin fahren sie zum Bahnhof Zoo, von hier soll ihr Zug gehen, aber erst mitten in der Nacht. Jetzt ist es früher Nachmittag, überall die Schilder, sie haben noch so viel Zeit. Sie laufen rüber zum Ku'damm, am Hotel Kempinski vorbei, wo Heinrich früher immer abgestiegen ist, Heinrich überlegt, aber der Stern am Mantel stoppt alle Ideen, dazu die zwanzig Mark, die er im Portemonnaie hat. Wer weiß, wie lange sie damit auskommen müssen. Gut, dass ihn hier in Berlin kein Mensch kennt. Sie gehen an den Auslagen der Geschäfte vorbei, sie drücken sich aneinander. Heinrich will nicht stehen bleiben, als Rosa ihm eine Handtasche aus weichem südamerikanischem Leder zeigt. Ist die nicht schön, was hast du, komm, sagt er, lass uns gehen. Und sie haben noch so viel Zeit. Wann können wir endlich diesen Stern abmachen. Sie biegen in eine Seitenstraße ab. Aber es ist hoffnungslos, überall Schickimicki, Talmi. Dann wird es endlich dunkel, es läuft sich leichter. Seit Stunden sind sie unterwegs, wenn man sich nur setzen könnte, aber die Schilder sind eindeutig. Rosa tun die Füße weh.

Endlich ist es Zeit, sie gehen wieder zum Bahnsteig zurück. Schon um auf das Perron zu kommen, müssen sie durch die erste große Kontrolle. Die Herren von der SS und die Leute von der Reichsvereinigung sind da. Blick in die Listen, Blick in die Pässe, Blick in die Visa, das dauert. Endlich lässt man sie durch. Da stehen sie, untergefasst, eng beieinander auf dem Bahnsteig, Heinrich, der Weitgereiste, Rosa, die stark in den letzten Wochen geworden ist. Heinrich sieht nach oben, dort, wo auf der Brücke an der Seite des Bahnhofs die SS mit Maschinenpistolen patrouilliert. Hier gibt es keine Zufälle, sogar die Blicke zur S-Bahn und den anderen Zügen hat man mit einem Tuch abgesperrt.

Da kommt ihr Zug, aber sie müssen stehen bleiben, die weiße Linie darf nicht übertreten werden. Endlich kommt der Pfiff zum Einsteigen. Drinnen reißt Rosa als Erstes die Sterne von den Mänteln ab. So macht sie sich Luft. Man nickt sich hier nur zu, keiner der Fahrgäste spricht. Heinrich starrt aus dem Fenster, sobald alle drin sind, werden die Türen von der SS verschlossen und versiegelt. Dann gibt es endlich den ersten Ruck, und sie verlassen langsam den Bahnhof. Potsdam liest Heinrich im Vorbeifahren. Sogar wieder Hannover, aber Haschem sei Dank nicht Frankfurt/Oder. Als sie die ersten französischen Aufschriften lesen, als sie endlich in Lissabon anlangen, fällt eine große Last von ihnen ab.

Nur Tage danach wird kein Jude mehr Deutschland offiziell verlassen, nun wird die Endlösung beschlossen. In Berlin, wo der Winter Schnee und Eis bedeutet, treffen sich eine Reihe von führenden Männern in einer Villa am Wannsee. Sie werden den Schlusspunkt des Werks von ihrem Führer Adolf Hitler setzen. Er hat seine Absichten schon damals in seinem Buch *Mein Kampf* beschrieben, da war er noch eine kleine Figur im politischen Schachspiel, saß in Festungshaft, hatte genügend Zeit für die Entwicklung seiner Idee. Er hat nie Zweifel daran gelassen, worum es ihm geht, mit der Herrschaft über die Welt muss sein Feind vernichtet werden. Dieser Feind ist nicht nur ein Mann, es ist ein ganzes Volk, das überall, nicht nur im Kernland Deutschland sitzt. Dann ist er endlich Führer der

Deutschen geworden, nun ist es Zeit, die Länder erobert, jetzt sind die Juden dran. Dafür sind die Männer zusammengekommen, seine Idee in die Tat umzusetzen. Das ist nicht einfach, nicht, dass sie mit viel Widerstand rechnen, aber es gibt von diesen Feinden Millionen. Man muss sie sammeln, an einen Ort bringen. Man muss sie von überall zusammenkarren. Die Männer schauen auf die Karte an der Wand, durch die Eroberungen des Heers ist beinahe ganz Europa in deutscher Hand, man ist in Nordafrika und mit Hilfe des verbündeten Japans auch in Asien. Aus all diesen riesigen Gebieten, besonders aus dem Osten, einem eroberten Teil der Sowjetunion, müssen sie zusammengeführt werden. Das modernste Verkehrsmittel, die Bahn, soll es sein, Züge müssen in all den Ländern zusammengestellt werden. Die Leute zusammenfassen, in Sammeltransporten fahren, das Ziel ist, sie dahin zu bringen, wo es keinen Widerstand der örtlichen Bevölkerung gibt. Hinter Krakau, in Schlesien ist ein passendes Gebiet gefunden worden. Außer dem Transport der Leute muss man noch eine andere wichtige Sache lösen: Wie tötet man Millionen Menschen effizient. Dazu hat man experimentiert, erst mit Lastwagen, wobei man mit einem Schlauch das Abgas nutzt, mobil zwar, aber nicht für größere Mengen geeignet, zu ineffizient. Man lässt sich von Chemikern die Wirkung von Blausäure erklären, wie man sich vorher mit Verkehrsexperten beraten hat. Man benötigt große Vergasungsanlagen. Anschließend erfolgt die Verbrennung dessen, was man von den toten Körpern nicht mehr braucht. Am Eingang werden die Ankommenden sortiert, manche kann man noch zum Arbeiten nutzen, die anderen werden direkt in die Anlagen geführt. Man wird ihnen sagen, sie sollten duschen, damit es keine Panik gibt, also sind die Gaskammern wie Sammelduschen gebaut. Nachher wird man verwerten, was von den toten Körpern nützlich ist. Güter und Geld sowieso, Haare, Goldzähne, eben alles, was noch zu gebrauchen ist. Der Rest wird in großen Öfen verbrannt, die Asche in die Erde verbracht. Das Ganze wird rund um die

Uhr laufen, es wird keine Feiertage geben. Viele Hände und Köpfe werden dazu nötig sein, Soldaten für die Bewachung, Zugfahrer, die die Sammeltransporte fahren, Angestellte, die die Buchführung übernehmen. Ein gewaltiges, vom Führer erdachtes, von seinen Männern nun konkret geplantes Projekt. Der Abend war lang, ist wieder bis in die Nacht gegangen, irgendwann kam zum Kaffee der Schnaps auf den Tisch, dann ist es nicht mehr lang, bis die Sprache derb und zotig wird, bis aus der Sachlichkeit nur noch Gelalle kommt, Dienst ist Dienst, es muss auch mal wieder Freizeit geben. Genug des ellenlangen Gequatsches, die Männer brechen auf.

29

DRÜBEN IN ENGLAND nimmt ein Geschäftsfreund vom Vater Paul in Empfang. Er bringt den Jungen in sein neues Quartier, es ist ein riesiges Anwesen des Bankiers Rothschild, der hat sich bereit erklärt, ein paar jüdische Jungen aus Deutschland aufzunehmen und auszubilden. Hier ist alles so ganz anders als in Groß Breesen, so neu, so modern, der Garten sein neues Betätigungsfeld, kein Gestank, kein blökendes Vieh, sondern Anmut, Schönheit, Maschinen, die bedient werden wollen. Dankbar will Paul zeigen, wie er arbeiten kann, es dem großen (kleinen) Bankier beweisen, vielleicht beachtet er ihn.

Am Morgen stehen sie im Hof und bekommen Ansagen. Paul soll mit ein paar anderen den Rasen sensen, mähen kann er, das hat er in Groß Breesen gründlich gelernt. Sie stehen am Anfang des Feldes in einer Reihe, alle nebeneinander, in Sensenentfernung. Dann geht es los, links, rechts, links, rechts, fliegt seine Sense, Paul fühlt sich gut, stark und das Geräusch des Mähens, dieses Schrap, Schrap, das klingt wie anfeuernde Musik in seinen Ohren. Ja, er ist den anderen voraus, aber schon schwirren gefährlich klingende Worte seiner neuen Kollegen in dieser anderen Sprache um seine Ohren. Was reden die da. Sie schauen in seine Richtung, ja, das ist für ihn bestimmt, more slowly, you fool, aber sie sprechen mit so einem komischen Akzent. Das ist nicht das Englisch, das er in der Schule gelernt hat, es klingt härter, drohender. Er will nicht verstehen, was die von ihm wollen, doch sie werden ihm beibringen, nicht aus der Reihe zu tanzen.

Paul träumt sich weg, er träumt sich in die Sonne, er träumt sich durch den Rhododendron, der so dick und saftig und trotzdem so von Menschenhand geformt vor ihm steht, an das Flüsschen, in die unbemerkte Ecke, wo er sich in das Gras streckt, wo ihn keiner findet. Er hat sein Buch dabei. Heine lesen, sich ausstrecken, nur nicht an daheim, an die Eltern denken, an sein Alleinsein. Einfach in der Sonne träumen, einer fernen Melodie lauschen, die kommt von drüben, vom Herrenhaus, aus dem offenen Fenster, Beethoven, ja, da schwillt ihm das Herz. Dann kommt aus dem Radio eine Stimme im trockenen Nachrichtenton: Krieg, es ist Krieg, England hat Deutschland den Krieg erklärt. Nun kann er endgültig nie mehr zurück. Bald beginnen sie um ihn herum zu singen, sie wollen ihre Wäsche an der Siegfriedleine aufhängen, diese dummen Engländer, wissen die nicht, wie stark die Herrenmenschen sind. Er hat sie doch gesehen, wie sie marschieren in ihren Uniformen, wie sie böse werden, diese Ordnung, diese Kraft, dieser Führer, das schaffen die popeligen Engländer nie, die Deutschen besiegen, mit ihrem dummen Humor, ihrer lächerlichen Höflichkeit, mit ihrem hopsenden Tanzschrittchen gegen den donnernden Marsch, den Gleichschritt.

Eines Morgens kommt ein Polizist in den Garten vom Herrn Rothschild. Sie haben da so einen Deutschen. Paul muss sich umziehen und mitgehen, er soll mit dem Polizisten auf die Wache, wieso, ich hab doch nichts gemacht, was wollt ihr von mir. Wollen die ihn etwa zurückschicken, zurück nach Deutschland, ist jetzt alles aus. I'm not a German, I'm not an enemy, I'm a Jew, aber niemand hört ihm zu.

Man setzt ihn in einen Zug, der geht nach Liverpool, sie sagen ihm, er wäre ab jetzt interniert. Aus der Traum vom schönen Garten, wieder in den Dreck, in die Unordnung, in den Gestank, in die Ungewissheit, wohin bringt ihr mich. Es geht aufs Schiff, tagelang, dann wieder Land, es ist Kanada, vom Schiff runter auf einen Lastwagen, bis er Stacheldraht und Baracken sieht. Wenn's Judenblut vom Messer spritzt, dann geht's noch mal so gut, singen die marschierenden Männer in den Uniformen hinter dem Zaun. Deutsche Soldaten. Das Tor öffnet sich, rein geht es. Paul ist bei Kriegsgefangenen gelandet. Die schimpfen auf die Schnösel, die Engländer, der Führer wird kommen, uns hier rausholen. Paul hält den Mund, er packt seine Habseligkeiten aus, bezieht sein Bett. Blitzschnell ist seine Geschichte fertig, ich war bei Verwandten in England, da bin ich vom Krieg überrascht worden. Er kann denen doch nicht die Wahrheit sagen. Sie sind jetzt alle in einem Boot, Paul ist ein alien, wie sie, ein enemy alien.

Ich muss raus, eine rauchen, Feuer. Paul hat sein Heine-Buch dabei. Einer ist ihm gefolgt, was liest du denn da, und du, fragt Paul. Der andere hat auch ein Buch in der Hand, es ist von Maxim Gorki. Aber der ist doch Russe. Ich heiße Helmuth, und ich lese Maxim Gorki, weil er ein Kommunist ist wie ich, ich musste aus Deutschland fliehen, die Partei hat mich nach England geschickt, und nun das hier, mit diesen Nazis. Ich bin nach England, weil ich Jude bin, gesteht Paul erleichtert. Na und, das stört mich nicht, dass du Jude bist, spielt doch keine Rolle, sagt Helmuth, es gibt nur Klassen, keine Rassen. Das klingt wie Musik in Pauls Ohren. Wir werden die Nazis beseitigen, sagt Helmuth in Richtung der Baracke, wir sind stärker, wir sind viele, und wir werden unsere Herrschaft in der Welt errichten, die Nazis wegfegen, unser Führer heißt Josef Stalin, von ihm lernen heißt siegen lernen, du kannst Mitglied in unserer Familie werden, in unserer Partei. Lies was Richtiges, lies Lenin, ja, lies Marx, der ist doch auch einer von euch, dann verstehst du. Lerne die Regeln der Konspiration, vertraue niemandem, der nicht zur Partei gehört. Ordne dich der Weisheit der Partei unter.

Und Paul lernt und Paul liest und Paul versteht und Paul fühlt sich endlich stark, denn nun ist er nicht mehr allein, Helmuth ist da. Helmuth reicht die Hand, und Paul will kein alien mehr sein, kein Paulchen. Ich will dabei sein, Helmuth, gib mir einen Auftrag, ich brenne für die Sache. Die Sache, von nun an sein Sinn im Leben. Du bist ein Bürgersöhnchen, sagt Helmuth, aber der Stahl soll gehärtet werden. Paul will beweisen, dass er seine Fäuste und seinen Verstand für die Sache einsetzen kann.

Erst mal werden die beiden von den Engländern aussortiert. Ihr bekommt besseres Essen und dürft mit dem Schiff wieder zurück. Dem Juden lassen es die anderen durchgehen, sie haben nichts anderes von ihm erwartet, aber der Schmeißfliege Helmuth würden die Kameraden gern allein begegnen, sich beim Tommy einschmieren, dieser Vaterlandsverräter. Aber sie haben Glück, sie werden die letzten Tage extra untergebracht, man versteht. Die Fahrt zurück nach England dauert endlos für Paul, er kann es nicht abwarten, er will ein Kämpfer sein. Du kannst, solange du nichts hast, bei mir in London wohnen, sagt Helmuth. Wir bauen eine Jugendgruppe auf.

Sie werben unter den jungen jüdischen Emigranten aus Deutschland. Wir nennen unsere Gruppe FDJ, Freie Deutsche Jugend. Es wird eine herrliche, Pauls schönste Zeit. Die neue Fahne ist blau mit dem Symbol der aufgehenden Sonne. Und Paul ist jetzt nicht mehr der kleine Emigrant, Paul ist jetzt der große Revolutionär. Doch noch siegen die imperialistischen Faschisten, die ihre Waffen den Krupps verdanken, das weiß er jetzt. Er hat die Karte an der Wand, er steckt die Front ab, er weiß genau, wo die Krupp-Waffen stehen. Ja, noch fallen Bomben auf Engelland, aber wir schlagen zurück. Ich werde als deutscher Kommunist gegen Deutschland kämpfen.

Noch ist er nur wieder Landarbeiter, und Helmuth hat ihn aus der Wohnung geschmissen, aus Vorsicht, wie er sagt, nichts für ungut, aber du solltest auf eigenen Beinen stehen. Helmuth hat Paul nichts von dem Polizisten erzählt, der jeden Tag vor seinem Haus steht. Die Engländer beobachten, was die Kommunisten im Exil treiben. So zieht Paul zu den Jugendlichen. Zu Else aus Wien, zu Gerhard aus Breslau, zu Doris aus Frankfurt und Lea aus Berlin, alle sind sie jüdische Jugendliche auf der Flucht. Lea, die Lockige, Kleine, Quirlige, die so schön wütend werden kann, Lea, die scharf Denkende, die ein loses Mundwerk hat, aber genau wie er begeisterte Kämpferin sein will.

Sie sitzen jeden Nachmittag bis in die Nacht hinein zusammen. Wir wollen die Deutschen schlagen. Paul als klassenbewusster Kämpfer, um Helmuth zu beweisen, dass er kein kleiner Junge mehr ist, Lea hat eine persönlichere Rechnung offen. Sie hat die Mutter drüben in Deutschland gelassen, noch schreibt sie ihr, noch hofft Lea, dass sie nachkommen wird, aber Lea ahnt und will nicht wissen. Denn hier sind Paul und Lea, hier ist das Leben, die Freiheit, die Zukunft. Wir sind jetzt Kommunisten, die neuen Menschen, von der die Partei spricht, wir sind zusammen die neue Familie. Paul hat Schlag bei den Mädchen, seit er zurück aus Kanada ist, seit er Rückendeckung von Helmuth hat, er ist unbesiegbar. Nur entscheiden kann er sich nicht, warum soll er sich auch festlegen, nur mit einer was anfangen.

Aber Lea und er waren unvorsichtig, schon ist was Kleines unterwegs, da sagt Helmuth, so verhält sich kein Kommunist, mach die Sache ordentlich, Junge. Wir heiraten, sagt Paul zu seiner Lea. Sie gehen eilig zum Standesamt, sitzen für das Foto beieinander, und Paul sagt seiner Lea, hör mal, erst kommt die Partei, dann kommt eine Weile gar nichts, dann kommt die Familie. Das ist es also, das ist Leas große Liebe, ihr Festhalten, denn sie hat ja niemanden sonst hier.

Das Kind wird geboren. Lea ist im Krankenhaus, Paul kommt zu Besuch, Geld hat er keins, aber Paul will Lea trotzdem was mitbringen. Sie waren oft zusammen im Kino, und an der Kasse gibt es für ein paar Pence diese kleinen Werbebildchen aus Holz, Figaro, die kleine Katze ist darauf, die süße, kleine Katze aus dem Film *Pinoccio*, sie hat einen Ballon um, und darauf steht *All together*. England, Amerika, Frankreich und Russland gegen die Nazis und wir, sagen Lea und Paul, und unsere Liebe. Figaro ist verwöhnt, so wie Paul, als er in Hannover war. Figaro hat ein Bettchen geschnitzt bekommen vom Vater Gepetto, er wird auch aus dem Bauch des Wals gerettet von Pinoccio. Das Bild kommt über das Babybettchen, sagt Paul zu seiner Lea im Krankenhaus. Das Bild hängt ab jetzt immer da. Nur Paul ist unterwegs, er hat die Zusage der Army bekommen, endlich kann er beweisen, dass er auch kämpfen kann, richtig kämpfen.

So ist er, ihr Schöner, ihr Großer, ihr Kämpfer. Ein Mann mit guten Manieren, kein Prolet, kein grober Klotz, ein Zarter, ein Glühender. Der Richtige, der ihr Familie sein wird, Vater für ihre Kinder, auch wenn er anders redet. Ihr Spott wird ihn schon erziehen. Sie atmet leise erleichtert auf, die Army lässt ihn nicht an die deutsche Front, wie er gern möchte, aber sie gibt ihm die Uniform, in der er gut aussieht, drei Streifen und eine Krone am Ärmel. Und immer ist er fort.

Sie bleibt beim Kleinen, bei Johann, wie Goethe, wie Bach, wie schöne, große deutsche Kultur. Paul und Lea haben ihre Heimat nicht vergessen, sie haben Sehnsucht. Johann wird rumgereicht unter den Frauen, jede will ihn mal knuddeln, will ihn berühren, er bedeutet Leben. Eigentlich wollten sie schon längst umziehen in eine eigene Wohnung, aber kein Geld, keine Zeit, es ist ja auch praktisch, denn so sind viele Babysitter da. Die Nachrichten werden auch immer besser, die Nazis verlieren an allen Fronten, der große Führer Stalin und die Alliierten schlagen zurück, die Amerikaner sind in der Normandie gelandet und marschieren auf Berlin. Das Blatt wendet sich.

30

SCHLIESSLICH KOMMT der große Tag, der Krieg ist vorbei. Überall feiern die Leute, liegen sich in den Armen, küssen sich, prosten sich zu. Paul und Lea sind nicht zusammen, sie ist allein mit Johann. Nie ist Paul da, wenn sie ihn braucht. Sie will in die Stadt. Draußen auf den Straßen jubelt es, aber ihr ist bange. Was wird jetzt aus uns, ach, Unsinn, ich warte nicht länger. Sie schnappt sich den Kleinen und läuft rüber zur U-Bahn, einmal Trafalgar Square.

Als sie aus der Station kommt, überwältigt sie der herrliche Frühlingstag, überwältigt sie der Jubel, diese Menschenmassen. Alle halten Fähnchen in den Händen, Johann, den Lea meist nur Joe nennt, bekommt auch gleich eins ins Händchen gedrückt. Lea geht die Wege, die sie so gern mit ihrer Mutter abgelaufen wäre. Wenn ich erst drüben bin, dann zeigst du mir alles, Puttchen, stand in Mutters letztem Brief. Die Welt verschwimmt vor ihren Augen, aber das macht nichts, heute weinen sie überall. Wenn nur Paul da wäre. Sie und der Kleine werden dauernd von Fremden umarmt, und Paul ist nicht da. Erschöpft sitzt sie mit Johann auf dem Rasen im Park, es ist so schön warm, wenn ihr nur nicht so bange wäre.

Spät in der Nacht kommt Paul, er holt Lea aus dem Schlaf, redet mit leuchtenden Augen, während Johann brüllt. Die Alliierten wollen Deutschland aufteilen, sie halten alle Deutschen für Nazis, aber ich habe mich gemeldet in der Versammlung, ich stand ganz oben und rief, ihr Engländer, helft uns freien Deutschen, wir Antinazis werden unsere Landsleute umziehen, wir wollen, dass von Deutschland nie wieder Krieg ausgeht. Er hat den weiten Blick, die Stimme wie Hans Albers. Die Engländer haben mir zugejubelt, ich gehe zu meinen Vorgesetzten, sie sollen mich bei den Kriegsgefangenen einsetzen, ich werde sie umerziehen. Erzieh du mal deinen Sohn, sagt Lea.

Helmuth erzieht Paul und gibt ihm einen geheimen Auftrag, du musst unter den Soldaten suchen, wer für uns verwendbar ist. Paul übersetzt bei den Verhören, Paul notiert Namen. Aber Paul macht auch Erziehungsarbeit auf eigene Faust. Die Männer sitzen im Speisesaal, er nimmt seinen geliebten Heine, ihr kennt doch die Loreley, sagt er, der Dichter ist nicht unbekannt, wie man euch gesagt hat. Und Paul bedient den Projektor, er zeigt ihnen einen Film, Charlie Chaplin in *Der große Diktator*, sie lachen, sie schreien, Charlie macht den Führer lächerlich, dieser verjudete Humor, wann können wir endlich nach Hause. Es bricht ein wüster Streit unter den Soldaten aus, ich habe sie geknackt, jubelt es in ihm, ich kann sie umerziehen, ich führe sie auf den Weg.

Paul glüht, nur Helmuth ist nicht begeistert, als er ihm von Chaplins Schlussszene im Film erzählt. Das ist verantwortungslos von dir gewesen, und parteilich ist der Standpunkt auch nicht, bürgerliche Phrasen von Freiheit, Paul, du Bürgersöhnchen, begreife, wir wollen Freiheit von Ausbeutung. Freiheit von Kapitalismus, der ist gleich Faschismus. Kapitalisten sind unsere Feinde, und die müssen vernichtet werden, das ist eine Machtfrage. Versuch nicht, klüger zu sein als die Partei, von der Sowjetunion lernen heißt siegen lernen, studiere, was der Führer Stalin sagt. Man muss sich unterordnen können, sagt Helmuth. Disziplin heißt Einsicht in die Notwendigkeit, alles andere ist feindliche Propaganda, wer also gegen die Parteidisziplin verstößt, ist ein Feind, Abweichler von der Parteilinie erfahren keine Nachsicht. Diese Härte kennt Paul, das ist schon bei Vater so gewesen, als er Konrad rausgeschmissen hat, da hilft kein Jammern. Und bald wird die Partei zu Paul und Lea sagen, ihr geht zurück nach Deutschland, wir haben jetzt die Macht, da könnt ihr euch beweisen.

31

DIE PAPIERE SIND ANGEKOMMEN. Drei Jahre hat es gedauert. Drei Jahre im dreckigen, armen Havanna. Immer sollte es nur Zwischenstation sein, aber die Amerikaner ließen sie nicht rein, keine feindlichen Deutschen. Jetzt ist der Krieg endlich vorbei, und sie sind in New York, wohnen im fünften Stock, sitzen in ihrem Zimmer. Heinrich schaut aus dem Fenster, er kann das Gewimmel auf der Brücke über den Hudson sehen. Es ist schon Herbst, und Heinrich friert endlich wieder. Da unten auf der Straße gibt es in dieser Gegend nur Deutsche, deshalb nennen sie es Viertes Reich.

Für Heinrich ist es überall der gleiche Dreck, ob Havanna oder eben hier, aber er hat endlich wieder einen Plan. Er will arbeiten gehen, die alten Verbindungen nutzen, die Herren von der Firma Wiemann aus Hamburg, die Firma, wo er und Konrad schon gelernt haben, die haben hier eine Niederlassung. Heinrich schiebt seinen Stolz beiseite, er ist nicht mehr der Herr Unternehmer, keine Geschäfte mehr, von Geschäftsmann zu Geschäftsmann, er ist einfach nur ein Mann, der Fachwissen und seine Hände anbietet, und er ist schon über sechzig. Aber überhaupt wieder Arbeit, das ist, was ihn erhält, aus dem Haus gehen, zu tun haben, endlich wieder zu tun haben.

Heinrich zieht den einzigen Anzug an, den er besitzt, das Hemd gestopft, ein bisschen gelb an den Ärmeln schon. Er rasiert sich noch mal frisch, die Schuhe geputzt, so macht er sich auf den Weg, nimmt die U-Bahn, er hat sich den Weg aufschreiben lassen. Ihm klopft das Herz, wie wird man ihn empfangen. Aber natürlich, der Herr Zimmermann aus Hannover, man kennt sich. Wir hatten ja schon früher mit dem Herrn Vater zu tun, aber das ist lange her, andere Zeiten, und Deutschland liegt in Schutt und Asche, auch Ihre Heimatstadt, ja, furchtbar. Ja, wir könnten schon eine Fachkraft gebrauchen, Sie können für uns als Sortierer anfangen, zwei Dollar die Stunde.

Den Abend verbringt Heinrich wie immer mit Briefeschreiben. Da träumt er, er träumt sich sein früheres Leben zurück, da ist er ganz der Alte. Heinrich schreibt an Konrad in Südafrika. Er weiß, dass Konrad Soldat geworden ist, dass er Fuß gefasst, dass er geheiratet hat. Rosa hat ihm längst alles gesteckt, oder Gertrud hat es geschrieben, aus Jerusalem, oder Paul, aus London, hat es erwähnt. Das Familienflüstern funktioniert selbst über Kontinente. Rosa sitzt dabei und ist froh, wie sie den Alten sieht. Heinrich füllt die durchscheinenden Blätter aus Luftpostbriefpapier mit seinen spröden Berichten über ihr Leben in New York, gibt dem Jungen Hinweise, als wäre nichts zwischen Vater und Sohn. Er schreibt ja auch an seine anderen Kinder.

32

DORIS, ELSE UND GERHARD aus der Gruppe sind vorgefahren, Doris hat gewarnt, sie sollen alles mitnehmen, was sie können. Alles kaputt zu Hause, und zu kaufen gibt's auch nichts. Johann ist drei Jahre alt und geht in den Kindergarten, Paul ist immer noch Soldat, Lea hat einen Job in einem Bücherladen, sie haben endlich die eigene Wohnung bekommen, insgesamt kein schlechtes Leben. Nun wieder einpacken, was geht, alles andere verkaufen, so viel können sie ja doch nicht mitnehmen, nicht tragen, und immer noch sträubt sich Lea, ich will gar nicht, ich will nicht nach Deutschland, und wieso Berlin, ich kann da nicht hin. Da werden Pauls Augen weit. Das ist ein Parteiauftrag, Lea, wir werden dringend gebraucht, sagt auch Helmuth. Aber andere, John und Irene aus der Gruppe, bleiben doch auch hier. Bürgerliche Elemente, tut Paul ab. Johann spricht nicht mal richtiges Deutsch, aber es hilft nichts, sie kennt ihren Paul, er lässt nicht mit sich reden.

Am Ende haben sie das Wichtigste in seinen alten Rohrplattenkoffer gepackt, auch ihren Matzeteller vom Vater, ihre Haggada aus der Schule. Die silbernen Serviettenringe aus der Villa von Pauls Eltern in Hannover verschwinden im Seesack der Army. Die Adressen von allen, die hier in England bleiben, sind aufgeschrieben. Dann ist es so weit. Gerhard wird sie am Bahnhof Zoo in Berlin abholen. Mit jedem Kilometer, den sie zurückfahren, klopft Lea das Herz höher. Paul ist da so verdammt unempfindlich, seine Eltern haben es ja geschafft, aber ihre Mutter, wo ist sie. Vielleicht ist sie ja irgendwo untergetaucht. Seit Anfang dreiundvierzig kamen keine Briefe mehr.

In Ostende kommen sie auf dem Kontinent an. Dann geht es bei Maastricht über die Grenze, im Dunkeln erreichen sie Köln. Die Stadt ist ein schwarzes Feld, aus dem einsam der Dom herausragt. Da geht es über den Rhein, ich weiß nicht, was soll es bedeuten, singt Paul ihr mit Hans Albers' Stimme ins Ohr. Er ist so verdammt vergnügt. In Hannover wird er endlich still, er erkennt seine Stadt nicht mehr wieder. Es geht sowieso nicht mehr weiter diesen Abend. Wie gut, dass Paul in seiner Uniform ist, sie kann es an jedem Blick der Deutschen da draußen spüren, die alte Angst kriecht in ihr hoch. Die Army bietet ihnen eine Unterkunft an. Es ist zwar nur eine alte Turnhalle, aber genug zu essen und zu trinken und Betten für alle drei.

Ich muss noch mal los, sagt Paul. Lea ist so müde, und Johann schläft bereits, hau schon ab, murmelt sie, da zieht er los. Paul hat Mühe, sich zu orientieren, das Rathaus steht noch, so kann er ungefähr die Richtung erahnen, er geht los. Die Straße ist frei von Schutt, er läuft, bis aus den Ruinen am Stadtrand kleine Gärten mit Holzhäuschen geworden sind, bis er die Tür findet, ein bisschen morsch zwar, aber noch wie früher, bis er das Licht in der Hütte sieht. Frieda, ich bin's, sagt er kurz und frech, als er die Tür öffnet. Aaah, entfährt ihr ein Schrei, sie sieht ihn an wie ein Gespenst, den Fremden in seiner englischen Besatzeruniform, die ihr Angst macht, aber er hat doch Frieda gesagt, dieser Engländer, diese Stimme, er muss sie kennen. Dann sieht sie im trüben Schein sein Gesicht, es ist das Jungchen, der Paul. Frieda muss sich setzen, du hast mir einen Schreck eingejagt, ganz wie in alten Zeiten, sagt Paul lachend, als sie ihn aus der Dachrinne der Villa rausgeholt hat, wie beiden einfällt.

Dann nimmt sie ihn in die Arme und drückt ihr Jungchen, und das Jungchen drückt seine Frieda. Gleich macht die Frieda dem Paulchen ein Abendbrot, der Herr Vater und Ihre Frau Mutter sind in New York, sie hat schon gehört, dass da viele

Emigranten leben, Konrad in Kapstadt, und Gertrud in Jerusalem und Paul, ihr Paulchen, ist Sergeant bei der Royal Army, schick sieht er aus, der Bengel, und Familie hat er auch. Ich muss wieder zurück, meine Frau und mein Sohn warten, sagt Paul. Schön, dass du mich besucht hast, sagt Frieda, und will ihn gar nicht weglassen.

33

ALS SIE AM ANDEREN TAG durch Berlin rollen, sehen sie aus dem Zugfenster, Berlin ist platt wie Hannover, wie Köln, aber am Bahnhof Zoo steht Gerhard, mit seiner Ironie. Das wirrd schon, das bauen wir alles wieder auf, und summt das Lied, frreie deutsche Jugend, bau auf, bau auf, bau auf. Paul hasst diese Ironie von Gerhard, das hat er schon immer nicht gemocht, dieses Defätistische an ihm. Natürlich bauen wir alles wieder auf. Dann sagt Gerhard noch ernst, die Partei will keine Emigranten aus dem Westen, ach Unsinn, Quatsch, erst mal zu Gerhard nach Steglitz, wo sie fürs Erste unterkommen. Schon am nächsten Tag sind sie auf dem Bezirksamt. Wie finden wir Wohnung, Möbel, wir brauchen alles. Da ist ein Nazi, heißt es, der ist abgeholt worden, wir oder sie, jetzt sind wir dran, da können wir einziehen. Der Kleine braucht doch ein Dach über dem Kopf, und der Nazi hat es verdient. Das wird ihre erste Wohnung in Berlin, endlich wieder ein Zuhause.

Das neue Leben ist viel härter als zuletzt in London, jeder Bissen muss erkämpft werden, überall diese Schlangen vor den Geschäften, alles nur auf Marken. Wie gut, dass Paul noch in der Army ist, die geben Pakete mit Lebensmitteln aus. Sie können noch so viel gebrauchen, nicht mal Kondome gibt's, Paul bringt Lea zu einem Arzt, irgendwo in Charlottenburg, der soll was wegmachen, Lea beißt die Zähne zusammen und läuft den langen Weg nach Hause. Die Verbindungen in Berlin sind ja immer noch schrecklich.

Jetzt sind sie schon ein halbes Jahr da und haben immer noch keine Arbeit. Wir gehen ganz nach oben, zu den Genossen, zum Zentralkomitee. Da stehen am Eingang Männer mit Gewehren. Lea sieht Paul an, wieso Waffen, aber Paul, der sich vorsorglich auf dem Gang Zivil angezogen hat, schüttelt den Kopf. Sie gehen die endlosen Gänge entlang bis zu einer bestimmten Tür, die sehen alle gleich aus, herein, sagt eine Stimme. Der Genosse mit den schlechten Zähnen hinter dem Schreibtisch winkt, woher kommt ihr, Genossen, ach, aus England, da wird sein Ton gleich kühler. Arbeit haben wir auch nicht für euch, aber zu tun ist genug, Steine sammeln aus dem Schutt, die Angloamerikaner haben uns ja in die Steinzeit gebombt. Doch so haben Paul und Lea sich das neue Leben nicht vorgestellt. Es heißt abwarten, ihr werdet überprüft.

Lea drängelt, Paul, ich muss wissen, was mit Mutter ist. Bei der Gemeinde liegen Listen, komm, wir gehen mal vorbei. Paul sagt, wir treten aus der Jüdischen Gemeinde aus. Das passt nicht mit dem Parteibuch zusammen, aber Lea lässt nicht locker, sie fährt von Steglitz nach Prenzlauer Berg, wo sie mal gewohnt hat. Johann hat sie an der Hand, wenn schon Paul nicht dabei ist, von diesem Gang hat sie ihm nichts gesagt, der ist jetzt jeden Tag auf Arbeitssuche, Gerhard hat ihm einen Tipp gegeben, sie suchen Journalisten bei dieser neuen Agentur für Nachrichten, ADN.
Lea packt Johann ganz fest, so mitten in der Menge. Am Alex muss sie umsteigen, als sie mit der U-Bahn an der Schönhauser Allee aus dem Boden hochsteigt, atmet sie tief ein, so dass Johann nach ihr schaut. Sie sieht aus dem Fenster, während der Zug in die Station einfährt, da ist Mutters Haus, da ist ihre Vergangenheit. Der Zug steht, sie laufen langsam die Treppe vom Bahnhof herunter, als wäre kein Tag vergangen, so vertraut ist ihr der Weg, vorbei an der Kirche, bis sie angelangt sind. Überall sind Einschusslöcher, im Hausflur natürlich keine Namen am Schild, alles kaputt, weiter über den Hof, bis in den

zweiten Stock zieht es sie wie ein Magnet. An ihrer Tür steht ein neuer Name, warum sollte es auch anders sein, Mutter hatte ihr ja zuletzt auch was von der Judenwohnung geschrieben, aber dann liest sie an der Nachbarwohnung Streumann. Mit dem Namen hat Lea den Jungen vor Augen, den Peter, sie sind ein paar Jahre zusammen zur Schule gegangen.

Sie zieht am Klingelknauf. Johann ist still neben ihr. Sie hört die schlurfenden Schritte, die Tür öffnet sich, Frau Streumann steht in der Tür. Ja, bitte. Guten Tag, Frau Streumann, sagt Lea, während sie und der Kleine gemustert werden, ich hab hier mal gewohnt. Hää, was. Plötzlich huschen bei der Streumann Schatten über das Gesicht. Ja, eehm, entschuldige, komm rein, Lea, ich habe dich und das Kind nicht zusammengebracht, Peter, guck mal, wer da ist. Peter kommt angeschlichen, fett ist er geworden, denkt Lea. Er wirft die schmierigen Haare nach hinten, starrt sie an und geht wortlos wieder zurück. Komm doch rein in die gute Stube. Lea setzt den Jungen auf den angebotenen Stuhl, stellt sich dahinter.

Frau Streumann, entschuldigen Sie, ich wollte mal nach meiner Mutter fragen, haben Sie noch mal was von ihr gehört. Frau Streumann will gerade das Besuchsprogramm abspulen, aber bei der Frage bleiben ihre Bewegungen hängen. Ihre Mutter, ja. Sie stockt, dabei hat sie die Keksdose in der Hand, die sie dem Jungen öffnen wollte. Sie musste aus der Wohnung, war ja auch zu groß für sie allein, nein, ich hab nichts gehört, du, Peter. Sie ist abgeholt worden, gleich morgens früh, sie sollte wohl in so eine Sammelunterkunft, hat sie gesagt. Ich habe nichts mehr von ihr gehört, flüstert Frau Streumann jetzt. Lea schaut nach unten, ihr Blick beißt sich an einem Regal in der Ecke fest. Frau Streumann sieht ihren Blick. Ja, sagt sie, froh, dass das Gespräch wieder in Gang kommt, das Regal, das kennen Sie noch, nicht wahr, das hat uns Ihre Mutter dagelassen, sie wollte es nicht mehr haben. Wir haben ihr doch Lebensmittel gebracht. Das Letzte hat Frau Streumann wieder geflüstert.

Lea zieht Johann vom Stuhl, es tut mir so leid, sagt die Streumann hinter ihr leise, aber Lea hört nichts mehr. Es braust in ihrem Kopf, sie muss aus der Wohnung. Auf dem Hof übergibt sie sich in eine Ecke, während der Junge verlegen neben ihr wartet. Schnell nach Hause, sagt Lea zu Johann, dabei stützt sie sich fast schon auf den Kleinen. Lea läuft ohne zu überlegen, zieht Johann immer hinter sich her. Plötzlich ist der Polizist hinter ihr. Als der zu brüllen anfängt, ist sie auf einmal wieder Lea, genannt Sara, das kleine Berliner jüdische Mädchen. Sie atmet wieder in sich rein, sieh dich nicht um, lauf weiter, zischt sie Johann an, doch der Mann holt sie ein. Komm'n Se mal vom Rasen runter, könn'n Se nicht lesen, Betreten verboten, wird er grob. I beg your pardon, sagt sie und zuckt mit den Schultern, sie drückt die Hand vom Kind fest, dass der Junge jetzt bloß nichts auf Deutsch daherredet. Der Mann in Uniform murmelt Entschuldigung, mit der Besatzungsmacht will er sich nicht anlegen, dreht sich um und geht.

Ich habe Arbeit, Paul glüht, er darf bei ADN anfangen. Paul, der Schauspieler werden wollte, ist ab sofort Journalist, er ist Schild und Schwert der Partei, er ist Kampfideologe, er steht auf dem Platz, auf den ihn seine Partei stellt. Er kann die Sprache des (neuen) Feindes, er kennt sich aus mit dem Angloamerikanischen, wie es jetzt heißt. Paul wird nicht fragen, er ist nicht dumm, sie kamen ja nicht aus Mexiko, wie andere Emigranten, er kennt keinen Abweichler Noel Field, er weiß nichts über die Verbrechen der Verräter, aber er ist bereit, sie zu bekämpfen. Er ist bereit, jeden zu bekämpfen, wenn es die Partei sagt. Wie er auch seine Eltern als schwankende bürgerliche jüdische Elemente inzwischen weiß. Die Partei hat viele Feinde, einer heißt Slanski, Jude Slanski, durch die Partei in einem großen Prozess zum Tode verurteilt. Das Prozessbuch, worin seine Schuld bewiesen wird, das sie in der Schulung bekommen haben, steht bei ihnen zu Hause. Lea ist schon wieder schwanger, diesmal wird sie es behalten. Dieses Mal wird es eine kleine Lena, das klingt auch so nach den russischen Freunden, wie Paul die Russen nennt, den Befreiern, wie sie in der Parteisprache genannt werden.

34

WÄHREND PAUL UND LEA das neue Deutschland aufbauen, sitzt in Moskau der große Führer Josef Stalin in seiner Datscha. Er regiert schon viele Jahre die mächtige Sowjetunion, ein Sechstel der Erde. Durch das Erstarken der kommunistischen Idee als Gegenbewegung zum Faschismus erstreckt sich seine Herrschaft nun auch noch auf einen guten Teil von Ost-, Süd- und Mitteleuropa, und natürlich auf Ostdeutschland, das von seiner Armee besetzt ist. Aber durch das jahrelange Abwehren der vielen äußeren und noch mehr inneren Feinde ist er immer nur noch misstrauischer geworden. Er muss wieder mal ein Exempel statuieren, damit Furcht umgeht, er wittert Verrat, besonders in seiner Umgebung. Er wird ja nicht jünger, Krankheiten kommen, er hasst es, wenn er sich untersuchen lassen muss, wenn fremde Hände seinen Körper berühren.

Als er ein junger Mann war, als er noch Klosterschüler war, da wusste er es schon, die Juden sind sein Feind, später in Gestalt von Mitkämpfer Trotzki, dem Mann mit Brille, den er bis nach Südamerika verfolgt hat, und erst erleichtert war, als seine Männer ihm das Foto des Toten zeigen. Aber er wird sie nicht los, sie sind überall, vom Politbüro bis zu den aufsässigen Künstlern, und am schlimmsten, sie sind seine Ärzte. Sie berühren seinen Leib, sie verabreichen seine Medizin. Er fürchtet sich, das hasst er am meisten, aber er weiß ein Mittel dagegen, ein jahrelang erprobtes Mittel, seine Leute greifen zu. Sie sollen gestehen. Sie weinen, sie flehen, aber alle kommen sie dran, erst die kommunistischen Führer in Osteuropa, dann die

Ärzte, die alle etwas gemeinsam haben, sie sind Juden. Sie soll man verurteilen, als Zeichen, als Exempel.

Also liest Paul am neunundzwanzigsten November neunzehnhundertzweiundfünfzig in seiner Zeitung, im *Neuen Deutschland*, ich bekenne mich schuldig, schuldig des Hochverrats, schuldig der Spionage, schuldig der Sabotage, schuldig der Tätigkeit im Interesse der amerikanisch-britischen Imperialisten. Das sind sie, die jüdischen Nationalisten und Kapitalisten, genannt Zionisten, diese Kosmopoliten, die ihren eigenen Staat unten im Nahen Osten errichten. Sie sind im Bunde mit allem, was den Kommunisten feindlich ist. Sie müssen bekämpft und überwacht werden. Die jüdischen Kapitalisten wurden schon vom Vater Marx entlarvt, dem Mann, der selbst aus einer jüdischen Familie kommt. Hinter dem Carepaket aus Amerika lacht der Mann mit der Hakennase, auf der Post, wo Lea in der Schlange auf Heinrichs Päckchen wartet, hängt das Plakat. Das pflanzt Paul und Lea erneut Furcht ins Herz. Denn sie können ihre Wurzeln nicht abhacken. Nur raus aus der Gemeinde, vielleicht hilft das.

Endlich bekommen sie die Wohnung in Weißensee, im Osten, wie es die Partei will, denn unsere Genossen sollen in unserem Sektor der Stadt wohnen. Lea beschafft Möbel, Paul ist jetzt Reporter, Übersetzer, schreibt Artikel, geht auf Versammlungen. Lea besucht die Richterschule, die Partei will, dass sie in die Justiz geht, sie brauchen unbelastetes Menschenmaterial. Sie haben sich eingerichtet, das Land ist wie die Stadt, geteilt, und heißt inzwischen DDR, die Kinder gehen in den Kindergarten, Weihnachten wird gefeiert, da sind alle bei Gerhards Familie. Der alte Kamerad aus der Emigration. Stück für Stück ist es leichter geworden.

35

HEINRICH MUSS SICH etwas Neues suchen, das Ledergeschäft läuft nicht mehr, Wiemann hat ihn entlassen, aber er lässt sich auch davon nicht unterkriegen. Ich kann arbeiten. Er übernimmt die Nachtschicht, die Nachtschicht als Heizer. Geht jeden Tag die fünf Treppen von seiner Wohnung abwärts, fährt jeden Tag mit der U-Bahn von Washington Heights rüber nach New Jersey in die Textilfabrik. Schaufelt jeden Tag zwei Tonnen Kohle. Wieder zurück, geht er die fünf Treppen wieder hoch und legt sich schlafen, während Rosa von Tür zu Tür hausieren geht, mit Seidenstrümpfen. Sie hat es lernen müssen, auch das Kochen für beide, das Einkaufen, all das, was früher Frieda erledigte. Der Job rettet ihm das Leben, die Zeit, die er nicht herumsitzt, denn er weiß längst, dass all die bösen Gedanken ihn sonst auffressen. Schau nicht zurück, hämmert es in ihm.

Da kommen aus Westdeutschland, wie es jetzt heißt, neue Nachrichten, sie berichten von Wiedergutmachung. Das ist seine Stunde, jetzt will er sich zurückholen, was ihm genommen wurde, vor allen Dingen seine Reputation. Er kennt seine Deutschen, denn er ist selber einer, und bittet wieder höflichst, und diesmal beauftragt er noch einen Anwalt, der ist vor Ort, so ist es objektiver, weniger emotional. Es wird ein harter Kampf werden, das weiß er schon, aber er blüht auf. Erst die Schicht, dann schlafen, dann Briefe schreiben, ich bitte höflichst. Heinrich hat das neue Gesetz und auch die Durchführungsbestimmungen gelesen, ja studiert, er hat die Fragebögen, er weiß, sie wollen Nachweise, alles muss penibelst aufgelistet werden, am Ende muss er sich ja doch mit den alten Beamten rumschlagen.

Heinrich schreibt auf: die Reisekostenabrechnung, einmal Hannover–Lissabon–Havanna–New York, die Behandlungskosten für Zähne und Finger, dann die großen Posten Firma und Haus. Heinrich überlegt: Früher oder später muss ich nach Hannover. Das macht ihm gute Laune, er pfeift das Lied, ich hab noch einen Koffer in ... die deutschen Behörden haben schon mal einen Vorschuss geschickt, das macht es leichter. Heinrich ahnt, was ihn erwartet, sogar Konrad will zum Familientreffen nach Berlin kommen.

Heinrich sitzt im Flugzeug, er wird mit jeder Meile ein bisschen mehr wieder der Alte, der Patriarch, der Rabbi, der Macher, er holt sich sein Leben zurück. Nicht die Villa, nicht die Firma, nicht die Gemeinde, aber seinen Namen, sein Recht, das, woran er immer geglaubt hat, wenn es auch Jahre dauern wird, das hat ihm der Anwalt mitgeteilt. Was er jetzt noch braucht, sind Beweise, seine Unterlagen, seine alten Papiere, und er weiß, wo er sie holen muss. Er sieht aus dem Fenster, als das Flugzeug landet, da läuft ihm ein Schauer über den Rücken, als er in der wartenden Menge sich selbst als jungen Mann erkennt. Bis er die Gangway ganz nach unten gegangen ist, hat er sich gefasst. Konrad, mein Sohn, wir haben uns lange nicht gesehen. Darauf hat sich Heinrich vorbereitet, er will ihm etwas Wichtiges sagen, so, als würde er gerade noch in seiner Bibliothek in der Villa sitzen, so, als würde er den Junior hereinbefehlen. Heinrich hat Zimmer für Konrad und sich im Kempinski reserviert. Erst mal ins Taxi. Heinrich plaudert, während sie durch das alte Westberlin fahren, bestellt das Abendessen, ist ganz der große Zampano, dann auf die Zimmer, die gleich nebeneinanderliegen. Er lässt dem Jüngeren das Badewasser ein, prüft zärtlich mit dem Ellenbogen die Temperatur, ist ganz der liebende Vater, erst danach kommt der große Moment, als sie zusammensitzen.

Weißt du, was ich mit den Deutschen verhandle, verkündet Heinrich stolz, wie viel ich von ihnen erwarte, mein Jahresumsatz neunzehnhundertdreiunddreißig war eine Million Reichsmark. Die Villa ist einhunderttausend wert. Ich war Kriegsfreiwilliger, geachtetes Mitglied der Handwerkskammer, ich war Hannoveraner Bürger, Heinrich ist in seinem Element, da hält es Konrad nicht mehr aus. Ich will nicht wissen, was dein Umsatz war, was die Villa wert ist, du hast mich rausgeschmissen, es hat dich doch nie interessiert, wie es mir ergangen ist, ich habe mir ein neues, ein anderes Leben aufgebaut. Nein, es hilft nichts, sie kommen sich auch nach all den Jahren nicht näher.

36

WÄHREND HEINRICH UND KONRAD jeder wieder in ihren Zimmern sitzen und wieder schweigen, haben Lea und Paul ein anderes Problem. Westberlin ist Feindesland, wir können nicht hinfahren, sagt Paul. Aber du musst deinen Vater begrüßen, das ist deine Pflicht als Sohn. Was sollen wir machen, es ist immerhin dein Vater, den du fünfzehn Jahre nicht gesehen hast. Was also tun. Sie wechseln ins Englische, weil die Kinder zuhören, Johann konnte zwar mal nichts anderes, doch seit sie wieder zurück sind, haben sie es so vernachlässigt, dass er nichts mehr mitbekommt, zumindest hoffen sie das.

Johann ist jetzt fast zehn, ein stolzer Pionier. Du wirst den Großvater begrüßen, sagt Paul, zusammen mit deiner Schwester, aber pass gut auf sie auf. Das ist ein Parteiauftrag, sagt er und lacht. Johann strahlt. Von Weißensee nach Charlottenburg werden die Kinder allein fahren. Erst mal mit der Straßenbahn bis zum Alex. Dem Schaffner die Mark in den Handschuh legen, der drückt auf die Hebel seiner Geldbox vor dem Bauch, da rasselt es, und heraus kommt das Wechselgeld, das Johann in seine Hosentasche steckt. Mit der anderen hält er Lenas kleine Hand. Über den großen Alex laufen, hoch zur S-Bahn. Ab Bahnhof Friedrichstraße verlassen sie den Russischen Sektor, ab jetzt sind wir in Feindesland, weiß Johann. Vom Bahnhof Zoo laufen sie wieder. Am Theater des Westens vorbei biegen sie in die Fasanenstraße ein, die gehen sie runter, bis Johann liest, Kempinski, das große Haus mit dem roten Teppich draußen. Da steht der Mann in Uniform mit Zylinder, das muss so ein Kapitalist sein. Er öffnet ihnen lächelnd die große Eingangstür.

Guten Tag, wir möchten zu Herrn Heinrich Zimmermann, der Mann hinter der Rezeption sieht in sein Buch, Zimmer vierhundertvierzehn. Komm, sagt Johann und zieht an Lenas Hand. Alles blitzt und blinkt, bing bong macht es, eine Tür, die sich von selbst öffnet, der Junge dahinter ist höchstens ein paar Jahre älter als sie, der hat so eine komische Fliege unter seinem Kopf. Wohin, fragt er, vierter Stock, sagt Johann, der Junge drückt mit wichtiger Miene auf den Knopf, die Tür schließt sich. Dann öffnet sich die Tür wieder, sie laufen auf dem langen Flur, auf flauschigen Teppichen, wo ihre Schritte nicht zu hören sind, und stehen vor dem Zimmer vierhundertvierzehn.

Sie horchen, nichts, dann traut sich Johann, klopf, klopf, klopf, herein, sagt es nun dahinter. Sie öffnen, die Kleine wird hochgenommen von einem fremden, alten Mann. Das muss der Großvater sein. Johann bekommt sogar ein Päckchen zur Begrüßung, er wickelt eine blitzende Armbanduhr aus. Wollt ihr was essen, Heinrich spricht ins Telefon, ein Mann, wieder mit Fliege und einem Wagen dazu, kommt herein und lädt ein großes Tablett ab. Es ist wie im Märchen. Der Großvater ist der große Zauberer. Nun steht fest, was sie schon ahnten: Aus Amerika kommen auch gute Sachen, die Großeltern und die Neger.

37

KONRAD UND HEINRICH fahren zu Paul und Lea, rüber in den Osten. Hinter den roten Spruchbändern versinkt dieser Teil der Stadt immer noch in Schutt und Dreck, aber auf keinen Fall werden sie davon bei Paul anfangen zu reden. Sie laufen das letzte Stück, dann sehen sie beide auf das Schild an der Tür. Kling, kling. Nun sitzen erst mal alle um den großen runden Tisch, der Großvater hat noch ein paar Sachen zum Essen mitgebracht, Lea hat Wurst, Schinken und Käse aufgeschnitten, mustert Schwiegervater und Schwager, das Gespräch will nicht recht in Gang kommen. Paul berichtet von den Erfolgen der Republik, doch Heinrich antwortet nicht, und umgekehrt will Paul nichts mehr über früher wissen. Nur die Kinder lärmen dazwischen und führen ihre Spielzeuge vor. Bald brechen Heinrich und Konrad wieder auf. Am nächsten Morgen haben die beiden Männer eine Reise vor. Sie fahren zusammen nach Hannover.

Schweigend, selbstverständlich laufen sie nach dem Verlassen des Bahnhofs durch die Stadt, ihr Ziel ist der jüdische Friedhof. Ganz still und verwildert ist es dort, aber es liegt ja schon Schnee, dadurch ist das alte Unkraut weiß überpudert. Heinrich und Konrad bahnen sich automatisch den Weg, es ist gleich links an der Mauer, nicht weit. Konrad wischt das Weiß von der Platte, auf der die vertrauten Namen hervorkommen.

Sie stehen um das Familiengrab, Heini, der Fuchs, und Konrad, der Junior. Die Platte ist vom späten Bombenangriff gesprungen, die Häuser in der Nähe des Friedhofs hat's auch erwischt. Heinrich muss Geld dalassen, damit sie ordentlich repariert werden kann. Konrad muss plötzlich weinen, aber der Alte ist nicht sentimental, war er nie, schon gar nicht hier, neben seinem Sohn. Er hat keine Tränen, nicht für Erinnerungen, nicht für die Toten, mit denen er so vertraut ist, nicht für seinen Sohn und nicht für sich selbst. So stehen sie nebeneinander, bis Konrad wieder zur Ruhe kommt, seine Schultern nicht mehr zucken, müde ist er jetzt, das passt Heinrich, geh schon mal ins Hotel, sagt er. Er hat noch einen weiten Weg vor sich, bis zum Stadtrand.

Heinrich geht zu Frieda, steht in ihrer Küche, auf sie ist Verlass. Er lässt sich Zeit, hört ihrem Geplapper zu, erst als es dunkel ist, gehen sie schweigend nach draußen. Der Garten sieht ganz anders aus, er muss sie fragen, Frieda lächelt und zeigt ihm die Stelle. Fast will er ihr den Spaten in die Hand drücken, doch dann setzt er selber mit dem Fuß an, arbeitet sich ins Erdreich. Es ist schwer, die Erde ist gefroren, aber so, wie er jede Nacht in New Jersey die zwei Tonnen Kohle schippt, hat er bald die Erde entfernt, so kommt der Sack mit dem Koffer an die Oberfläche, ein bisschen angenagt von der Feuchtigkeit und der Zeit.

Heinrich lacht. Alles da. Er hat den Koffer mit den alten Unterlagen. Jetzt können sie kommen, die Behörden mit ihren Nachweisen, er hat für alles Belege, ganz wie gefordert. Er sitzt wieder im Sattel. Über das Haus und über die Firma wird man sich in einem Vergleich einigen, es werden ihm fünfundsiebzigtausend für das Haus und zwölftausend für die Firma gezahlt. Später wird er dazu noch eine monatliche Rente herausholen.

38

PAUL KOMMT NACH HAUSE, Johann und Lena sind auf dem Hof, spielen. Das ist gut, er hat Lea was zu sagen. Ich habe jemanden kennengelernt, du meinst, du kennst sie schon lange und ihr seid zusammen im Bett gewesen, woher weißt du das, ich habe meine Quellen, ja, es stimmt, was sie sagen, aber das ist es nicht allein, da gibt's doch nichts zu erklären, das hast du doch schon oft so gemacht, mit Doris in England, denkst du, ich wüsste nichts davon, ja, aber diesmal ist es was anderes, was anderes, was soll denn da anders sein, ich habe mich verliebt. Das bringt Lea zum Kochen. Du nimmst dir eine kleine Schickse, weil mit ihr dein Leben unkompliziert ist, und verlässt deine beiden Kinder und mich, nach allem, was wir durchgemacht haben, Paul, wenn du das tust, bringe ich mich um. Sei nicht so dramatisch. Lea steht auf, sie verlässt die Wohnung, die Tür knallt zu. Paul hört es poltern auf der Treppe, er hört Leas erstickte Laute, er reißt die Tür auf, sieht sie auf dem Absatz liegen, unter ihr bildet sich eine rote Lache, er ruft einen Krankenwagen, der Doktor kommt, entscheidet, sofort ins Krankenhaus. Lea kommt im Krankenwagen zu sich. Sie weiß nicht, wie ihr geschehen ist, sie muss gestolpert sein.

Im Krankenhaus erklärt ihr der Doktor, ich habe eine gute und eine schlechte Nachricht für Sie, welche wollen Sie zuerst hören, Lea will die schlechte zuerst, Sie haben ein Kind verloren. Sie will schon erleichtert aufatmen, weil sie denkt, nun ist es vorbei, doch dann sagt er noch, aber die gute Nachricht ist, keine Angst, es ist nur der eine Zwilling, den anderen haben Sie behalten. Wir lassen Sie ein paar Tage zur Beobachtung hier.

Lea hat Zeit nachzudenken. Nun wird sie also zur Ehekrise auch noch ein neues Kind bekommen. Sie weiß, dass sie es nun nicht mehr loswerden kann, und fragt sich, wie es sich mit drei Kindern leben wird, dafür ist die neue Wohnung zu klein, aber ihm ist das ja egal. Da klopft es an der Tür, sie wird aus ihren Gedanken gerissen. Paul ist da, wie geht es dir, interessiert dich das wirklich, sie will schon wieder streiten, gerade ihn kann sie jetzt nicht sehen, aber dann sagt sie ihm, wir bekommen ein Kind. Paul sprudelt los, ich verlasse dich nicht, ich schwöre es. Aber Lea schüttelt den Kopf, geh, lass mich.

Sie weiß nicht, was sie von seinen Schwüren halten soll. Sie leben seit Jahren aneinander vorbei, gehen jeden Tag aus dem Haus, jeder zu seiner Arbeit. Er ist ein Feigling, aber sie liebt ihn so sehr, sie kann sich eine Zukunft ohne ihn nicht vorstellen. Sie kann sich doch nicht mit einem Deutschen einlassen. Sie hatte eine Affäre mit Georg, dem Emigrant, aber es ging nicht, schon wegen der Kinder, beide hatten ja ihre Familien. Nichts Ernstes, eher die Hoffnung, Paul würde eifersüchtig, und Paul ist Paul, ein guter Vater, ihr Mann. Sie sind nun acht Jahre wieder zurück in Deutschland. Sie war so jung, als sie ihn traf, er war doch ihr Erster, und sie hat sich sofort in seine schmalen feinen Hände und seine vollen Lippen verliebt, in seinen jungenhaften Humor. Sie waren beide so hilflos im Exil. Aber das liegt lange zurück.

Also schön, nimmt sie ihm das Versprechen ab, als sie wieder zu Hause ist, du lässt sie sausen, das muss aufhören, du hast jetzt Verantwortung für drei Kinder, du bist ein ordentlicher Kommunist. Paul gelobt es. Und Paul verspricht Lea Hilfe. Ich habe meiner Mutter geschrieben, sie will kommen und dir nach der Geburt zur Seite stehen, ich muss ja arbeiten. Paul sieht seine Anna jeden Tag bei der Arbeit, und Paul passt seine Anna hinter der Kantine ab, ich hab es ihr gesagt, aber jetzt bekommt sie noch ein Kind, ich kann sie nicht verlassen. Anna sagt nichts, sieht ihn nur an. Sie kennt ihn, und bald schon klingelt er wieder bei ihr zu Hause.

Weihnachten ist vorbei, Lea zur Entbindung wieder im Krankenhaus, sie hat Paul gesagt, sie will ihn nicht sehen, sie ist immer noch verschlossen. Aber Paul findet einen Weg. Er sagt zu Johann und Lena, heute dürft ihr die Mama besuchen, lasst euch nicht erwischen, denn Kinder dürfen nicht in die Neugeborenenstation. Er malt eine Karte, das ist der Keller vom Krankenhaus, hier geht ihr durch, nach oben, wie hier der rote Strich zeigt, direkt ins Zimmer zweihundertneunundreißig in der zweiten Etage. Die Kinder schleichen, dann klopfen sie an. Mutter sieht so schlecht aus, aber bei dem Nuckelfläschchen, das der Vater mit Rotwein gefüllt hat, muss sie grinsen. Da kommt die Schwester ins Zimmer. Doch ehe sie loslegt, sagt Lea schnell, Schwester, bitte zeigen Sie meinen Kindern ihr Geschwisterchen. Ausnahmsweise, sagt sie brummelig, und führt Johann und Lena zu einer Scheibe. Meine Geschwister sehen mich durch die Glasscheibe an. Sie sind enttäuscht, denn vor ihnen liegt ein verknautschtes rotes Etwas, unter dem sie sich keinen Bruder vorstellen können.

39

ALS LEA WIEDER NACH HAUSE KOMMT, ist Rosa da, guten Tag, sagt Lea höflich. Rosa soll die helfende Hand sein. Paul hat es vorbereitet, oh Gott, wie hat ihm Mutter gefehlt. Heinrich geht es finanziell wieder besser, da hat er was springen lassen von dem neuen Geld und Rosa nach Deutschland geschickt. Jedenfalls verbindet man das Angenehme mit dem Nützlichen, sie soll Lea helfen, so hat Paul sich das gedacht, er muss ja immer arbeiten. Rosa sagt, warum nimmst du dir kein Kindermädchen, Lea schnappt nach Luft, sie will ihrer Schwiegermutter nichts von der modernen, sozialistischen Frau erklären, dabei muss sie noch dem Genossen Bertram für das Hausbuch diktieren, meine Schwiegermutter aus New York ist bei uns, sie wohnt in der Fort Washington Street fünfunddreißig, in New York, USA. Wie schreibt sich das, Genossin, gib mal her, Genosse. Der Genosse Bertram beherrscht das Englische nicht so. Natürlich hat sich auch der Genosse Abschnittsbevollmächtigte schon erkundigt, wen die Familie da beherbergt.

Sie haben ihr ein Zimmer frei gemacht, aber an allem meckert sie nur herum. Dabei gehen sie mit ihr überallhin, in die schöne neue Karl-Marx-Allee, in die Mocca-Milch-Eisbar, wo doch die Rosa so gern Süßes isst, sogar ins Kino, aber die betrachtet alles immer nur hinter ihrem Hut mit dem Jitter vor de Oogen und zuckt mit den Schultern. Nichts ist ihr gut genug. Morgens braucht sie eine Stunde im Bad, und dann drückt sie Lea auf, was Paul, ihr Söhnchen, alles braucht. Im Winter ein Taschentuch, im Sommer leichte Sachen, er schwitzt so schnell und erkältet sich. Seitdem sagt Lea nur noch liebe Schwiegermutter und verdreht die Augen. Rosas Rückflug geht erst in ein paar Tagen, also müssen sie zusammen aushalten. Es ist von Anfang an ein schwieriges Unterfangen. Und das Baby ist noch die ganze Zeit im Krankenhaus.

Ich war noch nie zu Hause. Erst hatte ich einen Leistenbruch und dann eine Lungenentzündung, deshalb weiß ich nicht, wer Mutti ist. Ich will Wärme, Geborgenheit, gehalten werden, ein Kind wie alle anderen sein. Ich bin aus der dunklen Höhle gekommen, etwas hat mich rausgedrückt, das war hart, es wurde brutal hell, laut, ich habe geschrien, mir war kalt, ich spürte grobe Berührungen. Ich habe so geschrien, dass in meinem Innern plötzlich ein Schmerz war, ganz unten am Bauch. Dann schlief ich ein, ich schlief immer wieder ein, dann musste ich husten, immer wieder husten. Frauen in Weiß haben mir Fläschchen hingehalten, es war mir egal, wer sie waren, ich konnte sie nicht auseinanderhalten, dann hat mich die Frau abgeholt, aus deren Bauch ich kam. Jetzt bin ich endlich zu Hause, und ich atme durch. Zu Hause, inmitten meiner Familie.

Rosa ist wieder gefahren, Lea und Paul sind froh, obwohl Paul auch geweint hat. Lea sagt Paul, ich kümmere mich um ein Haus mit Garten, du bist wieder für die Familie da. Paul verspricht es ihr wieder und wieder, es soll noch mal gut werden. Und Lea ist nicht nur Lea, die Mutti, nach ihrer Richterschule ist Lea jetzt Lea, die Staatsanwältin, die mit fester, tiefer Stimme spricht, die was zählt in Weißensee. Man erkennt sie auf der Straße. Da ist ein Haus frei geworden, sagen die Genossen, wieder sind Verräter nach dem Westen abgehauen. Das wird unser neues Zuhause, sagt Lea, und wir ziehen um.

Es ist dunkel dort, weil große Bäume vor den Fenstern stehen. Das Kinderzimmer ist oben, die Treppe nach unten ist das größte Hindernis in die Welt. Ich lerne zuerst auf dem Hintern hinunterzurutschen. Unten gibt es zwei riesige Türen, ich muss abwarten, bis jemand öffnet, dann weiter nach draußen, noch einmal eine Steintreppe, sie hat eine harte, aber poröse Struktur, so dass sie mir weniger Angst macht. Im Garten laufe ich los. Ich sehe die Schwester in der Hängematte liegen, ich strecke mich nach oben und schaukele sie, während sie so tut, als ob sie auf ihr Buch konzentriert ist.

Ich lasse das Netz über mir hin und her schwingen, ziehe den Kopf ein, wenn es sich drohend auf mich zubewegt. Dann gebe ich ihm einen weiteren Stoß, Lena fliegt immer höher, es fällt kein Wort. Man hört nur das Knarren des Seils. Ich spüre den Windhauch der immer wiederkehrenden Masse. Das feuert mich an, noch ein Stückchen höher und noch. Mit einem Ruck gibt das Netz nach, und Lenas Kopf saust an mir vorbei und schlägt mit einem dumpfen Geräusch auf den Boden. Ich drehe mich um und renne. Ich habe ihren erstickten Atmer im Ohr. Ich bleibe bei den Blumen stehen, die wild und ungeordnet irgendwo auf der Wiese wachsen. Ich sehe den Brummer, der sich gerade von der gelben Blüte erhebt, die ein wenig wackelt. Ich kann den Himmel, den Wind und die Pflanzen, ja die Welt in mir aufnehmen, nur nicht die wütenden Schreie der Schwester und das Brummen von Lea, die gleich aus der Tür kommt.

40

PAUL IST JEDEN TAG in seiner Ideologiefabrik, das ist sein Zuhause, da begegnet ihm wieder und wieder die Anna, und wenn er Lea von einer Versammlung erzählt, zu der er hinmuss, dann ist es Anna, nach der er sich sehnt, nie hat es aufgehört. Paul muss Lea wieder was sagen. Die Anna bekommt ein Kind von mir. Das bringt das Fass zum Überlaufen. Raus, sagt Lea, du ziehst sofort aus. Paul macht keinen Versuch mehr, etwas zu kitten, dagegen anzudiskutieren, sich zu verteidigen. Er packt seine Sachen, die Serviettenringe seiner Eltern lässt er da, auch den alten Rohrplattenkoffer aus Hannover. Dann werden Johann und Lena geholt. Euer Daddy geht weg, er wird uns verlassen, er wird ab jetzt woanders wohnen, sagt Lea. Johann hält nicht aus, was er hört, er schreit, wie kannst du das Mutti antun, du bist ein Schwein. Er schmeißt mit Stühlen, Lena sitzt mit den Händen auf den Ohren mit hochgezogenen Beinen in der Ecke des Sofas.

Auf der Treppe des Hauses steht Paul. Zwei Taschen neben sich. Ich stehe schon lange oben an meiner Tür, der Lärm hat mir gezeigt, es gibt etwas Besonderes, aber ich traue mich auch nicht raus, ich schmule durch den Spalt. Ich sehe sein Zögern, dann das verlegene Umdrehen, ich höre auch ein Murmeln, doch ich verstehe die Worte nicht, sie sind ja auch nicht für mich bestimmt, normalerweise unterhalten sie sich in solchen Situationen auf Englisch, doch diesmal ist es Deutsch, die Worte klingen dunkel und die der Mutter drohend. Dann sehe ich ihn mit langsamen Schritten die Treppe heruntergehen.

Paul geht zu Anna und klingelt. Er hat die Taschen neben sich abgestellt. Sie hat mich rausgeschmissen, ich weiß nicht mehr, wo ich hinsoll, sagt er theatralisch. Sie hat es doch längst gesehen. Sie winkt ihn mit einer Kopfbewegung rein, ihr stilles Aushalten, Abwarten all die Jahre hat sich ausgezahlt. Jetzt gibt es kein Hin und Her mehr. Jetzt muss sich Paul offiziell zu ihr bekennen. Am meisten hat er Angst vor der Reaktion seiner Genossen. Was werden sie mit dem Ehebrecher anstellen, denn er wird es auch vor der Partei nicht mehr verbergen können, die Zeit der Heimlichkeiten ist vorbei. Am besten, denkt Paul, ich bekenne mich in allen Punkten schuldig. Ich habe jahrelang ein Verhältnis gehabt, neben meiner Frau, ihnen beiden was vorgemacht, aber jetzt habe ich meine Frau verlassen. Ich bereue und streue mir Asche aufs Haupt, ich bringe alles wieder in Ordnung.

Doch die Partei lässt sich nicht so leicht einwickeln. Paul muss vor das Parteigericht. Er zieht seinen besten Anzug an, er rekapituliert, ich bin schuldig, Genossen, als er das Parteiabzeichen am Jackett festmacht, als er sich im Spiegel mustert, ich bereue, mit der Hans-Albers-Stimme, dann wird es ernst. Sie sitzen da wie immer, am großen langen Tisch, mit dem einen Platz, der noch frei ist, bin ich zu spät, Genossen, die Köpfe gesenkt, warum sieht mich keiner an, sie haben doch schon längst beraten, schon längst entschieden.

Paul will sich erklären, glühende Worte hat er sich bereitgelegt, Worte voller schöner Reue, aber die Mienen sind verschlossen, also schweigt auch Paul. Endlich erhebt sich der Genosse Parteisekretär, ja, hmmm, die Sache vom Genossen Zimmermann, Paul steht automatisch auf, obwohl ihm schwach in den Knien ist. Die Partei hat über dich entschieden, du wirst von deinem Posten entfernt, du wirst dich in der Produktion unter Arbeitern bewähren. Paul hat atemlos zugehört, er weiß schon, sie lassen ihn leben. Seine Partei gibt ihm noch eine Chance. Der Mund ist ihm trocken, danke schön, Genossen, sagt er heiser. Herbert, der Parteisekretär, sieht zu ihm rüber, Pauls Augen füllen sich, danke, sagt er jetzt noch mal, befreiter. Ich habe einen schlimmen Fehler gemacht, ich bereue mein Verhalten, jetzt fließen die Worte besser als seine Tränen, ich werde mich bewähren, ich werde das Ansehen der Partei durch meine Person nicht länger in den Schmutz ziehen, ich werde Anna heiraten und Ordnung in mein Leben bringen.

Paul denkt an den Vater und seine Verhältnisse, er will nicht sein wie der, er kennt seine Schwächen so genau, Mutter hat das immer verletzt, was hat sie gelitten, schon deshalb hat Paul das schlechte Gewissen. Die Partei hilft mir, ein besserer Mensch zu werden, jetzt ist Paul in Fahrt, ich werde wieder ein Genosse mit sauberer, klarer Moral. Herbert, der Parteisekretär, ist angeekelt, das sagt er Paul hinterher auf dem Klo. Was hatte denn das zu bedeuten, was für ein Schmierentheater, du bist doch ein ekelhafter Lügner, ein Schleimer, dreckiges Gewinsel, was steckt dahinter, so verschafft ihr euch Vorteile. Paul versteht Herbert nicht, er ist verwirrt. Aber Herbert hat genug von Paul, dieses Gewinsel, dieses Geschleime, soll er es doch nehmen wie ein Mann, hat sich beim Fremdgehen, beim Rumvögeln erwischen lassen, na und, aber dieser Heuchler, der Genosse Stalin hat es immer gewusst, so sind sie. Er lässt seine Zigarette voller Verachtung ins Pissoir fallen.

Paul schleicht trübsinnig nach Hause. Nach Herberts Worten fühlt er sich einsamer denn je. Aber Anna sagt er gleich, unser Kind schicken wir zu deiner Mutter, ich muss der Partei zeigen, dass ich für sie da bin, da ist sie uns hier nur im Weg. Als die kleine Uta geboren wird, schaffen sie sie nach Dresden, zur Oma. Paul steht am Band in der Werkhalle, die Monotonie der Bewegungen füllt ihn aus. Bei der Arbeit kommt er ins Träumen, er hat schon ewig nicht mehr geträumt, alles war so atemlos die letzten Jahre. Wenn er zurückdenkt an die Jahre der Ehe, die beiden Großen, und an den Kleinen, der immer schreit, Johann wurde immer aufsässiger, Lena schweigt nur noch, dazu Lea mit ihrem Spott, zudem Vater und Mutter, die da waren, sie nahmen ihm Luft, diese Vergangenheit, diese bürgerlichen Elemente, dieser ewige Makel, abschneiden, ein anderer sein, noch einmal von vorn beginnen, das geht nur mit ihr, mit Anna, so süß, so biegsam, so verständig. Mit Anna zur Ruhe kommen. Nur dumm, dass es jetzt noch ein Kind gibt, er hat die Bestrafung verdient, die Partei soll ihn richten, es wäre ohne Leas Rausschmiss noch ewig so weitergelaufen. Er hatte sich schon eingerichtet mit zwei Frauen, zwei Leben, ja, auch er, Paul, ist zwei Männer. Aber Lea machte nicht mehr mit, sie ist auch schuld.

Nun soll ihn die Strafe der Partei erziehen, er wird sich neigen, bis er einen Knacks in seinem Rücken spürt. Das wird ihm wie Selbstlosigkeit erscheinen, Bescheidenheit, Demut, nur ganz selten wird sich seine Intelligenz, sein Stolz regen. Nach den Monaten in der Produktion darf er wieder zurück. Er wird ein noch schärferer, emsigerer Parteiarbeiter sein, der weiß, dass die Emigranten immer unter Beobachtung stehen. Zugegeben, Paul hat geweint, als Mutter zurück nach New York gefahren ist, er hängt doch immer noch an ihr, ja, er bekommt Briefe aus den USA, aus Israel, ja, er ist das Kind dieser bürgerlichen Elemente. Aber Paul wird sich bewähren, er lässt sich nicht am Zeug flicken, er ist kein Slansky, kein Abweichler, er ist Rädchen, fleißiges Rädchen.

Der große Führer Stalin, der Generalissimus ist tot, sein Nachfolger hat eine Geheimrede gehalten. Sie nennen es Tauwetter. Aber für Paul gibt es kein Tauwetter, keine Milde mit dem Feind. Man muss den Klassengegner mit allen Mitteln bekämpfen. Dazu gehört auch die Propaganda, genannt Agitation. Er kann seinen obersten Chef hören, wie er zu den Menschen in glühenden Worten in seinem österreichischen Deitsch am Mikrophon von den Kartoffelkäfern spricht, die die amerikanischen (Besatzer-)Flugzeuge über die (ost-)deutschen Bauern ausgeschüttet haben. Das hat er sich ausgedacht, wie er Paul erzählt hat. Der kennt alle Tricks. Er musste aus den USA wieder fliehen, weil er Kommunist ist, seine Schwester hat sich für die Feinde entschieden, sie ist nun Hure für die Amerikaner. Die Freunde haben ihren Mann in Kuba erwischt und eliminiert, alles Verräter. Auch das hat der Chef ihm beim Schnaps erzählt, entscheiden muss man sich, wir oder sie. Wenn Paul an die Familie da oben denkt, kommt ihm sein eigenes Schicksal wie ein Spaziergang vor. Es macht nicht halt, nicht in der Familie, nicht in ihm. Er sagt es sich selbst, jeden Tag, wer nicht für uns ist, ist gegen uns.

41

IN NEW YORK BLEIBT HEINRICH SEIN ALTES LEBEN als Heizer in der Zweizimmerwohnung mit Rosa. Der Alte in ihm schreibt die Briefe, der Neue hat sich mit seinen Verhältnissen arrangiert. Der Neue geht Tag für Tag raus, fährt mit der U-Bahn, schaufelt Kohlen, dieser Neue bleibt in der kleinen Wohnung, auch als längst genug Geld für eine größere auf dem Konto ist, der Neue bleibt Heizer, bleibt der Knauser, selbst wenn Rosa neue Unterwäsche braucht. Heinrich weiht niemand in seine Gedanken ein. Was soll ich mit dem Geld vom Haus und der Firma, mit der Rente ist jetzt genug da für Rosa und mich, genug, um sich nie mehr zu sorgen. Er läuft wieder endlos durch die Stadt, nie kann er sich entschließen, mal in eine der Synagogen zu gehen, die er sieht. Nein, er wird nie mehr beten in seinem Leben. Er kennt ja hier niemanden, keine Gemeinde, mit wem soll er reden. Er ist einfach einer der vielen Alten, die es gibt. Ein Jecke, ein alter Deutscher, ein mürrischer.

Aber an der Ecke hunderteinundachtzigste Straße bleibt er immer wieder stehen, er beobachtet die Baustelle. Er sieht den jungen Rabbiner, der immer zu tun hat, immer wieder treffen neue Flüchtlinge ein, nie reißt der Strom von flüchtenden Juden ab, obwohl es jetzt Israel gibt. Eines Tages steht Heinrich wieder am Neubau der Synagoge, er liest auf dem Schild an der Wand, wie viel sie noch für die Fertigstellung brauchen. Er läuft zur Bank, wie in Trance schreibt er den Scheck aus, die Hände zittern ihm dabei. Der Beamte schaut auf die Summe, schließt den Schalter, I need a moment, verschwindet, dann steht er wieder da, fängt zu zählen an, das Bündel füllt die Tasche aus, die alte kaputte Tasche, die Heinrich immer bei sich trägt. Er schüttet dem Rabbi alles auf den Tisch im Büro. Der murmelt was von Mitzwe. Sollen sie die Synagoge davon fertig bauen. Heinrich ist verlegen, aber zu Hause umarmt ihn Rosa wieder das erste Mal nach langer Zeit, als er es ihr erzählt. Da füllen sich endlich sogar seine Augen. Er hat das Richtige getan.

42

WIR ZIEHEN NACH MUTTERS Scheidung wieder um, aus dem Haus in eine Parterrewohnung. Johann bekommt das vordere halbe Zimmer mit dem Glasfenster in der Tür, den alten Dielenfußboden streicht er schwarz an, Lena und ich bekommen das hintere, dunkle Zimmer, dunkel wegen dem Baum davor, mit dem Balkon dran. Wir haben den großen gelben Schrank mit der dazugehörigen Kommode, den karierten Teppich und das Ehebett aus dem Schlafzimmer der Eltern, das nun nicht mehr gebraucht wird. Obendrauf die Steppdecken, so seidig, dass nur ein kleiner Ruck von Lenas Hand genügt, um die Decke auf den Teppich zu ziehen, wenn sie mich zum Kampf herausfordert. Weltmeister gegen Mondmeister. Am Ende sitzt sie, der Weltmeister, auf meiner Brust und wackelt mit dem Hintern, so dass sich ihre Knie in meinen kleinen Bizeps bohren. Du bist der Weltmeister, schreie ich immer wieder, doch sie lässt nicht von mir ab. Erst als Johann ausgezogen ist, muss ich nicht mehr ran, sie wohnt nun in seinem Zimmer. Mutter sitzt hinter ihrem Schreibtisch und raucht eine Zigarette nach der anderen und hebt stolz den Kopf, ich habe zu arbeiten, sagt sie und lässt die Tasten der Schreibmaschine klappern.

Alle vierzehn Tage gibt es dieses Ritual. Es ist Sonnabend, Viertel vor vier. Wir müssen uns ordentlich anziehen, Lea kontrolliert noch mal nach, dabei wiederholt sie, wehe, ihr geht zu ihm nach Haus, um acht Uhr seid ihr pünktlich zurück, so, jetzt könnt ihr los. Ich träume in der Nacht davor schon von

Pauls neuem Heim, dort haust ein Drache mit dem blonden Kopf von Anna, die ihre Kindheit beim BDM verbracht hat und nun auf die Witwenrente von Paul scharf ist, wie Mutter sagt, so schnappt der Drache mit falscher Freundlichkeit uns Kinder mit seinem schleimigen Maul und frisst uns auf.

Paul holt uns an der verabredeten Straßenbahnhaltestelle ab, das peinliche Abfrageritual nach der Schule bringen wir gleich zu Beginn hinter uns, er hat nicht viel zu sagen, es sei denn, er erzählt ein Märchen oder von der Weltrevolution. Wir gehen in den Presseclub essen, die Friedrichstraße runter, dann beim Metropoltheater in den zweiten Stock. Der Mann am Einlass begrüßt unseren Vater freundlich, lässt sich aber trotzdem seinen Ausweis zeigen, Dienst ist Dienst. Drinnen gibt es viele leere, weiß gedeckte Tische. Wir nehmen einen in der Ecke, wo an der Wand eine Bank aus Leder steht. Die Speisekarte, befiehlt Paul mit Heinrichton, denn hier ist er der Chef.

Zuerst bekomme ich einen Apfelsaft mit einem Strohhalm, dessen Papierhülle ich an einem Ende abreiße, dann in den Halm puste, so dass die Hülle wie ein Luftschiff langsam durch den Raum auf den weichen Fußboden segelt. Damit spiele ich bis zum Blick des Vaters, der hat aber den Kopf schon in der dicken *New York Times*, die hier rumliegt, wenn er endlich schaut, mache ich was anderes, ich baue mit den Bierdeckeln ein Haus oder lasse sie einfach rollen. Endlich kommt das Essen, darf ich aufstehen. Auf sein Nicken gehe ich in den Fernsehraum, Professor Flimmrich kommt.

Paul genießt die gute Bedienung, das gute Essen, die Zeitung, die er hier liest, das gibt ihm ein warmes Gefühl. Es ist fast wie zu Hause, fast wie in der Villa, aber in seiner Vorstellung ist er der Vater, Frieda hat ein herrliches Essen gebracht, Robby liegt daneben, eigentlich müsste Paul noch eine Zigarre rauchen, wie er es von Heinrich aus der Villa kennt, statt der Casino, die so krümelt. Wenn er wieder daheim bei Anna ist, wird Paul rechtschaffen müde vom Tag sein, gut, dass ihn zu Hause keine Kinder umgeben. Auch deshalb hat er die kleine Uta zur Großmutter geschickt. Sie ist einfach im Weg, ihre Wohnung ist auch zu klein.

Sie werden sie zu sich nehmen, wenn sie zehn Jahre ist, nur leider hat das Kind von der Großmutter in Dresden schon die Verachtung auf den Spitzbart gelernt, wie sie lose daherschwatzt, dann entdeckt sie auch noch den Knopf im Apparat, stellt ihn auf das andere Programm um, da kommt ein Hass in Paul hoch, wie er ihn schon lang nicht mehr gefühlt hat, wie ihn nur Kinder mit ihrer losen Zunge und ihrer Spontaneität erzeugen. Er holt den Gürtel aus der Hose, das ist für den Spitzbart, der heißt Genosse Ulbricht, und das ist, damit du weißt, dass du diesen Knopf niemals berührst, unser Fernsehkanal bleibt immer auf fünf und steht niemals auf sieben.

43

DAS NÄCHSTE MAL machen wir was Besonderes, wir treffen uns schon früh am ersten Mai, wir gehen zur Parade. Wir stehen ganz vorn an der Straßenkante, damit wir was sehen können. Der Geruch nach Abenteuer liegt in der Luft, von da hinten kommen sie, sie sind ohrenbetäubend laut. Mach den Mund auf, sagt Paul zu mir, ja, so geht's, die Ohren schmerzen nicht mehr. Der Panzer fährt auf mich zu und direkt durch mich durch, der Krach der Ketten, deren Abdruck ich im Asphalt vor mir sehe, füllt mich ganz aus. Ich bin von innen und außen Geräusch. Ich verstehe die Erklärungen des Vaters nicht, der sich zu mir neigt. T vierundfünfzig, Reichweite der Kanone, brüllt er, ich sehe zum Fahrer mit der Kappe, der oben herausschaut, ich wünsche mir, er soll mich ansehen, doch der grau-grüne Riese, eine Wolke blauen Dunst hinter sich herziehend, rumpelt an uns vorbei. Ich halte Vaters Hand, ich presse sie, da kommen noch mehr Panzer hinterher.

Wir sind im Pulk der Masse und laufen mit, die Stimme aus dem Lautsprecher verkündet zwischen der Marschmusik, hier kommen die Werktätigen des Rundfunksfunksfunks, echot es, Vater grüßt mit der rechten Faust rhythmisch nach oben, darin die Nelke, hoch, hoch, hoch, schallt es. Sein Blick geht immer zur Tribüne, da sind lauter kleine Köpfe zu sehen, welcher ist der höchste? Ich kann unter den Hüten der von oben Zurückwinkenden nicht das Gesicht des Allerhöchsten erkennen, obwohl Vater in eine bestimmte Richtung weist. Und ich fühle mit ihm seinen Wunsch, ich wäre gern auch dort oben, bei denen, die bewundert werden, die gefürchtet sind, dicht bei der Hand des Allerhöchsten, die da irgendwo unter dem Strohhut winkt, ganz oben würde auch ich dann sitzen und runterwinken, aber wir müssen weiter, nicht stehen bleiben. Schon kommen nach uns Massen von Menschen, ein unablässiger Strom.

Am Nachmittag, bevor das Volksfest beginnt, bin ich wieder zu Hause bei Lea, sie hat den Kartoffelsalat auf dem Küchentisch zu stehen, wie immer, Vater ist schon lange fort. Ich bin jetzt wieder ein anderer, hier ist mein Alltag, Mutters schlechte Laune und die Schule jeden Tag. Natürlich will ich ein guter Schüler und Pionier werden. Die Frage ist, kann ich mir zum blauen auch noch ein rotes Halstuch umbinden, das würde noch schöner aussehen. Es muss in das blaue eingerollt werden, aber solche Halstücher haben eigentlich nur die Pioniere aus der Sowjetunion oder Freundschaftsratsvorsitzende, ich aber bin weder das eine noch das andere. Also kein rotes, sondern nur ein blaues. Aber wie umbinden, wie den Knoten binden. Das Hemd hätte Mutter bügeln sollen, es ist aus Baumwolle, es knittert, aber sinnlos, sie zu fragen.

Dann der Ausweis, ich habe nicht mal ein Passfoto darin. Mitgliedskarte für Jungpioniere. Das Papier hat schon Knickstellen, innen ist es bereits ohne Lack, in die Seite für Auszeichnungen ist auch noch nichts eingetragen. Meine Schwester liest mir vor, was auf der Rückseite steht, wir Jungpioniere lieben unsere Eltern. Aber warum ist Mutter nicht mit mir zu einem Fotoladen gegangen. Ich bin stolz nach Hause gekommen, habe gewartet, den ganzen Nachmittag, bis sie kommt, guck, das ist mein Mitgliedsausweis, das Foto können wir ja noch nachträglich einkleben. Mutter hört mir nicht zu, ich nehme den neuen Ausweis mit ins Bad, es ist der einzige Raum in der Wohnung, wo ich ungestört sein kann mit meinem Triumph. Aber immer wieder beim Umblättern fällt mir die leere Stelle auf, dann passiert es, vielleicht weil der Wasserdampf mir die Finger rutschig macht. Der Ausweis gleitet ins Badewasser. Schon steigt eine zarte blaue Wolke heraus, die sauberen Buchstaben meines Namens lösen sich auf. Endlich habe ich ihn erwischt, aber es ist zu spät.

44

WIE GRÜSST MAN BEIM APPELL, wie geht man die Schritte, wann ist man würdig, ich vergesse es immer wieder. Joachim Baum hat Eisenautos mit in die Schule gebracht, Sandra Fest hat sogar Westfernsehen gesehen, das hat sie selber erzählt, das ist nicht erlaubt, was soll ich machen, soll ich es der Klassenlehrerin sagen. Am Nachmittag bin ich bei Stefan. Erst spielen wir draußen, dann gehe ich mit zu ihm, Mutter kommt ja doch nicht vor halb sieben nach Hause. Seine große Schwester gibt uns Eintopf zu essen. Dann geht der Fernseher an. Im Zimmer ist es halbdunkel. Ich sehe zum Bildschirm, Stefan guckt ja auch Westfernsehen. Eigentlich müsste ich rausgehen, doch ich lasse mich einlullen, die Bilder sind hektischer, als ich es gewohnt bin, und es kommen so viele Trickfilme. Ich fasse an mein neues Halstuch, ich erwische mich sogar, dass ich an den Spitzen anfange zu saugen und zu beißen, so wie abends am Kopfkissen im Bett. Ich muss es morgen gleich meiner Lehrerin erzählen, wenn ich allein mit ihr im Klassenzimmer bin. Mutter hat dafür keine Zeit und kein Ohr.

Sie kommt hektisch und schimpfend mit den vollen Netzen, dann macht sie Abendbrot, diskutiert laut mit meinen Geschwistern über Imperialismus. Sie lassen mich das Wort sagen am Tisch, aber nur um zu lachen über mich, Imprealismus, haha. Bei ihnen geht es um die große Welt, wen interessiert mein kleines Problem. Nach dem Abendbrot sitzt sie in ihrem Arbeitszimmer hinter ihrer Schreibmaschine.

Ich traue mich nicht rein, traue mich nicht mal zu klopfen, um auf das Herein der tiefen, immer strengen Stimme zu warten. Ich kann auch so sehen, wie sie hinter Nebelschwaden von Zigarettenrauch im dunklen Zimmer sitzt, mit dem kleinen Licht auf ihrem schweren Schreibtisch. Ich lausche dem Klappern der Tasten und warte auf das Klingeln am Ende der Zeile. Das Klappern ist unregelmäßig, aber ich kann an den Geräuschen ihre Stimmung deuten. Sie ist gereizt, und ich führe mit ihr ein stummes Gespräch. Tut mir leid, Mutti, mein Ausweis ist ins Wasser gefallen, ich habe heut Westfernsehen geguckt, ich habe mein Zimmer nicht aufgeräumt. Ihr Klappern antwortet, dann fang jetzt sofort an. Sofort gehe ich los und bleibe gleich wieder stehen, denn ich weiß, dass sie mir meine Faulheit trotzdem nicht verzeihen, geschweige denn mir sagen würde, es wäre nicht so wichtig. So lausche ich noch ein bisschen, dann gehe ich wieder zurück in mein Zimmer.

Mein Bruder Johann erzählt am Abendbrottisch von den Alpen, er war in Österreich für den antifaschistischen Kampf. Dann kommt er zu mir ins Zimmer, er sagt, du musst dir einen Plan machen, für die Schule und die Arbeiten zu Hause. Dann ist er wieder weg. In der Schule erzähle ich den Kindern von meinem Urlaub, ich war in den Alpen, sage ich, male ein Bild von einem See in den Bergen, ich bin durch das klare Wasser geschwommen, sage ich. Ich bringe ein paar Tage mit dem Plan zu, durch meinen Kopf schwirrt eine endlose Liste, morgens pünktlich aus dem Bett, in die Schule, fleißig sein und freundlich, die Hausaufgaben parat, mein Zimmer ordentlich, den Müll hinunter, den Abwasch erledigt, bevor Mutti kommt, nachts steht mein Plan an der Tafel im Klassenzimmer, ich hänge ganz oben daran, aber ich kann mich nicht halten und kratze mit den Fingernägeln immer weiter abwärts.

Lena flucht über ihre Schule und die Lehrer. Sie redet schlecht über Erwachsene. Wir bringen zusammen den Müll runter, der wird in einem kleinen Häuschen am Ende des Hofs gesammelt. Wir müssen durch den Keller, das weiß ich, aber unten ist schon die erste Tür abgeschlossen. Ich halte den Mülleimer, Lena hat das große Extraschlüsselbund, sie schließt, der Schlüssel dreht sich schwer, dann um die Ecke tasten nach dem Schalter, das Licht geht an, den Gang entlanglaufen, am Bild mit dem Totenkopf vorbei an der weiß gekalkten Wand, dann kommt wieder eine Tür, wieder aufschließen, das Licht ausmachen, über den Hof gehen. Am Müllhäuschen sind gerade die Müllmänner, und ich höre das gleichmäßige Motorengeräusch des Lasters. Lena hebt den Deckel, doch ein bisschen geht daneben. Der dreckige Mann, der mit einem Griff eine Tonne hochwuchtet, sagt, kannst du nicht aufpassen, Fotze, es muss etwas Schreckliches bedeuten, aber ich sage nichts, auch sie sagt kein Wort, als wir wieder zurückgehen.

45

JOHANN IST ENDGÜLTIG AUSGEZOGEN, wohnt nicht mehr bei uns, er baut mit am Sozialismus, den Zaun um ein großes Werk, in der Stadt Schwedt, und Lena ist auch nur noch zum Schlafen hier, ich möchte raus, zum Spielen. Im Block gibt es ein paar Jungen in meinem Alter, aber Mutter verbietet mir den Umgang, zumindest legt sie fest, wer von den Nachbarn für Kontakte in Frage kommt. Franks Eltern nicht, sie sind in der LDPD. Aber ich gehe mit ihm zusammen in eine Klasse, so verabreden wir uns trotzdem für den Nachmittag, da ist Mutti sowieso nicht da und seine Eltern und Geschwister auch nicht.

Ich gehe die zwei Treppen hoch und klingele. Die Tür geht auf, und Frank steht da. Der fremde Geruch ist so stark, dass ich es kaum aushalten kann. Aber er winkt mich rein. Die Wohnung ist genau wie unsere geschnitten. Wir gehen ins Wohnzimmer. Wollen wir Tischtennis spielen, schlage ich vor und schaue auf den großen, langen Glastisch, Frank nickt. Man kann den Tisch ausziehen, und wir stellen ein paar Bücher als Netz in die Mitte. Der Ball springt weg und rollt unter den großen Glasschrank zwischen den Fenstern. Als ich mit dem Ball wieder hochkomme, sehe ich durch die Glasscheibe des Schranks einen weißen Hund aus Porzellan, ihr richtiger Hund ist braun, ein Dackel, dann einen dreieckigen Wimpel vor der gepolsterten Hinterwand und ein altes Foto von einem Mann. Er hat die Mörderuniform an, die ich aus dem Fernsehen kenne, wo Muttis Gesicht immer so starr wird. Das ist mein Opa, sagt Frank. Er ist nicht aus dem Krieg heimgekommen. Wir spielen weiter Tischtennis.

In der nächsten Nacht stehe ich wieder mit vielen anderen Kindern zusammen hinter dem Stacheldraht, und davor steht der Mann in der Mörderuniform mit seinem Gewehr. Ich sehe ein Loch im Zaun, da klettere ich durch, aber der Mann ist immer dicht hinter mir, so schnell ich auch laufe. Er wird mich kriegen. Frank ist ein freundlicher, weicher Junge, es ist schön, ihn als Freund zu haben, aber von dem Traum kann ich ihm nichts erzählen, ich will morgen wieder spielen, am liebsten mit allen aus unserem Haus, oder wir treffen uns wenigstens draußen, auf unserem Hof.

Ich gehe direkt nach der Schule durch unseren Keller nach hinten. Ich pfeife laut die Fenster an, auf Verdacht. Wenn sich eins öffnet, sage ich, kommste runter, sonst muss ich allein durchs Gelände streifen. Der Adler, wie wir unseren Hof nennen, ist wild, es gibt Steinreste, eine Ruine, es gibt ein Hoch und Runter, es gibt Goldregen, es gibt Bäume, auf die ich klettern kann, aber niemand antwortet auf mein Pfeifen. Ich will doch lieber in unsere Wohnung, krame in meiner Mappe, nichts, ich muss den Schlüssel vergessen haben.

Unser Küchenfenster zum Hof, schräg über der Kellertreppe, ist offen, ich stelle mich oben auf die Gittertür, meine Hände tasten über den rauen Putz der Wand, dann nach der Fensterbrüstung. Ich wage den Sprung, erreiche mit den Fingern den Rahmen, doch die Kraft reicht nicht zum Hochziehen. Ich hänge über der Kellertreppe mit den Füßen in der Luft, zurück kann ich nicht mehr. Langsam lässt die Kraft in den Fingern nach. Hallo, rufe ich, erst leise, dann laut, Hilfe. Frau Deutschmann, die Mutter von Edgar, streckt den Kopf aus einem Fenster im ersten Stock. Können Sie mir helfen, ich habe meinen Schlüssel vergessen, sage ich höflich. Sie kommt durch den Keller, stellt sich unter mich auf die Treppe, ich stoße mich mit den Schuhen von ihrer Schulter nach oben ab, so hilft sie mir beim Einbruch in unsere Wohnung. Sie ist als Einzige am Nachmittag zu Hause.

Drinnen schaue ich gleich in der Küche hinter dem Kühlschrank nach, da stehen unsere leeren Flaschen. Siebzig Pfennige brauche ich für meine Lieblingstütensuppe. Also zwei Milchflaschen, macht vierzig, und zwei Brauseflaschen à fünfzehn Pfennige, aber Mist, ich kann nicht mehr raus, ich habe doch keinen Schlüssel, ich komme ja nicht mehr rein. Oder doch, es gibt im Schrank einen Draht, den biege ich so, dass er zum kurzen Haken wird, damit lässt sich die Tür öffnen.

Ich springe runter zum Konsum und tausche die leeren Flaschen gegen die Suppe im Beutel mit dem silbernen Etikett mit dem Hühnchen drauf. Das Wasser lasse ich kochen im Topf, den Inhalt der Tüte rein, umrühren, kosten, die Sternchen sind noch hart. Warten, jetzt ist es richtig, den Topf aufs Stullenbrett, ins Wohnzimmer tragen. Es kommt der Testfilm im Fernsehen, der Amphibienmensch, der Mann kann tauchen ohne Apparat. Er sieht silbrig aus und hat schwarze Haare. Er wird gejagt, so wie ich, nachts, auf der Flucht vor den Nazis.

Ich sehe Paul dann in vierzehn Tagen zum Ausflug wieder, so ist es festgelegt. Wir fahren mit der S-Bahn zur Gedenkstätte Ernst Thälmann nach Ziegenhals oder zum Flughafen Schönefeld, um uns abfliegende Flugzeuge anzuschauen. Wenn ich sage, ich möchte auch mal wie du nach Indien fliegen, sagt Vater, weißt du, unsere Republik hat keine Devisen, man erkennt unseren Staat nicht an, oder er beginnt bei der Gründung der DDR, oder bei Adam und Eva, und schon bald höre ich nicht mehr zu, ich habe vergessen, was ich sagen wollte.

Lena, Paul und ich fahren raus. Wir nehmen einfach ein Ruderboot und drehen eine Runde auf dem See, ich springe vom Bootsrand mit meiner Dreiecksbadehose ins Wasser, und hinterher trocknet er mich ab. Er hat einen weicheren Griff als Mutter, nur wenn er mir zu nahe kommt, rieche ich den abgestandenen Geruch von Zigaretten. Wenn ich wieder zu Hause bin, verdränge ich ihn ganz, bis zum nächsten Mal, das habe ich mir schon lange angewöhnt, es ist eine Frage des Überlebens.

46

ICH GEHE DURCH MEINE WELT, meine Kreise sind klein. Im Sommer schaffe ich es bis in die Badeanstalt, im Winter bis zum Hügel gleich daneben, wo ich mit dem Schlitten rodele. Zum Baden muss ich durch das Tor, wo es schon nach Holz riecht, alles ist Holz. Den Groschen hingeben, nach rechts zur Umkleidekabine, durch eine Tür ins Halbdunkel, schnell die Hose runterstreifen, die Badehose drüber. Dann raus ins grelle Licht, mit den bloßen Füßen über die Planken bis nach vorn, wo ich mich auf das Holz lege, mit dem Gesicht nach unten, durch die Ritzen aufs schaukelnde grüne Wasser starre. Jedes Jahr dasselbe. Irgendwo da unten soll eine Leiche treiben. Den Blick nach rechts, wo die Männer springen, vom Brett oder höher vom Turm, die Stimmung steigt, wenn die Mädchen sich in einer Reihe gegenüber sammeln und rüberschauen, dann springen sie vom Turm auf das tiefere Brett, dass es sich durchbiegt und der Körper hoch in die Luft geschleudert wird, dann mit einem gewaltigen Klatscher ins Wasser, bis Herr Wolf die silberne Trillerpfeife von der behaarten Brust über dem riesigen Bauch hebt und pfeift. Dann ist für eine Weile Ruhe, die Erregung wieder gedämpft.

Wenn ich aufgeheizt bin, gehe ich zu einer Leiter und steige hinab, lasse mich langsam ins Wasser gleiten und schwimme bis raus zum Steg, der mitten im See die Begrenzung für die Badeanstalt bildet. Aber ich schlage nur an, um wieder zurückzuschwimmen, wieder auf meinen Platz auf den Planken, der inzwischen heiß ist. Ich lasse mich fallen, so dass das Holz unter mir sich dunkel vom Wasser an meinem Körper färbt, und schaue wieder durch die Ritzen, dann schließe ich die Augen, während sich alles dreht. Der Rücken ist nun warm, ich rolle den Bauch in die Sonne und wärme mich an einer frischen Stelle.

Am nächsten Morgen bin ich krank, hurra, ich muss nicht zur Schule. Mutter flucht, sie muss mit mir zum Arzt, zu Frau Dr. Mansheim. Bei ihr sitzen wir im vollen Warteraum, wo mir Mutter die Geschichte vom Kaspar erzählt, die Bilder sind oben ringsum an den Wänden. Die Geschichte geht nicht zu Ende, denn das hängt im anderen Zimmer, in das ich nie komme. Es ist der Raum für Infektionskrankheiten. Dann gehen wir zu Herrn Dr. Weise, der heilt Hals, Nasen und Ohren. Ich muss auf den Stuhl, er spricht mit seiner heiseren Stimme und hat ein Charlie-Chaplin-Gesicht. Na, was fehlt unserem kleinen Mann. Dann klappt er den Spiegel mit dem Loch über sein Auge, und ich muss den Mund öffnen. Er sieht rein, nimmt zwei längere, mir Furcht einflößende Geräte, wärmt sie mit den Handflächen an, schiebt sie mir in den Hals, sagt, mach mal hi, chi, sage ich. Er schiebt noch ein bisschen weiter nach hinten, bis er sie da stecken lässt, sich an Mutter wendet, na, der kleine Mann muss noch ein paar Tage ins Bett, und dann wird es wieder, wie geht es denn unserer schönen Frau.

Am Sonntag bin ich wieder gesund, da gehe ich früh zum Sportplatz, wo die Männer bei Bier und Bockwurst die Spieler kommentieren, mit Rufen anfeuern oder verachtungsvoll, mit den Händen in den Hosentaschen, dabeistehen. Ich denke an Paul, mit ihm könnte ich mich als Familie, als einer der vielen fühlen. Neben mir steht mein Freund Frank aus meinem Haus mit seinem Vater. Ich warte auf das Weihnachtsfest, vielleicht kommt er da zu uns.

47

ICH HELFE MUTTER, die Pute zu besorgen. Ich stelle mich hinten in die Schlange bis auf die Straße, ich stehe an den zwei Stufen, die in den Laden führen, ich kann nun drinnen das Geschehen überblicken, ich sehe durch die Scheibe, wo die großen Karpfen schwimmen. Die Frau vorn zeigt mit dem Finger auf einen, die Verkäuferin mit dem blutigen Kittel fischt mit dem Netz nach ihm, die Karpfen schwimmen aufgeregt durcheinander, der, nein, der, sie zieht einen zappelnden heraus, packt ihn ins *Neue Deutschland* und schlägt mit leerem Gesicht drauf. Jetzt zappelt nur noch der Schwanz im Einkaufsnetz. Mutter hat gesagt, zwölf Kilo, die Puten und Hühner sind schon lange ohne Kopf und brauchen keine Schläge mehr. Am Ende trage ich stolz die schweren Tiere nach Hause.

Johann ist gekommen, und Lena ist auch da. Am Morgen des Heiligen Abends konzentriert sich alles auf die Vorbereitung. Nach dem hastigen Frühstück geht es hinaus auf den Balkon, dort steht schon die böse Strippe, wie Johann den Baum nennt. Es ist eine Kiefer, sie ist noch zweidimensional, es fehlen Zweige vorn und hinten. Mein Bruder nimmt einen schwarzen, kleinen Bohrer und macht eine Reihe von Löchern in den Stamm, dann holt er ein Küchenmesser. Damit schnitzt er zusätzlich bereitliegende Zweige zurecht, die dann in die Löcher gesteckt werden. Am Schluss kommt das Anspitzen des Baumendes und das Verankern im Metallfuß. Wenn der Baum steht, wird er in der Ecke des Wohnzimmers über ausgelegtem Weihnachtspapier aufgestellt, das Schmücken besorgen dann meine Mutter und meine Schwester.

Der Rotkohl verschwindet nach dem Putzen und Teilen in unserer Komet-Küchenmaschine, die unter hohem Kreischen die Stücke zu kleinen Raspeln verarbeitet, die aber nicht nur die Schüssel füllen, sondern auch über den Küchentisch spritzen. Auch die Kartoffeln werden so geschält von der Maschine, es rumpelt im sich drehenden Schälapparat. Dazu der Geruch des Öls, das aus den Ritzen der metallisch blauen und vanillefarbenen Maschine tritt, eine schwärzliche, dickflüssige Masse. Meine Mutter überwacht alles und treibt uns an. Die Kekse und der kalte Hund sind noch nicht fertig, die kommen später in die Metalldosen, die sie noch aus England hat. Das Kochen übernimmt Mutter allein. Da bin ich entlassen, darf bis zur Bescherung endlos fernsehen.

Mutter sagt, es ist so weit. Wir stehen im Flur, nehmen uns bei den Händen. Durch die Krisselglasscheiben des Wohnzimmers sieht man es schon flackern. Mutter öffnet die Tür, der Blick geht zum Baum, die Kerzen leuchten. Darunter liegen die Geschenke mit Kärtchen versehen, auf die Mutter mit ihrer unlesbaren Schrift Namen gekritzelt hat. Das Auspacken mit dem Schielen, was die Geschwister bekommen, das verlegene Gehen ins eigene Zimmer, die vorbereiteten Päckchen holen, sie der Mutter, dem Bruder und der Schwester in die Hand drücken. Mutter, die die ganze Zeit nervös ist, sagt, ich muss mal nach dem Essen schauen. Endlich Platz nehmen, dazu die obligatorische Musik mit den hohen Stimmen der Weihnachtslieder, das behagliche Schlürfen der Suppe, so gut hat es noch nie geschmeckt wie dieses Jahr. Inzwischen sind die Kerzen so weit heruntergebrannt, dass sich das Wachs über die Zweige verteilt, der Blick zum Baum, es brennt in einer Ecke. Mein Bruder schnellt hoch, stellt sich davor und pustet, dabei geht die Flamme aus, aber die Nudel aus seinem Mund fliegt an die Wand und bleibt dort kleben. Das bringt uns alle zum Lachen. Wir haben uns zu viert eingerichtet, Vater kommt nicht.

48

LENA UND ICH FAHREN MIT PAUL das erste Mal in den Urlaub, in den Harz. Das Auto heißt Oktavia, sagt Paul zärtlich, als er uns abholt, für mich klingt es wie der Name seiner Frau, den wir nicht aussprechen dürfen. Paul flucht, er muss Oktavia mit der Hand ankurbeln, es ist verdammt kalt. Wir sind lange gefahren, um am späten Abend endlich im kleinen Parteiheim anzukommen, es befindet sich am Anfang eines toten Dörfchens, am anderen Ende liegen schon die Grenzanlagen, sagt Paul.

Im Heim ist es vertraulich, alle reden sich natürlich mit Du an, neben dem Kasten Bier liegt eine Strichliste, wo sich auch Paul einträgt. Von hier aus machen wir unsere Spaziergänge in die Berge. Es gibt Ecken, wo kleine Wasserfälle sich in Eis verwandelt haben und in der Sonne funkeln. Paul erzählt, wie er schon mit Heinrich hier war. Ich laufe sozusagen über historischen Boden. In der Nacht wache ich auf, der Vater liegt neben mir im Doppelbett, ich rieche seinen Geruch nach Zigaretten. Der Vater muss auch wach sein, ich höre seinen Atem, aber er schweigt, ich glaube, ich müsse reden und reden, um das Schweigen zu überbrücken. Er wirkt traurig. Nur wenn ich seine Hand in meiner spüre, bin ich beruhigt.

Bald muss ich ihn wieder loslassen und zurück in die andere Welt.

49

IN DER KLASSE WIRD AUSGEWÄHLT, wer in die erweiterte Oberschule gehen soll. Ich hasse die Schule, das frühe Aufstehen, die endlosen Stunden voll langer Weile. Mutter sagt an, deine Geschwister haben auch Abitur gemacht, ich durfte das damals nicht, du musst. Aber meine Schulkarriere ist längst ins Stocken geraten. Meine Zensuren sind schlecht, ich bin nicht in der Auswahl, ich soll mich bis zum Abschluss der zehnten Klasse bewähren, an der Schule bleiben, dann eine Lehre machen und später mein Abitur.

Ich lese das *Geheimnis zweier Ozeane*. Ich bin der Pionier Pawlik Bunjak, als mein Schiff gekentert ist, auf dem ich mit meinem Vater gefahren bin, werde ich von der Besatzung des U-Boots *Pionier* gerettet, vom Eisberg, auf dem ich gelandet bin, ich komme an Bord des U-Bootes, das in geheimer Mission für die Sowjetunion durch die Weltmeere taucht. Ich entlarve den Verräter Gorelow in den eigenen Reihen, ich hänge beim Tauchen am Harpunenpfeil, der im Pottwal steckt, der mit mir schwimmt, die Jungen kommen, mich zu retten. Meine Familie, das ist die Besatzung der *Pionier*, lauter starke, kluge Männer, der mächtige Skworjeschna, Lord Kapinidse, der Kapitän. Wir fahren mit unserem atomgetriebenen U-Boot, ich kann es auf der Karte im Buch sehen, von Murmansk bis nach Wladiwostok, um die faschistischen Japaner zum Frieden zu zwingen.

Mein Berufswunsch steht fest, ich werde Meeresforscher, Taucher. Ich gehe in die Schwimmhalle und sehe den Männern zu.

Sie haben diese riesigen Flossen an den Füßen, mit denen sie schnell sind. Auch ich beginne mit dem Training. Ich gehe in die Werkstatt vom Taucherclub, um normale Flossen größer zu machen, um einen Kompass auf einem Aluminiumbrett zu befestigen, um ein Plastikrohr mit einem Propeller zu verbinden. Es heißt Orientierungstauchen, ich lege mir die Ausrüstung zu und mache die Taucherprüfung. Ich lese die Taucherzeitung. Unsere Jungen sind bis nach Kuba gefahren und haben vor der Küste ein Stück Riff abgebaut, um es im Naturkundemuseum auszustellen. Ich werde Taucher und Forscher. Ich werde Mutters Abitur schaffen, ich werde Matrose mit Abitur.

Mutter interessiert sich aber nicht für den Meeresforscher, sie interessiert sich für meine Locken, sie hasst Haare über den Ohren, sie hasst alles, was nicht in der Ordnung ist, was auffällig in ihren Augen ist. Sie hasst es, wie sie gebogene Nasen nicht mag. Lange gelockte Haare erinnern sie an Schläfenlocken, die sind auffällig, wie ihre Nase. Wie sie es hasst, wenn die Leute zu ihr sagen, sie sähe interessant aus, wie Anna Magnani, wie Indira Gandhi.

Ich muss zum Friseur, gehe auf der großen Straße, bis ich den Laden erreiche. In den Hosentaschen habe ich die Münzen. Ich weiß nicht, was er machen wird mit mir, aber ich sehe die Zeichnung an der Wand, während ich warte, im Geräusch des Klimperns der Schere, im Surren des Maschinenschneiders, was mich schnell müde macht. Die Zeichnung zeigt eine Reihe von Friseurstühlen, da sitzen wir Kunden nebeneinander, unsere Köpfe stecken oben in einem Brett. Der Friseur geht über uns darauf mit einem Rasenmäher in der Hand hin und her.

Er fragt, wie soll es werden, ich zucke mit den Schultern, Messerform, sagt er, und schon klimpert die Schere wieder los, dicht an meinem Ohr. Am Ende wird er einen kleinen vor den großen Spiegel halten, damit ich meinen Hinterkopf ansehen kann, da ist jetzt alles wegrasiert, vom Hals hoch. Es pikt trotz der Papierserviette, die er mir umgelegt hat, trotz des

Umhangs. Meine Locken liegen nun auf dem rötlich braunen Fußboden, er fegt sie mit seinem Besen achtlos auf, erledigt, schnell, wie im Bild vom Rasenmäher.

Detlef aus meiner Klasse hat diese langen, glatten, schmalzigen Haare, die er mit einem Ruck nach hinten werfen kann. Er hat den Scheitel an der Seite, wie ich ihn nie tragen kann. Seine Haare hängen lang über die Ohren und gehen sogar bis auf die Schultern. Er ist schon mal sitzengeblieben. Wir kreisen ihn nach der Stunde ein. Endlich bin ich Teil der Gruppe, das macht es mir leicht. Der Gruppenrat hat es beschlossen, wir drehen ihm die Hände auf den Rücken, dass sie nach oben zeigen, er legt sein Gesicht keuchend auf der Bank ab. Jetzt wird es schwiwrig, die Schere soll ihm ja nicht die Augen ausstechen. Das können die Mädchen besser. Sie schneiden ab, was übersteht. Ein bisschen unwohl ist mir, weil ich nicht will, dass man ihm weh tut. Aber verdient hat er es. Das Pennerkissen ist ab. Es ist eine ideologische Frage. Weibisch sieht es außerdem aus.

Wenn nur nicht die Frisuren der Beatles wären. Mein Bruder Johann hat die Platte aus Österreich mitgebracht. Ich sehe die Haare der Beatles auf der Plattenhülle. Ich höre die Beatles auf unserem gelb-braunen Plattenspieler. Weil ich ihre Musik liebe, hat sich etwas in meinem Kopf gedreht. Ich werde einfach nicht mehr hingehen zum Friseur. Mutter hat weder Zeit noch Lust hinterher zu sein. Ich lasse die Haare wachsen, ich ziehe sogar an den sich bereits wieder kringelnden Locken, mindestens über die Ohren sind sie schon. Wenn sie nass sind nach der Badewanne, sind sie noch länger, ich sehe es mir im Spiegel an. Zu den Haaren kommen die Jeans dazu und später die Lederjacke. Ich lasse die Haare lang wachsen. Ganz, ganz lang.

50

ICH FAHRE MIT MUTTER in die Synagoge Rykestraße. Es ist kalt, der Raum groß und hallend, es gibt eine Handvoll Menschen, der Mann vorn ist in Schwarz. Das ist der Rabbiner, sagt Mutter leise. Ich verstehe kein Wort außer Auschwitz. Es ist wie ein Stein auf meiner Brust. Die Sitzreihen sind leer. Hinten sitzen nur ich und Mutter, die aber nie zu mir schaut. Ich schließe die Augen. Ich bin mit den Kindern hinter dem Zaun, wir kennen uns nicht, reden nicht miteinander. Ich schlüpfe durch das Loch, doch die Männer mit den Uniformen, wie Franks Opa, sind hinter mir her und werden mich am Ende immer einfangen, ich kann nicht entkommen. Für sie ist es leicht, sie lachen, für sie ist es ein Spiel, bei dem immer feststeht, wer gewinnt und wer verliert.

Das bist du, du bist der Verlierer, weil du Jude bist. Man kann dich an deiner Nase und deinen Locken erkennen, so hat es mir Mutter beigebracht, deshalb reibt sie mir immer abends im Bett wie eine zärtliche Geste die Nase zwischen Zeigefinger und Daumen. Der verräterische Höcker muss weg, es sollte wie eine Stupsnase aussehen, es soll mich doch keiner erkennen. Aber der weiche, untere Teil sackt immer wieder verräterisch nach. Es hat keinen Sinn.

Das Wort Jude hat ein Echo. Es kommt beim Schulessen, wenn es tote Oma gibt, ich kann es in der Blutwurst lesen. Wenn ich die Worte höre, das haben wir jetzt aber bis zur Vergasung gehört. Wie bei, hier ist es aber so laut wie in der Judenschule. Wie bei, dann brach die dunkle Nacht des Faschismus an. Und wie bei, hey, was bist du denn für einer, Rumäne,

Italiener, deshalb kommt Mutter hinter ihrem Schreibtisch vor, wenn ich zu ihr ins Büro gehe, nimmt den Kamm aus der Schublade, fährt mir durch die Locken. Zerrt an meinem Kopf, aber meine Haare bleiben kraus. Hier, in der Synagoge, gibt es keine Kinder, hier gibt es nur Alte, Mutter und mich mit meiner Baskenmütze, von der harten Bank tut mir der Hintern weh, ich will raus.

Ich mache die Augen auf, ich sitze allein in der Reihe, Mutter ist schon aufgestanden und sagt an, wir gehen. Draußen kann ich die lächerliche Baskenmütze abnehmen, die mir Mutter befohlen hatte aufzusetzen.

Wir fahren zu Tante Fofi, Mutter sagt, sie ist ihre einzige Verwandte. Sie lebt in Erfurt in einer kleinen Neubauwohnung und war früher Operettensängerin. Wir klingeln, die Tante öffnet, tänzelt durch ihre Wohnung und gießt mir dabei mit einer Drehung das heiße Wasser aus dem Topf ins Glas für meinen Tee. Sie nickt ihrem Wellensittich zu, der in seinem Käfig sitzt, Putzi, Putzi, Putzilein, trällert sie ihm zu. Der Käfig hängt an einem Ständer, der groß und gebogen ist, überhaupt ist alles gebogen, vor allen Dingen die großen Nasen der beiden Frauen. Beide gleich groß, sitzen sie sich gegenüber und nicken sich zu, alte Geschichten erzählend, hinter ihnen das Ölbild mit dem röhrenden Hirsch. Beide Münder tragen dunklen Lippenstift, aber Mutter berlinert, während Tante Fofi mit Thüringer Akzent erzählt und dazu mit ihrem kleinen Pantoffel am Fuß wippt.

Da kommt der Doktor Mengele rein, klatscht in die Hände und sagt, so, meine Saras und meine Israels, der Doktor ist so ein schöner Mann. Ich will aufstehen, ins andere Zimmer, dort gibt es einen Fernseher, aber Mutter donnert, du hörst dir das an. Ich möchte mir aber Tante Fofi nicht nackt vorstellen, ich schließe die Augen, aber es wird noch stärker, ich höre sie noch deutlicher, der Mann sieht so gut aus in seiner schicken SS-Uniform, sein weißer Kittel ist so schön sauber, wir stehen alle nackt vor unseren Betten in der Krankenabteilung. Schnell öffne ich die Augen wieder, sehe Tante Fofi mit ihrem Dutt, wie sie durch den Raum trällert, mit ihren roten langen Fingernägeln, ihrem kurzärmligen Strickpullover, der ihren faltigen Arm mit der blauen Nummer nicht verhüllt. Ich schließe die Augen, sehe Tante Fofi wieder nackt, Mutter, mich, meine Schwester, meinen Bruder, wir sind alle nackt vor Doktor Mengele und seiner schicken Uniform, seiner wunderbar sitzenden Hose mit den Breeches, den blankgeputzten Stiefeln, seiner guten Laune, seinen feinen Chirurgenhänden, seiner dünnen Brille, durch die seine blauen Augen auf uns scheinen, wie er aufräumt, wie er Ordnung schafft, wer von uns darf noch einen Tag leben, wer muss ins Kröpfchen. Tante Fofi sagt Putzi, Putzi, Putzilein zu ihrem Wellensittich, und Putzi antwortet tschip, tschip, und Fofi sagt, wir liegen auf unseren Pritschen in der Baracke, ich habe Durchfall, aber wir dürfen nachts nicht raus, da nehme ich meinen Essteller und halte ihn unter mich. Zum Frühappell steche ich mich mit der Nadel, mit der roten Farbe sehen meine Backen gesünder aus. Ich habe Glück, die brauchen Arbeiter für die Munitionsfabrik, so bin ich weg von Auschwitz. Ich habe noch vierunddreißig Kilo gewogen, als uns die Amerikaner befreit haben. Ich komme ins Krankenhaus, und das Letzte, an das ich mich erinnere, ist eine Laus, die über die weiße Bettdecke in meinen neuen, sauberen Kittel kriecht. Als ich entlassen werde, setze ich mir ein Kopftuch auf und klebe mir ein Pflaster über die Nummer. So komme ich zu Hause an, doch mein lieber Mann hat eine neue Frau. Putzi, Putzi, Putzilein, sagt Tante Fofi zum Wellensittich wieder, als wir gehen.

Mutter fährt mit mir zu einem geheimnisvollen Laden. Der sieht aus wie ein Fleischer, hat diese Kacheln mit den Haken an den Wänden, und da hängt auch wirklich manchmal eine Wurst. Wir kommen aber wegen des bräunlichen Pakets mit den fremden Buchstaben, das die Verkäuferin unter der Theke hervorholt. Zu Hause packen wir die Matze aus, die gelöcherten viereckigen Scheiben passen nicht auf den runden Metallteller mit den fremden Buchstaben, der bei Mutter auf dem Bücherschrank steht. Wir legen sie einfach auf das Holzbrett und essen sie mit Butter und Salz, ohne Auszugsgeschichte, ohne Pessachfeier.

Stattdessen sind wir zu Ostern wieder bei Gerhards Familie, Pauls und Leas alten Freunden aus England, wir Kinder sitzen oben für uns, die drei von Gerhard, Lena, Johann und ich. Johann spielt uns Reporter im Radio vor, er ist Paul, er berichtet vom ersten Mai, der unablässige Strom der Werktätigen grüßt den Genossen Ulbricht mit hoch, hoch, hoch, doch was macht der Genosse im grünen Trainingsanzug da, hat er schon zu viel getrunken, er steht beim Imbissstand, er stolpert, er rutscht auf der Bockwurstpelle aus. Wir lachen alle, das ist meine Familie, das ist mein Judentum.

51

PAULS NEUESTE AUFGABE ist streng geheim. Er kann kein Tschechisch, aber er kennt sich damit aus, wie man den Feind unterwandert, wie man Argumente findet, wie man die richtige Sprache spricht, die Tschechen scheren aus, sie nennen ihre neue Politik *Sozialismus mit menschlichem Antlitz*. Dabei weiß doch jeder, was dabei rauskommt, über kurz oder lang sitzt der Ami in Prag. Paul weiß, wer seine Gegner sind, er kennt seine Pappenheimer. Wir werden euch Beine machen, wir werden euch wegfegen. Er hat wieder seine Karte im Büro mit den roten Pfeilen, wie damals in England die von Nazideutschland. Diesmal in der Mitte die Tschechoslowakei. Von draußen kommen wir vom Warschauer Pakt und machen Ordnung. Die Freunde an der Spitze, die Motoren brummen, die Kanonen sind scharf. Wir retten mit allen Mitteln den Sozialismus. Wegfegen, das Geschmeiß.

Pauls Waffen sind Worte. Die Sendungen werden in Berlin vorbereitet, dann nach Dresden mit den Bändern, von dort wird gesendet. Paul ist jetzt Tag und Nacht dabei. Lena ist in Ungarn, im Urlaub, es heißt schon jeden Tag, es gibt Krieg, sie kann nicht mehr zurück, der Zug nach Berlin über Prag fährt nicht mehr. Sie ist tagelang durch die Sowjetunion unterwegs, steht draußen staubig vor unserer Wohnungstür. Mutti, es kann nicht sein, dass wieder deutsche Soldaten einmarschieren. Mutter schaut sich im Hausflur um und macht Psst. Komm rein, flüstert sie, Klaus, Gerhards Ältester, ist schon verhaftet worden, ich will dich nicht auch verlieren.

Paul sitzt in der Parteiversammlung, Gerhard, Pauls bestem

Freund und Chef, ausgerechnet Gerhard ist es passiert. Gerhard war eben nicht hart genug in der Erziehung seines Sohns, und Gerhard ist still. Hast du deinen Jungen nicht im Griff, druckt Plakate, wo der Name des Verräters Dubček draufsteht, zieht damit vor die sowjetische Botschaft, Gerhard, das ist ganz dicht an der Staatsgrenze. Das heißt, dem Feind Nahrung geben. Gerhard rührt sich nicht. Er hat den Kopf gesenkt. Paul sagt, da gibt's kein Pardon, das ist nicht zu entschuldigen, er muss die ganze Härte des Gesetzes spüren, wenn Gerhard sich nicht von seinem Sohn distanziert, dann ist er untragbar. Ich trete als Leiter zurück, Genossen. Gerhard steht müde vor dem Gefängnis Rummelsburg. Ich will zu meinem Sohn. Er lässt sich durchschließen, er sitzt Klaus gegenüber in der Zelle, dass du mir das antun musst, Junge. Paul ruft Lea an, was ist mit unseren Kindern, Gott sei Dank sind sie sich einig, Lena ist zurück, auf Johann ist Verlass. Die Soldaten marschieren ein, ab jetzt ist Ruhe.

52

SING FÜR UNS, AUF KEINEN FALL, doch bitte, nein. Lena weiß, wie sie mich drankriegt. Wir stehen zusammen mit ihrer Freundin in unserem Flur. Das Fenster in der Tür von meinem Zimmer ist ausgeschlagen, Lena schickt mich hinein. Wir bleiben draußen, sagt sie. Die Tür geht zu. Das ist die Brücke für meine Angst. Jetzt sing. Ich lege mich auf meine Couch und starre auf meine Möbel, die ich zur Jugendweihe bekommen habe. Das Scharnier der Schreibplatte ist schon kaputt, es hält sie nicht mehr, ich musste Bücher drunterlegen, damit ich daran sitzen kann. Eine leere Cinzano-Flasche steht im Regal, ein grünes Panzerauto aus Papier mit Achsen aus Strohhalmen daneben. Ich habe eine Schallplatte mit Lenins Stimme, von dem Auto hat er zu Russlands Arbeitern gesprochen, es rauscht mächtig wegen der alten Aufnahme. Das Auto mit Bastelanleitung und die weiche Platte habe ich aus meiner Pionierzeitschrift. Ich liege auf meiner braunen Couch mit dem eingebauten Kopfteil unter dem Fenster auf dem Bettzeug von letzter Nacht, ich lasse es immer liegen. Sing, sagt Lena wieder nachdrücklich. Ich schließe die Augen.

Das Lied kommt mir in den Sinn, das ich jeden Abend für mich im Bett singe, ich kenne es aus dem Radio, das ich höre, wenn Mutter nicht da ist, sie hasst gesungene Musik. Sing, sagt die Stimme meiner Schwester. Ich beginne, ein bisschen heiser. *Mein bunter Harlekin, mein bunter Harlekin, der konnte lachen, singen, weinen und die schönsten Späße machen, bis ich Feuer fing,* oho, aha, hmm. Haben die beiden da draußen gelacht, es ist nichts zu hören. *Heut lacht er hier und morgen irgendwo, macht er die Menschen froh, auf dieser Welt, mein bunter Harlekin ist fort.* Das ist die traurige Stelle. *Und wer ihn liebt, der lässt ihn weiterziehn,* singe ich kraftvoll, denn für den Harlekin ist diese ganze Welt ein großes Zirkuszelt. Ich stehe auf und öffne die Tür, sie sind weg, sie haben mich vergessen.

In der Schule bin ich zum Agitator ernannt worden, ich darf ins Schulungslager fahren, wo eine außerordentliche Versammlung stattfindet. Genossen, unsere Soldaten leisten brüderliche Hilfe wegen der Konterrevolution in Prag, psst, sagt das Mädchen neben mir, als ich laut werden will, sing lieber auf der Bühne. Ich starre sie an, sie hat schon richtige Brüste, mein Freund ist in einer Band, sie spielen zum Lagerfest.

Ich kenne das Lied in- und auswendig, ich spiele die Single jeden Nachmittag auf unserem Plattenspieler, erst wieder das Rauschen, dann geht's los. Der tiefe Teil des Liedes ist mir zu tief und der hohe zu hoch, wie der Mikrophonständer. Sie schieben mir auf der Bühne einen Hocker hin. Da klettere ich rauf und sehe in die Menschenmenge und singe tief, *es steht ein Haus in New Orleans,* dann hoch weiter, *ein Haus weit ab vom Glück, dort warten sie schon lang auf ihn,* tief, *doch er kommt nie zurück.* Es ist ein Lied über die Guten in Amerika, die Neger, die schlecht behandelt werden, der Neger liebt die blonde Frau, und das will ich auch. *Ihr Vater war so weiß, so weiß, sein Vater war so black, du kriegst das Weib um keinen Preis, verschwinde oder verreck. Huhuhuhähä, da schrie er laut, ich liebe sie, da schlugen sie ihn tot, die Sonne schien für jedermann, sie schien für ihn so rot.* Danach steige ich von der Bühne, ich sage zu dem Mädchen, tanzt du mit mir, und das Mädchen macht es. Jedes Mädchen wird nun mit mir tanzen, wenn ich nur singe.

53

IMMER WIEDER SCHAUE ICH von Mutters Balkon auf das Haus gegenüber. Jedes Jahr sehe ich die Plakate an den Litfaßsäulen, die die Musterung ankündigen, die große Zahl kommt immer näher, nun ist es mein Jahrgang. Ich gehe das erste Mal in das flache Gebäude hinein. Was willst du werden, fragt man mich, ich erzähle meinen Traum vom Meeresforscher. Komm zur Marine, werde Kampfschwimmer, du musst hier unterschreiben. Johann sagt, du kleiner Wicht, was hast du getan, du Idiot, du hast unterschrieben, länger zu dienen.

Ich habe das Foto von der Expedition aus der Zeitung vor mir, mit dem Mann auf dem Bild habe ich mich verabredet. Er hat nun einen gewöhnlichen weißen Kittel an, aber ich erkenne ihn an seinem Bart. Ich möchte Meeresbiologe werden wie Sie, ich mache die Taucherausbildung, ich träume seit Jahren davon. Der Mann sieht aus dem Fenster. Weißt du, an welches Meer unser Land grenzt, ja, die Ostsee. Richtige Forschung machen Länder wie Frankreich oder die Sowjetunion, bei uns kannst du Heringe zählen. Der Arzt untersucht mich, als Matrose bist du untauglich. Ich werde also kein Matrose, kein Forscher, kein Pawlik Bunjack. Mutter hat mir stattdessen eine Lehre als Bauarbeiter besorgt, Bauarbeiter mit Abitur. Vorher noch einen letzten Urlaub mit ihr, ein peinliches Nebeneinanderliegen am Strand, ihren Rücken anstarren, der in der Sonne Ungarns abblättert, hinter dem die Körper der Mädchen aufblitzen.

Im September stehe ich mit den anderen auf dem Bauhof des Kombinats. Zwischen Baustelle und Schule vergehen nun die Tage. Gerd hat schwarze lange Haare wie ich, Hannes ist blond und hat den begehrten grünen Parka an. Wir rücken aneinander. Wir teilen von jetzt an das Gefühl der Angst vor dem, was sie von uns fordern, und vor allen Dingen teilen wir unsere freie Zeit. Gerd spielt schon in einer Band, Hannes hat das schönste eigene Zimmer von uns. Man kann problemlos bei ihm übernachten, seine Regale biegen sich vor Büchern. Wir machen uns zusammen Mut zum Nein.

Wir beschließen, wir fahren weg. Am Freitag warten wir auf das erlösende Klingelzeichen, Hannes stößt mit dem Knie sein aufgeschlagenes Buch in die Tasche, er sitzt neben mir und weiß genau, wie er durch die Klassenarbeit kommt, den Rest der Lösungen hat er auf die Innenseite seiner Hand geschrieben, mir bleibt nur übrig, mich auf seinem Blatt mit den Augen zu bedienen. Gerd hat gelernt, er geht nach vorn, legt seinen Zettel ruhig ab auf den Lehrertisch. Draußen fangen wir an zu rennen, schmeißen die Taschen bei Hannes im Zimmer ab und tauschen sie gegen Rucksäcke, die wir für das Wochenende brauchen. Wir laufen die Straße entlang, bis sie in einer Kurve zur Autobahn wird. Dort stehen wir, halten die Hand raus, von hier aus geht es in die Welt, weit, weit weg, von hier aus ist alles möglich.

Hannes will raus aus dem Land, er hat das alte Foto von dem letzten Urlaub der Eltern in den Bergen Österreichs, bevor sie die verdammte Mauer hochgezogen haben, wie der Vater immer wieder murmelt und die Mutter ihn mit den Augen verwarnt, weil er zu laut wird. Gerd will die Augen vom Foto vergessen, das er in der Schublade der Mutter gefunden hat, nun hat er ein Gesicht und die Geschichte vom Selbstmord des Vaters von ihr, was ihm noch mehr Angst macht, als er all die Jahre vorher hatte, wo er keinen Vater kannte. Und ich will nach Amerika, wo alles frei, bunt und großartig ist, wie ich es aus meinen Träumen und dem Fernsehen kenne. Am Sonntag sind wir staubig zurück, bis Leipzig haben wir es geschafft.

Sie fordern, dass jeder, der studieren will, länger bei der Armee dient, mindestens drei Jahre. Aber meine Kraft ist gewachsen. Wir sind jetzt wir, wir sagen nein. Ich muss noch mal in die Musterungsbaracke. Ich möchte kein Kampfschwimmer sein, dann wirst du Panzerkommandant, sagen sie. Aber ich möchte Musiker werden. Auch kein Problem, dann ist das Erich-Weinert-Ensemble das Richtige, die brauchen immer Musiker, ich will aber nicht länger zur Armee. Sie sind doch für den Frieden, sagt er dienstlich und drückt seine Zigarette energisch aus. Sie haben unterschrieben, dass Sie länger dienen. Da war ich noch nicht volljährig, sage ich. Stille. Wir kriegen Sie dran, sagt er und lässt mich gehen.

54

JA, ICH WERDE KÜNSTLER, Musiker oder wenigstens Sänger. Gerd und ich stehen zusammen im Nebenraum der Kirche. Gerds Kumpel hat eine rote Gitarre um, wenn er über die Saiten streicht, brummt, schnarrt und kracht es aus einer Box so, dass mich das Geräusch ganz ausfüllt. Kennst du *All right now* von der Gruppe Free, fragt er und spielt die ersten Akkorde. Ouwohuwohu. Ich soll das singen ins Mikrophon vor mir, aber meine Stimme kiekst irgendwo im Hals. Er wendet sich zu den anderen Musikern, zieht seine Spucke geräuschvoll nach hinten. Der bringt's nicht. Dabei rutscht seine Brille langsam von der Nase, mit einem langen Schlllt der Spucke, die er schluckt, schiebt er sie wieder nach oben.

Er sieht mich mit den kleinen Augen durch die dicken Gläser voller Verachtung an. Seine hohe, picklige Stirn leuchtet, darüber trägt er schwarzes, drahtiges Haar, in der Mitte gescheitelt, das ihm über die mageren Schultern fällt. Er stottert, ich ha-a-b d-d-der Kleinen b-b-bei der P-Party am Wo-Wo-Wochenende 'ne G-G-Gurke unten reingeschoben, es war ein r-r-richtiges W-W-Wettschie-schie-ßen. Ich blättere in meinem Heft mit den abgeschriebenen englischen Texten. Ich könnte den, *Nights in White Satin*, gut, sagt er, nachdem wir das Lied durchgespielt haben, nächsten Sonnabend fährst du mit zum Auftritt.

Ich muss an so viel denken, so viel mitnehmen, die Box zum Singen, das Mikro, das Kabel, den Ständer, alles in die Straßenbahn. Auf der Bühne wird es plötzlich dunkel, und das Textheft fällt mir runter. Ich singe einfach irgendwas, es ist egal, alles ist besser, als zu Hause zu sein, bei Mutter, bei ihrem Geklapper auf der Schreibmaschine, bei ihrer Traurigkeit.

Ich sitze wieder in der Klasse. Wer geht heute zum Radiointerview, fragt der neue FDJ-Sekretär. Ich gehe hin, ich mache es, sage ich. Ich soll über die Solidarität mit dem kämpfenden chilenischen Volk sprechen, die Mädchen aus der Klasse haben einen Kuchen gebacken, dann die Tische zusammengeschoben auf dem Flur, doch keiner wollte die harten, trockenen Stücke kaufen, unter dem Schild Solibasar. Der FDJ-Sekretär ist dafür, dass man seine Meinung sagt. Er fährt mit mir zum Radio, in die Ideologiefabrik, wo Vater arbeitet, dort werde ich das Interview aufs Band sprechen. Wir gehen in eines der viertausend Zimmer, eine Frau bedient ein Tonbandgerät und stellt die Fragen. Was macht ihr für den Kampf des chilenischen Volkes, wir verkaufen selbstgebackenen Kuchen, aber die Solidarität kommt nicht von Herzen, sage ich. Wrrscht, macht das Band, als sie zurückspult. Das müssen wir noch mal aufnehmen. Die Solidarität kommt nicht von Herzen. Wrrscht, macht das Band. Sie sagt, mach's noch mal. Wrrscht. Es hat keinen Sinn mit dir, sagt sie. Der neue FDJ-Sekretär sagt, wenn wir zurück sind, kannst du dich frisch machen.

Ich verstehe es nicht, ich werde es dem Vater sagen, er wird mich raushauen, er wird mich retten. Ich laufe in den zweiten Stock, wo das Zimmer von Paul ist, ich gehe an der freundlichen Sekretärin ohne zu fragen vorbei. Ich muss es ihm sagen, nur er kann mir jetzt helfen, ich kann den Vater hinter seinem langen Tisch gegen das Licht nicht erkennen. Was machst du hier, um diese Zeit, höre ich ihn, ich sollte ein Interview geben, Daddy, aber sie sagen, es hätte keinen Sinn mit mir, ich will doch die Wahrheit sagen. Was hast du gesagt, die Solidarität kommt nicht von Herzen, das hast du gesagt, es ist doch die Wahrheit. Jetzt sehe ich seine Umrisse, Paul atmet lange, ich höre die vertraute, tiefe Stimme, das Heisere, so was kannst du nicht im Interview sagen, das ist doch klar, dass wir solche Dummheiten nicht senden, man darf dem Feind keine Argumente liefern, er hört unser Radio ab. So weise klingt es, ich bin dumm, es hat keinen Sinn, es muss an mir liegen. Du musst mir meinen Einlassschein abzeichnen, sonst komme ich nicht am Pförtner vorbei. Paul kritzelt auf den Zettel, den ich ihm hinlege, ich schleiche mich raus.

Es muss doch noch eine andere Welt geben als Vater, als die verdammte Schule, als zu Hause Mutters Klappern auf der Schreibmaschine. Diese andere Welt klingt leise aus dem Plattenspieler, weil auch der Nachbar von unten sofort mit dem Besen anklopft, es sind meine Platten mit Musik, die Stimme von James Brown, das Gestöhne der schwarzen Frauen, die im Background singen, der stählerne Klang der Gitarrenriffs der Stones, der Dreck, die Wut, die Worte, zwar auf Englisch, aber ich kann es spüren, und es macht mich glücklich, weil es mit meinem geheimen Gefühl übereinstimmt.
Ich gehe jede Nacht raus, mittwochs ins Wirtshaus am Orankesee, dienstags und sonnabends ins Haus der jungen Talente, montags in die Kleine Melodie, freitags in den Studentenclub, donnerstags ins Lindencorso in die Diskothek. Am Orankesee spielt die Gruppe Express. Da stehen die Kuttenträger mit Bart und Kletterschuhen auf der einen Seite im Saal, auf der anderen die kurzhaarige Fraktion, korrekt, aber schlecht gekleidete junge Männer im grauen Anzug ohne Bart. Sie kommen aus dem großen, flachen Gebäude am See. Es hat kein Schild, aber jeder weiß, dass dort die Staatssicherheit untergebracht ist. Immer gibt es am Abend den Moment einer unvorsichtigen Rempelei, einen Stoß, der das Fass zum Überlaufen bringt, dann wird geprügelt, die Mädchen gehen raus, die Band hört auf zu spielen. Nach einer Weile beruhigt es sich meist von allein.
Die Prinzessin habe ich noch nicht getroffen, nach der ich suche, sie muss auf jeden Fall blond sein, nicht zu jung, eine richtige Frau eben. Im Gedränge der Tanzfläche begegne ich ihr. Es trifft mich wie ein Schlag in die Magengrube, wie ein

Hund nach dem Knochen laufe ich hinter ihr her. Ich kann sie nicht ansprechen, doch sie muss es bemerkt haben, sie lächelt mir zu. Wir tanzen, aber ich kann immer noch nicht sprechen.

Sie sagt, bringst du mich nach Hause, erst vor der Tür in der Kälte fange ich zu reden an, der Weg bis zu ihrer Wohnung endet nicht, was ich auch sage, sie lächelt, auch nachdem wir uns zum Abschied geküsst haben.

Das Telefon klingelt mitten in der Nacht. Mutter steht im Schlafanzug in meinem Zimmer, da ist eine Frau für dich am Telefon, und schlepp mir bloß kein Kind an, brummt Mutter wieder unter ihrer Bettdecke. Ich kann nicht reden, das Telefon steht neben Mutters Bett. Ich gehe abends mit meiner Schulmappe zu ihr. Ich weiß, dass ich bei ihr übernachten werde, ihr Mann ist nicht da. Zunächst lese ich ihren Kindern vor, die Jungen sind geduldig. Aber dann ist es so weit. Sie klappt das große Sofa aus. Ich gehe auf die Innenseite. Brav bin ich im T-Shirt, sie in ihrem Nachthemd, unter der Decke streift sie mir die Unterhose runter. Sie streichelt mich und setzt sich vorsichtig auf mich.

Nun bin ich nachmittags schon bei ihr. Sie ist nervös, schaut zum Fenster raus auf den Hof. Dann sagt sie, da kommt mein Mann, zieh dir was über. Er kommt herein, reicht mir die Hand, stöbert in den Ecken und geht wieder, wie Mutter ist er beunruhigt.

Gerd und ich sitzen auf der Erde hinter einem kleinen Hügel, die Baustelle ist groß, hier werden sie uns nicht finden, wir haben die blauen Steppjacken und die dicken Arbeitsschuhe an. Wir sind zum Gleisbau eingeteilt, wo wir am Morgen eine Runde lang den Schotter unter die Gleise gedrückt haben. Der Rüttler vibriert so stark in den Händen, dass die Hosen runterrutschen, als keiner aus der Brigade mehr zu sehen ist, verdrücken wir uns. Später werden wir Ärger bekommen, aber jetzt sitzen wir hier hinter dem Hügel, und ich erzähle von der Prinzessin. Gerd hatte lange eine Freundin, dann sagte er nur, es wäre aus, und nun ist er wie ich jede Woche auf der Pirsch. Aber wir reden nicht über Liebe, mit leisem Kichern phantasieren wir über den unwahrscheinlichen Sex und sind uns einig, keine Minute länger in dem Job zu bleiben als bis zu dem Tag, wo der Lehrvertrag endet.

55

MONTAG FRÜH SITZEN WIR wieder in der Klasse. Der Lehrer nimmt eine Einteilung vor, zu mir sagt er, Sie rechne ich nicht zum positiven Kern. Er erzählt von der Konterrevolution neunzehnhundertdreiundfünfzig. Aber Stefan Heym schreibt in seinem Buch *Fünf Tage im Juni*, es war ein Arbeiteraufstand, sage ich. Die Klasse erwacht, dann fällt der Name Biermann. Der fickt doch seine Stieftochter, schreit einer, ihr kennt ihn doch gar nicht, sage ich. Gerd stachelt mich an. Lass uns doch erweiterten Literaturunterricht machen, sie wollen doch, dass wir uns gesellschaftlich betätigen. Hannes nickt dazu. Ich nehme das Biermann-Buch, das Johann von seinen Reisen mitgebracht hat, und tippe auf Mutters Schreibmaschine das Gedicht ab, *ich kann nur lieben, was ich die Freiheit habe, auch zu verlassen, dieses Land, diese Stadt, diese Frau.* Darunter schreibe ich die Ankündigung, Wir treffen uns nach der sechsten Stunde im Raum dreihundertvierzehn, um über das Gedicht zu diskutieren, das Blatt hefte ich an die Schulwandzeitung.

Am nächsten Morgen ist mein Zettel verschwunden, der Direktor kommt in unsere Klasse, die dösenden Köpfe rucken hoch, ich verweise Sie der Schule, sagt er zu mir, packen Sie Ihre Sachen, gehen Sie ins Kombinat, man wird Ihnen Arbeit zuteilen. Die Klasse ist ganz still geworden, Gerd ist froh, ihn hat es nicht getroffen, Hannes ist verzweifelt, aber gelähmt. Die Tür fällt hinter mir ins Schloss, nach einer Weile dösen alle wieder. Ich sitze ein paar Tage im Sekretariat, man lässt mich zappeln, aber endlich kommt der Sozialarbeiter, der sagt, wir haben eine Abstimmung in Ihrer Klasse gemacht, wer gegen den Beschluss der Schulleitung ist, soll die Hand heben, es will Sie keiner haben, vom Abitur sind Sie ausgeschlossen, aber Sie haben noch mal Glück gehabt, Sie dürfen die Lehre praktisch beenden, Sie werden auf die Baustelle geschickt.

Ich muss am Abend noch mal in die Schule fahren, ich bin zur Versammlung des Elternaktiv vorgeladen. Ich sitze am Ende des langen Tischs und kann die Köpfe im Profil sehen, wie sie vorstoßen. Es sind die Profile meiner Mitschüler, die ich jeden Tag in der Klasse sehe, nur in alt. Sie brüllen, der muss raus, raus aus der Klasse, raus, der wiegelt unsere Kinder auf. Hannes' Mutter verteidigt mich, ihre Augen sind klein hinter ihrer Brille, sie spricht weich und leise. Er soll noch eine Chance bekommen, sich bewähren. Nein, er ist nicht tragbar, brüllen die anderen.

Es muss stimmen, ich bin schuldig, ich bin schlecht, ich kann alles nur halb, Doris nimmt mich auch nicht ernst, ich komme beim Turnen nicht mal über den Bock, meine Leistungen sind schlecht. Man kann nur kritisieren, was man selber besser macht, ich kann nichts, ich habe nur ein großes Maul, ich onaniere unter der Bettdecke, ich kann kein richtiges Englisch. Sie haben mich aus der Band geschmissen, weil der neue Sänger das Ohuwohu höher singen kann. Ich bin unten.

Mutter wird still, als ich ihr davon erzähle. Sie nimmt das Gesetzbuch aus dem Schrank und fragt, sind deine Leistungen ungenügend, ich zucke mit den Schultern. Du sagst ihnen, dass du sie auf Einhaltung des Lehrvertrags verklagst. Den hat der Betrieb unterschrieben, und du, warum musst du auch immer so einen vorlauten Mund haben, du bringst mich damit in Schwierigkeiten, jetzt ist sie wieder in ihrem Fahrwasser. Aber ich habe das Argument. Damit stehe ich am Montag wieder vor der Schule, es sind nur noch ein paar Wochen bis zum Abitur. Sie setzen mich nach ganz hinten auf die Extrabank.

56

KONRAD FÄHRT WIEDER von Kapstadt nach New York, er holt Heinrich und Rosa ab. Konrad hat den Entschluss gegen sein Herz, aber nach langer Überlegung getroffen. Er kann die Alten nicht in ihrer Zweizimmerbude verrotten lassen, Heinrich ist bald neunzig. Also noch einmal umziehen. Konrad hat angebaut an sein Haus in Kapstadt, Konrad hat sein Herz überstimmt, Konrad reicht die Hand. Es wird noch einmal gepackt, noch einmal auf die lange Reise gegangen. Die Eltern kommen zu ihm nach Südafrika mit der Selbstverständlichkeit, mit der sie in Hannover, Havanna und New York waren.

Konrad bekommt ins Haus, was ihm keine Ruhe lässt – dieselbe Ablehnung wie früher. Er sitzt mit Heinrich auf der Terrasse, die Sonne hier erinnert mich an Havanna, sagt er und streckt die müden Beine aus. Habe ich dir jemals die Geschichte des Pferdes von Nishni Nowgorod erzählt, viele Male, antwortet Konrad. Aber Heinrich redet schon weiter. Als wir damals im kalten Winter von neunzehnhundertsechzehn im Russlandfeldzug waren, hatten wir ständig Hunger und Durst, es gab im Dorf einen Brunnen, der war eingefroren. Wir nahmen Äxte, um Eis abzuschlagen, das wir im Kessel erwärmten. Später, im Frühling, an einem warmen Morgen, schauten wir in das Brunnenloch, das Eis war vollständig geschmolzen, aber da lag etwas unten, es war ein totes Pferd, wir haben es nach oben gezogen und aufgegessen. Keiner von uns ist krank geworden, niemand bekam die Ruhr. Es war die schönste Zeit meines Lebens. Konrad schweigt, er ist weise geworden, er wird sich nicht mehr mit dem Alten deshalb anlegen, aber trotzdem gibt es wieder Zorres. Heinrich kann nur Oberhaupt sein, Heinrich kann es nicht lassen, auch nicht im Anbau von Konrads Haus in Kapstadt, Südafrika.

57

IM WEHRKREISKOMMANDO verkündet man mir, ich käme als Motschütze nach dem Norden, zur Strafe. Ich habe mein Zeugnis. Ich jubele nicht, es ist nur ein Schein, ein Stück Papier. Ich bin bei Mutter ausgezogen, Lena hat mir ihre Wohnung im vierten Stock überlassen, sie ist als Schauspielerin unterwegs, ich habe ihre Schlüssel. Der lange Flur, gleich neben dem Eingang, die kleine Tür zum Klo, oben das Fenster, das immer offen ist, wo schon mal eine Taube hereingeflogen kam, über den Flur bis ins Zimmer, zu den wackligen Stühlen, zu den Matratzen, die immer auseinandergehen, wenn ich mich drauflege, zu dem Bild von der lächelnden Frau, der Selbstmörderin, die man aus der Seine gezogen hat, wie Lena sagt. Zum Telefonieren muss ich runtergehen, in die Zelle, ein Stück weiter die Straße runter.

Ich lade mit all meinem Kleingeld Gerd, Hannes und ein paar andere ein, das Abitur haben wir nun, morgen müssen wir zur Armee, heute ist noch mal Party. Ich fühle meine neuen Haare, die weich und trotzdem stachelig gegen meine Handfläche drücken. Die sollen mir nicht die Haare schneiden, den Triumph lasse ich denen nicht. Wir sitzen zusammen, der schwarzhaarige Gerd, der blonde Hannes und ich mit meiner neuen kurzen Frisur.

Am Morgen gehe ich mit meinem Koffer in der Hand los. Ich stehe auf dem Katzenkopfpflaster des Güterbahnhofs. Die meisten, die mit mir ankommen, sind schon betrunken. Auf das Kommando *Einsitzen in den Zug* gibt es ab jetzt anrucken, halten, trinken, anrucken, fahren, halten, trinken. Dann kommt der Zug endgültig zum Stehen. Spritzer, raustreten, brüllt eine Stimme, noch ist es nur ein störendes Geräusch, los, raus, ihr Tagesäcke, dann schiebt sich der Kopf von dem Mann in den Waggon, jetzt wird es eindringlicher mit seinem Gesicht, wo sich schon Adern an der Schläfe, unter seiner Schirmmütze, abzeichnen.

Mürrisch, verschlafen stolpern wir auf die Rampe unter den Peitschenmasten, die LKWs stehen bereit, die Planen sind offen. Jetzt machen wir euch Beine, ihr Säcke, das Sprechen ist zum ununterbrochenen Brüllen geworden, noch kichern wir verlegen, noch machen ein paar von uns ein Nu, nu als Antwort. Auf die LKWs, marsch, marsch, aufsitzen. Mit dem Fuß auf die Klappe treten, an der Seite festhalten, die Tasche und dann sich selbst hochschwingen, da sitzen wir aneinandergepresst auf den Bänken des LKWs. Dann wird die Plane runtergelassen, nicht mehr viel zu sehen. Anfahren, bremsen, anfahren, bremsen, von vorn aus der Fahrerkabine hören wir das Lachen.

Wir rollen, bis der Motor schweigt, die Plane geht wieder hoch. Absitzen, ich sehe das riesige geharkte Viereck, darum die Regimentsstraße, dahinter die gleichförmigen Häuserblöcke, dahinter überall Mauer, unsere Kaserne. Wieder Schreie von den Männern, die blinkenden Schulterstücke müssen ihnen recht geben. Ich kann die Ränge nicht unterscheiden, aber uns darf jeder anbrüllen. Da kommt ein Kerl und baut sich vor mir auf, warum hält er mir ein Maßband vor die Augen, er rollt es hin und her und grinst. Ich schneide die letzten einhundertfünfzig an, und du Tagedieb kannst hier verrotten. Noch habe ich nicht versucht, anderthalb Jahre in Tage umzurechnen.

In der Kleiderkammer stehen wir an, mir fliegen Hosen, Stiefel, Kragenbinde an den Kopf, du musst es in die Plane packen, schreit wieder eine Stimme, die Stiefel sind mir zu groß, ausgelatscht, passt, sagt die Stimme. Ich rutsche auf den

Socken darin, der Absatz klappert auf dem Boden, gewöhnst dich dran. Im Laufschritt. Wir stehen nackt in dem dunstigen, feuchtwarmen, fauligen Geruch des Duschraums. Die Tür geht von außen zu. Unsere Blicke sind jetzt alle auf die Duschköpfe gerichtet, oben, in der Decke sind sie eingelassen. Ein Augenblick ist Stille, dann prasseln die Strahlen herunter, schnelles Einseifen, schnell abspülen, du weißt nicht, wann das Wasser abgestellt wird, rein in die Unterwäsche aus Ripp. Halt, erst die Nummer drauf, mit zu hartem Druck schreibe ich mit dickem schwarzen Stift Dreihundertneun auf das Oberteil und die Hose.

Ab jetzt bin ich eine Nummer. Ab jetzt sehe ich so aus wie alle anderen. Ab jetzt unterscheiden wir uns nicht mehr voneinander, oder doch, an unserem neuen Kragenspiegel sieht man schon, wir sind die Spritzer, die Frischlinge, wir werden rundgemacht, damit wir gleich begreifen, wir gehen gleicher im Gleichschritt. Wir halten besonders den Mund, wir brüllen, zu Befehl, Genosse, wir reden nicht durcheinander, wir sind ja nicht in der Judenschule, wie der Genosse Hauptmann uns klarmacht.

Ich habe den Stern in der Tasche, eine Kette mit Davidstern, ich kann ihn fühlen, wenn ich in die Hosentasche greife, es gibt da diesen weichen Flusen, darin, hart, kühl und darunter spitz, das ist mein Stern, ich will ihn mir um den Hals legen, wenigstens unter der Uniform, damit ich keine Nummer bin, damit ich ein klein bisschen wieder ich bin, doch ich traue mich nicht, was soll ich antworten, wenn den Stern einer sieht. Ich habe auch keine Zeit mehr, ich muss mein Bett bauen, das weiße Laken auf die Matratze, die auf den quietschenden Federn liegt, der blauweiß karierte Bezug, darüber die graue Decke mit NVA darauf. Das Laken muss glatt darunter sein, keine Falten, sonst reißen sie es beim Stubendurchgang auseinander.

Mein Hocker in der Ecke, dreißig mal dreißig Zentimeter, und das Fach zum Abschließen in meinem Schrank und mein Bett, statt des Sterns habe ich den Schlüssel für das Fach um den

Hals, das ist mein Reich. Auf dem Hocker darf ich sitzen, im Bett oben liegen, im Fach meine Briefe, mein Geld bewahren, aber nur, wenn sie es sagen, wenn sie es befehlen, wenn sie schreien, Nachtruhe. Im Bett kann ich atmen, kann ich denken.

Ich kann sie nicht auseinanderhalten, sie sehen alle so gleich aus, die blinkenden Kragenspiegel, und dann gibt es noch unter den Soldaten ein System, das ich nicht verstehe. Einige werden E's genannt, letztes Diensthalbjahr, sie sind die Chefs unterhalb der Offiziere, die Mittelpisser sind darunter, und dann kommen die Spritzer, das sind wir. Die E's erkennst du nur, wenn du genau hinsiehst, sie haben die alten Sachen an, sie latschen lässig mit den Händen in den Taschen, sie sind gelangweilt, sie zeigen das Maßband, das ist ihre Freude, und die Mittelpisser dürfen ihre Kragenspiegel knicken.

Es ist egal, wir müssen tun, was sie sagen, wenn die Offiziere nicht mehr da sind, dann holen sie raus, was sie zu trinken haben, da bleibt selbst das Rasierwasser nicht verschont, dann sind wir dran. Der Schreiber sieht mich mit seinen inzwischen rot unterlaufenen Augen an, du musst schon ein bisschen nett zu mir sein, gell, ich hab dich beim Kompanietrupp untergebracht. Er ist einer der wenigen, der Abitur hat, aber seine glasigen Augen kommen mir zu nah. Er fasst mit seinen weichen Händen nach mir.

Die Offiziere wissen davon, teile und herrsche, ich muss Paul davon schreiben, aber wann. Es geht den ganzen Tag, raustreten zum Frühsport, zum Politunterricht. Kompanie, Mittag fassen, schnell das Besteck aus dem Schrank, im Laufschritt zur Kantine, einsitzen, die Teller stehen schon auf dem langen Tisch, die E's, die als Erstes Platz nehmen, piken mit ihren Gabeln und stehlen sich die Stücke Fleisch, wir Spritzer bekommen die fauligen Kartoffeln und Soße. Kompanie fertig werden. Im Laufschritt rausrücken. Flick- und Putzstunde bis Kompanie Nachtruhe. Immer hast du die E's im Nacken. Wenn du fragst, wieso, sagen sie, so ist es eben, irgendwann bist du selber E, dann machst du es genauso.

58

AM TAG DER VEREIDIGUNG stehen wir auf dem Appellplatz, ein riesiger Haufen Menschen, wie ein einziger Körper, träge, murmelnd, schwitzend, wogend. Vorn die Tribüne, ich kann nichts sehen, nur die grauen Rücken meiner Kameraden vor mir. Ich höre die Worte aus dem Lautsprecher scheppern, der oberste Offizier, der Regimenter, spricht auf der Tribüne, Sozialismusmusmus, Kampfbereitschaftschaftschaft. Das gedämpfte Murmeln neben mir, sogar die Offiziere stehen mit den Händen in den Hosentaschen, ein Zeichen der Entspannung. Die Stimme brüllt, die dritte Kompanie Ruhe-uhe-uhe, es gibt einen Ruck in unserem Haufen, für eine Weile legt sich das Gemurmel, die Stimme geht wieder zum Allgemeinen über.

Von der Seite kommt eine Wolke Staub, alles reckt sich, um was zu sehen, aus dem Nebel erst nur Stiefelspitzen, dann ganze Körper, vorbeiexerzierende Soldaten. Nun das Sprechen im Chor, ich sehe auf die Münder um mich, während ich die Lippen aufeinanderpresse. In Reihe antreten, die endlose Schlange der Soldaten die Treppe rauf, schließlich bin ich vorn, ich nehme den Stift wie alle anderen. Ich diene der Deutschen Demokratischen Republik.

Jeden Morgen laufen wir in unseren Trainingsanzügen im Karree um das Häuserviereck, vorbei an den rauchenden Mülltonnen, an den rauchenden Offizieren, vorbei an der Stelle, wo unser Haufen kleiner wird, wo die E's stehen bleiben, pinkeln und rauchen, wir Spritzer laufen weiter. Nach dem Frühstück aus der Kaserne in den Wald zum Härtetest, während das Gepäck laut am Körper klappert. Am Nachmittag laufen wir wieder zurück. Vor dem Tor kreischt das Martinshorn an uns vorbei. Ich darf nicht ausruhen, muss noch Schreibarbeit machen.

Ich muss protokollieren, bekomme Stift und Papier in die Hand gedrückt. Ein fremder Schrank wird geöffnet, schreib auf, zehn Patronen, eine Unterhose, ein Paar Ausgangsschuhe, die Blicke gehen durch alle Fächer. Der Mann kommt nicht mehr zurück, dem nützt es nichts mehr, der ist geflüchtet, der wird gesucht, der ist ein Mörder. Er hat einen Helden erschossen. Am Nachmittag waren Held und Mörder noch Kameraden.

Sie wurden für die Wache vergattert. Der Offizier gibt die Anweisungen. Jeder läuft in seinem Postenbereich, wenn jemand eindringt, ruft ihr, halt, wer da, Parole, dann wird geschossen. Wenn ihr ein Wachvorkommnis baut, seid ihr dran. In der Nacht wird er zur Kontrolle kommen. Was machen wir jetzt, fragen die beiden, die eben noch gemütlich zusammenstanden und redeten. Du stehst in meinem Postenbereich, da hinten kommt schon der Offizier, ich muss dich festnehmen, sonst bin ich dran, du darfst hier nicht mit mir stehen. Mach keinen Quatsch mit deiner Knarre, rumms, löst sich der Schuss. Einer steht, einer liegt, wohin jetzt, nur weg, fliehen. Doch schon wird er gejagt, der ist schuld, der ist ein Mörder. Den kriegen wir. Schnell ist alles protokolliert. Wir treten zum Appell an. Genossen, in Ausübung seiner Pflicht ist euer Kamerad, unser Held gefallen, er starb durch einen feigen, heimtückischen, hinterhältigen Anschlag. Doch wir kriegen den Mörder, wir führen ihn seiner gerechten Strafe zu.

59

ABENDS SITZE ICH AUF DEM BETT und schreibe an Paul. Ich schreibe, dass ich es nicht mehr aushalte bei der Armee. Ich habe Paul lange nicht mehr gesehen, und während meiner Lehre haben wir uns nur noch gestritten. Trotzdem, an wen soll ich mich wenden, ich halte es hier nicht aus, du kannst, du musst mir helfen, und wirklich, Paul wird kommen. Ich weiß es durch die Gerüchte, die seit Tagen die Runde machen. Es heißt, ein ranghoher Genosse aus Berlin soll zu Besuch kommen. Man hält meinen Vater wohl für wichtiger, als er ist. Mir hat er nichts von seinem Vorhaben geschrieben, sondern mir lediglich die allgemeinen politischen Erklärungen gegeben, wie immer.

Am Nachmittag des Tages wird mir mitgeteilt, Sie erhalten Ausgang und dürfen mit dem Vater für ein paar Stunden die Kaserne verlassen. Ich gehe an meinen Schrank und hole die (noch nie getragene) Ausgehuniform heraus. Der Ausgang ist ein gewaltiges Privileg, alle wissen es schon in der Kompanie. Sie haben Geld gesammelt, und nun kommt eine Abordnung der Kameraden zu mir, bring uns von draußen was zu trinken mit. Natürlich ist es verboten, aber ich bin froh, ihnen einen Gefallen tun zu können, denn ich stehe ganz unten in der Hierarchie. Sie drücken mir das Geld in die Hand, es ist eine beträchtliche Summe, ein Großteil ihres sauer ersparten Solds. Mit dem Geld bekomme ich Instruktionen, wie ich mich zurück in die Kaserne schummeln soll. Am Tor stehen Soldaten von uns, sie werden mich durchlassen, es ist alles abgesprochen.

Ich fahre mit Vater in seinem Auto in die kleine Stadt. Wir

essen in einem Restaurant, ich höre mir geduldig seine Maßregelungen an. Schließlich ist es Zeit, zurückzukehren. Paul hält auf meine Bitte bei einem kleinen Laden, und ich kaufe für das gesamte Geld große Schnapsflaschen, die ich in zwei blauen Einkaufsbeuteln verstaue. Die Beutel sind schwer und bis zum Rand gefüllt, ja, es schauen sogar Flaschenhälse heraus, in Papier verpackt. Paul schaut abfällig, sagt aber nichts. Er fährt bis vor das Kasernentor. Man verabschiedet sich mit einem flüchtigen Kuss. Ich steige aus, in jeder Hand einen der schweren Beutel.

Der Soldat am Tor nickt mir unmerklich zu, ich darf passieren. Ich gehe auf der Regimentsstraße und schaue unwillkürlich nach rechts zu den Fenstern meiner Kompanie. Sie sind offen, meine Geldgeber schauen zurück zu mir. Ich fühle den Druck der Steine durch die dünnen Sohlen meiner Ausgehschuhe. Auch die Mütze spüre ich, wie sie fremd auf meinem Kopf sitzt. Ich sehe ihre Blicke gespannt auf die Beutel gerichtet, die ich in meinen Händen trage. Ich habe nur noch ein kurzes Stück der Straße zu laufen, noch einmal um die Ecke, und es ist geschafft.

Nun schaue ich wieder nach vorn. Ich sehe sie, mehrere Offiziere, die aus der Kaserne wollen. Ich muss an ihnen vorbei. Ich versuche mich zu erinnern, wie man sie zu grüßen hat. Es fällt mir ein, *die rechte Hand an den Mützenschirm.* Aber wie, wenn die Hand einen dicken Beutel trägt, soll ich versuchen, den Beutel in die linke Hand zu wechseln, aber da ist auch schon ein Beutel, beide zu groß und zu schwer. Es fällt mir die Regel ein, *wenn beide Hände nicht abkömmlich sind, den Kopf mit einer zackigen Drehung den zu Grüßenden zuwenden.* Nun sind sie auf meiner Höhe. Aus Schwäche, weil ich mich nicht entscheiden kann, versuche ich es mit einem Kompromiss. Ich wechsle den anderen Beutel nicht in die linke Hand, sondern nehme den Kopf herum, allerdings nicht zackig wie vorgeschrieben, sondern langsam. Es muss so aussehen, als würde ich sie beobachten, anstatt zu grüßen.

Ein Augenblick vergeht, ich bin schon an ihnen vorbei. Da erschallt hinter mir ein Ruf, Genosse Soldat, ich gehe einfach weiter. Ein weiteres, schärferes Genosse Soldat, kommen Sie mal zurück, zwingt mich stehen zu bleiben, mich langsam umzudrehen und zu den Offizieren zurückzulaufen. Was haben wir denn da in den Beuteln, also packe ich aus, Flasche für Flasche, mitten auf der Straße. Die Blicke aus den Fenstern meiner Kompanie und die Blicke der Offiziere verfolgen jede meiner Bewegungen.

Am späten Abend, als schon alle schlafen, bekomme ich meine erste Strafe, fünf Arbeitsverrichtungen außer der Reihe, zur Erledigung der ersten stehe ich in einem riesigen, leeren Keller, ich soll einen Berg Kohlen von einer Ecke in die andere schaufeln, ich habe so was noch nie gemacht. Ich bekomme eine Forke, mit der ich versuche, von der Seite in den Berg zu stechen. Sosehr ich aber drücke und stochere, es gelingt mir nicht, in den Kohlenberg hineinzukommen. Am Ende, der Schweiß steht mir auf der Stirn, habe ich ein winziges Kohlestückchen vom Berg abgekratzt. Es liegt zwischen den Zinken, einsam. Ich gehe in die andere Ecke des Kellers, um es dort wieder abzuladen, doch unterwegs, vielleicht durch eine unvorsichtige Bewegung, hopst es zwischen den Zinken heraus auf den Boden und kullert davon.

60

ES IST WIEDER ABEND GEWORDEN, ich klettere in mein Bett. Es ist der einzige Ort, an dem ich in Ruhe nachdenken kann. Von hier aus beobachte ich meine Zimmergenossen. Sie sitzen am Abend um den Tisch und basteln Bierkrüge, während der Ofen glüht. Aus einer abgesägten Weinflasche ist ein grünes Glas entstanden, darauf werden einzelne Holzklammern geklebt, einmal rundherum, an einer Stelle oval ausgeschnitten. Darin klebt das Etikett von einer Bierbüchse. Auf die Klammern kommt ein hölzerner, geschnitzter Griff, er hat die Form einer nackten Frau. Beim Anfassen hat man den Daumen genau auf ihrer Brustwarze, oben gibt es einen geschnitzten Deckel, der sich aufklappen lässt. Auf das frische Holz werden mit dem Lötkolben braune rauchende Spuren eingebrannt, die dem ganzen einen älteren Charakter geben.

Es ist die Ruhe vor dem Sturm, nachher muss ich noch saubermachen. Jetzt reden die Kameraden ein bisschen, einer nimmt den Pinsel und schaut auf den Leim daran, der wurde aus toten Juden gemacht, sagt er, aber das wollen die anderen nicht glauben. Am Ende wird der Bierkrug mit farblosem Lack bestrichen. Nun ist es spät, bald ist Stubendurchgang.

Ich muss runter vom Bett, den Leim und die Holzreste vom Tisch räumen, überall ausfegen. Der Ofen muss leer sein, das ist das Schwerste, ich öffne die Klappe, nehme einen Eisenhaken und fädele ihn in den Griff vom vollen, glühenden Aschekasten, so kann ich ihn herausziehen. Damit laufe ich von meinem Zimmer den langen Flur bis zur Mülltonne hinter dem Haus. Da raucht es schon raus. Leider ist ein dünner Streifen von Asche auf dem Flur liegen geblieben, wie bei Hänsel und Gretel ist die Spur leicht zurückzuverfolgen. Das Zimmer ist sauber, aber den Flur muss ich noch mal bohnern. Ich muss leise sein, die Kompanie schläft schon, das Panzergewicht in meinen Händen macht klick, klick beim Hin- und Herschieben, ich komme wieder spät ins Bett.

61

ICH STEHE IN MEINER AUSGEHUNIFORM auf dem kleinen Bahnhof. In diesen lächerlichen Schuhen, die mich drücken, in der Hand meine schmale Krankenakte. Ich komme aus der Sprechstunde vom Arzt in der Kreisstadt. Das Gespräch war unbestimmt. Er kann nichts Genaues sagen, als Einziges ist klar, ich komme nicht weg von der Armee. Vom Arzt bin ich anstatt zurück in die Kaserne zum Bahnhof gefahren. Am Schalter sage ich Berlin, aber so leise, dass die Frau hinter dem Schalter mich nicht versteht, ich erschrecke mich selber vor dem Wort, nun ist es ausgesprochen, und dann sitze ich auch schon im Zug. So sieht also Flucht aus.

Ich schaue aus dem Fenster, ich kann draußen höhere Häuser sehen, das muss schon Berlin sein, gleich bin ich zu Hause. Ich laufe die Treppen hoch und ziehe mich im Gehen aus, so dass ich in Unterwäsche klingele, weg mit der Uniform. Lea kommt gerade vom Schreibtisch, sie fragt nichts. Am Abend gehe ich zur Prinzessin. Wir stehen in der Küche. Du bist einfach abgehauen, lächelt sie. Dann sagt sie mir, ich müsse gehen, ihr Mann würde gleich kommen. Ich versuche, sie noch in die Arme zu nehmen, aber sie zuckt nur mit den Schultern. Am nächsten Tag setze ich mich wieder in den Zug und fahre nach Bad Saarow, ins zentrale Armeelazarett. Man nimmt mich am Eingang in Empfang.

Ich komme in die geschlossene Abteilung, später werde ich in ein Zweibettzimmer verlegt. Neben mir liegt ein Mann und stöhnt, sie haben ihm Flüssigkeit aus dem Rückenmark entnommen. Der Doktor sieht minderjährig aus. Ich erzähle meine Geschichte. Was soll ich machen, er schaut aus dem Fenster. Er kann nicht helfen.

Am Morgen sitze ich im Pförtnerhäuschen des Krankenhauses, wieder in Ausgehuniform, ich warte auf den Unteroffizier aus meiner Einheit. Leise murmelt der Fernseher, im Aschenbecher schwelt eine Kippe. Es ist so gemütlich hier, ich würde gern für immer bleiben.

Als ich zurück in der Kaserne wieder in mein Zimmer komme, warten sie schon auf mich. Du kannst dich frisch machen, hast dich verpisst, zischt es mir entgegen. Sie verurteilen mich wieder, diesmal zu Arrest. Ich gehe packen, es ist mir ganz recht, jeder Tag, den ich nicht hier verbringe, ist gewonnen. Im Knast gehe ich schnell in meine Zelle. Ich habe in einer Ecke Schwarzkombis gefunden, Uniformteile, die ich mir zum Schlafen unterlege, ich habe die Zelle für mich, aber eine Fensterscheibe gibt es nicht, ich kann den Nachthimmel sehen. Auf einmal stehen welche um mich herum, was bildet sich der Spritzer ein, aber milde nehmen sie mir nur die Schwarzkombis weg.

Am Tage werfen wir Abrisssteine, ein Offizier lässt sich ein Häuschen von uns bauen. Die Steine müssen auf einen LKW verladen werden. Meine Hände bluten. Es ist schwer, zwei Steine gleichzeitig zu fangen. Ich bin zum Fegen eingeteilt, das ist ein wunderbarer Job. Ich mache die Bewegungen langsam, es sieht so aus, als würde ich arbeiten, aber ich schließe die Augen, sehe hinter den Lidern meine Jeans von ganz nah, ich fliege zwischen Jeansfäden, ich tauche direkt ein, hier blau, dort gelb oder weiß, das ist meine Freiheit.

Ich wehre mich nicht mehr, zähle nicht mal mehr meine Tage, ich trotte nur dahin, wenn man mich anspricht, reagiere ich nicht, ich warte auf die Momente im Bett. Die Zeit soll einfach nur vergehen. Ich spüre keinen Schmerz, keine Wut. Ich denke nicht an später oder erinnere mich an vorher. Ich bin glücklich, ein Moment des Schwebens, ein Zustand, in dem ich nicht mehr reagiere. Die Sirene, die Schreie klingen nur noch ganz entfernt.

Ich habe die Tabletten gesammelt, sie sind in meinem Schrank, im Fach mit dem Schloss, sie warten auf mich, sie locken mich. Es ist wieder dunkel, wieder schlafen alle, heute tue ich es. Ich klettere runter vom Bett, ich muss nur leise sein. Ich brauche kein Wasser. Ich schaffe das auch so. Ich gehe an mein Fach, ich öffne es, die erste Tablette tut noch weh beim Schlucken, aber ich gewöhne mich daran. Ich klettere wieder hoch, höre das Schnarchen, es ist nicht viel zu sehen, das Licht scheint nur durch die Milchglasscheibe im Flur.

Mein Unterzeug ist dreckig, wir können es nur alle vierzehn Tage zum Waschen geben, es ist mir peinlich, dass sie mich so finden werden, ich bin so müde, mein Bett quietscht, aber ich muss mich noch einmal drehen. Ich denke an das Mädchengesicht, das ich von der Wand aus Lenas Wohnung kenne. Lena hat gesagt, es ist die Maske einer Frau, die im Tode lächelt, man hat sie aus der Seine gezogen. In diesem Moment ist es mein Lächeln, Mutter lächelt auch manchmal so und jetzt ich. Jetzt bin ich frei, auf einmal klingt das Schnarchen der anderen neben mir vertraut und freundlich.

Als ich wieder zu mir komme, spüre ich, wie sie mich tragen. Meine Füße schleifen über die Regimentsstraße. Sollen sie doch machen, ich lächele. Dann werde ich wieder in meinem Bett wach, ich habe Schmerzen bei jedem Atemzug. Sie stehen um mich und erzählen mir, dass mir der Doktor einen roten Schlauch in den Mund gesteckt hat. Sie reden schon eine Weile, los, raus, du Schwein, du Verpisser, sagen sie gutmütig und drücken mir eine Zahnbürste in die Hand, mach sauber. Nun stehe ich schwankend bei den Klos. Wieder muss ich lächeln, obwohl es im Hals brennt. Ich lasse mich einfach auf den Boden fallen und schlafe ein. Mit dem Einschlafen baue ich mir einen Kokon um die Erinnerung, später gibt es sie nicht mehr, es ist nie geschehen. Ich werde wieder verurteilt, diesmal wegen unerlaubter Entfernung von der Truppe, so nennt man das.

62

SIE VERSETZEN MICH. Ich ziehe ein Haus weiter, statt Motschütze bin ich jetzt Artillerist im zweiten Diensthalbjahr, ein Mittelpisser, nun sind andere Mode. Ich habe mir ein paar Schallplatten von zu Hause mitgebracht, hole den Plattenspieler aus dem Clubraum und stelle ihn in unsere Bude, ich spiele *Jumping Jack Flash*. Der Chor dröhnt und schreit, das macht Carsten aus meinem Zimmer nervös, er hat schon eine halbe Flasche Klaren drin. Er erhebt sich aus seinem Bett und nimmt mit einem scharfen Wrrscht meine Platte runter, legt sie grob und nackt auf den Tisch. Mehr traut er sich nicht, wir sind beide Mittelpisser, deshalb kann er nicht härter auftreten.

Er hat auch eine Schallplatte dabei, es ist eine Single, das Rauschen am Anfang läuft. Er geht zu seinem Schrank, löst die Reißzwecke vom Foto, das daran hängt, ein Frauenkopf ist darauf. Carsten sagt, sie wäre seine Verlobte. Sie hat jedenfalls genau solche kleinen Augen wie er, aber seine glitzern jetzt. Er geht rüber zu Torsten, der liegt auf seinem Bett oben in der Ecke, oben liegen heißt, er ist ein abgebrochener Dreiender, sollte Unteroffizier werden, er hat es nicht geschafft, nun ist er bei uns gelandet, er ist ganz unten in der Hierarchie. Torsten hat ein langes weißes Nachthemd an, rote Wangen, aus denen milchiger Flaum sprießt. Er bemüht sich wirklich, allen zu Diensten zu sein.

Carsten zieht ihn an seinem Nachthemd zu sich, er will tanzen. In der Linken hält er das Foto von seiner Verlobten, das er anstarrt, und die rechte Hand von Torsten, mit der Rechten umfasst er ihn so eng, dass Carstens Fingerspitzen in die Ritze von Torstens Hintern greifen. Das Lied läuft, und Carsten tanzt mit Torsten umschlungen, Susi, was hast du getan, deine – kling – die macht mich so an. Torsten kann nicht zurück ins Bett, Carsten hat auf Wiederholung gestellt.

Immer ist der Clubraum leer, wenn im Fernsehen die Nachrichten kommen. Ich kann mir einen der Stühle aussuchen. Die Werktätigen distanzieren sich vom Feind Biermann, der nun im Westen ist. Die Sprecherin sagt, dass sich ein verrückter Pfarrer im Thüringischen angezündet hat. Hier drin geht alles seinen Gang wie immer, und ich zähle wie alle anderen meine Tage.

Jeden Abend stehen Soldaten im Trainingsanzug in langer Schlange an der Stirnseite des Regimentsplatzes vor der einzigen Telefonzelle. Die Schlange hört zu, wie drinnen jeder das gleiche Ritual vollzieht. Das Markstück in den Schlitz stecken, das Amt anrufen, der Amtsstimme die Nummer durchsagen, dann Warten auf das Klingeln. Sogar die Fragen und Antworten beim Gespräch klingen gleich, wie geht es dir, mir auch, was macht denn der, habe auch lange nichts gehört, bis der Nächste eine Hand aus seiner Hosentasche zieht und mit seinem Markstück an die Scheibe klopft. Die Schlange steht und friert, wie die Pappeln, die den Platz säumen, wo oben in den Zweigen die schwarzen Krähen hocken, die plötzlich ohne Grund mit einem gemeinsamen Krah, Krah aufsteigen und über dem Regiment ihre Runden drehen.

In jeder Nacht stehe ich im Büro des Offiziers und unterschreibe, dass ich mich für weitere fünfundzwanzig Jahre verpflichte, an jedem Morgen wache ich erleichtert auf.

Am Tag der Entlassung werde ich wieder unvorsichtig. Ich ziehe mir die Jeans, die Turnschuhe und die Lederjacke an. Dazu stecke ich mir einen Kaugummi in den Mund, den ich kreisen lasse. Ich will noch einmal durchs Regiment laufen, ich kann es nicht lassen. Draußen sehe ich mich um. Sie haben Fische aus Holz an die Laternen gehängt, deren Pfähle sie unten mit Seife eingeschmiert haben, so dass man die Fische nur schwer herunterholen kann, es ist die letzte Sportart vom Toto Sechs aus Neunundvierzig, ein Ritual, der gefeierte Abschied. Das macht die Offiziere wütend. Sie fangen mich auf der Straße ab, Sie haben nicht vorschriftsmäßig gegrüßt. Zwei Soldaten führen mich in die Zelle. Ich kenne das Spiel, ich sage den Bewachern, sie sollen mich ans Telefon lassen. Ich spreche mit meinem Batteriechef. Er ist betrunken, das macht ihn generös. Genosse Oberleutnant, man hat mich verhaftet, weil ich nicht vorschriftsmäßig gegrüßt habe. Bald kommt ein Unteroffizier unserer Batterie, und unser Chef lässt uns ein letztes Mal antreten, wir haben unsere Taschen in der einen Hand und in der anderen ein letztes Ritual, den breitgetretenen Löffel. Den Löffel, den du wegschmeißt, wenn du für immer gehst, aber so breitgeklopft, dass er nie mehr benutzt werden kann.

Wir stehen vor dem Tor nach draußen, unsere Namen werden verlesen, wer dran ist, geht zu den LKWs zum Abtransport. Ich bleibe als Letzter übrig. Der Offizier vom Morgen sagt, was machen Sie denn hier, zurück in die Zelle mit dem Mann, ich werde wieder abgeführt. Ich sehe aus dem vergitterten Fenster, ich höre das fröhliche Klappern der Löffel, sehe, wie die LKWs davonrollen. Nachts schließen sie meine Zelle auf und lassen mich gehen, am Morgen stehe ich auf dem S-Bahnhof kurz vor Berlin. Ich muss warten, bis der erste Zug in die Stadt fährt. Ich bin entlassen aus dem Staat in den Staat.

63

HEINRICH UND ROSA ziehen noch einmal um. Im jüdischen Altersheim von Kapstadt verbringen sie ihre letzten Jahre, als Heinrich seine Ruhe findet, trägt Rosa vier Wochen Schwarz, sitzt mit dem Gebetbuch, ganz nach jüdischer Tradition, Konrad sagt, warum trauerst du um ihn nach alldem, sie sagt zu Konrad, du hast nicht den Verstand deines Vaters geerbt. Als auch sie stirbt, wird Konrad klar, dass sich die Eltern noch einmal verabredet haben, hier, in fremder Erde wollen sie nicht begraben sein, keinen Stein soll man von ihnen finden. Dafür gehen sie über das Gesetz. Sie lassen sich verbrennen, ihre Asche wird ins Meer gestreut.

64

ICH GEHE WIEDER JEDEN TAG aus in die Clubs, wo Musik gemacht wird. Da sehe ich sie auf der Bühne stehen und singen. Mit ihrer starken Brille hat sie etwas Herbes, nur gelegentlich kann man dahinter ihre spöttischen Augen funkeln sehen. Hinter der Bühne bitte ich sie mit Herzklopfen um ihre Telefonnummer. Ich sitze das erste Mal bei ihr zu Hause, den Fuß ohne Schuh auf ihrem Sofa, damit ich die Gitarre halten kann. Sie, hinter ihrem weißen Flügel, raucht Zigarren, hmm, brummt sie ohne Kommentar, jetzt bitte ohne Gitarre, sie spielt dazu, nehmen Sie die Hand runter, zeigen Sie nicht auf den Mond, wenn Sie von ihm singen, sagt sie, etwas muss ihr gefallen haben, und sie ist der Schlüssel zu der Eingangstür meines Traums. Sie ebnet mir den Weg, denn sie ist Lehrerin an der Schule, für die ich die Aufnahmeprüfung machen werde.
    Ich gehe in das abgeblätterte Haus, da ist sie inmitten der anderen Lehrer und der aufgeregten Jungen und Mädchen, die alle auf die Bühne wollen. Sie zwinkert mir zu. Ich gehe ein paar Stufen hoch, sehe in die Gesichter unten, ich schließe die Augen für mein Lied. Sie kommt auf den Flur, auf dem ich warte, um mir zu sagen, du hast bestanden, wir nehmen dich im nächsten Jahr.

Ich werde warten. Ich werde ein Jahr die Bäume beobachten. Das Färben der Blätter ins Gelbe und Rote, die Kastanien, wie sie halb heraushängen, wie sich alles löst und fällt, der kahle Baum mit Schnee bedeckt, die klebrigen Knospen, die vollen hellgrünen Blätter, die sich immer dunkler färben, die ersten stachligen Kastanien, die immer größer werden. Und genau um diese Zeit in einem Jahr werde ich wieder im abgeblätterten Haus sein. Ich werde Musik studieren, ein großer Künstler werden. In der Zwischenzeit brauche ich einen kleinen Job, nur, um genug zu essen zu haben.

Ich gehe ins Büro der Gemeinde und frage nach Arbeit, sie zucken mit den Schultern und sagen, du kannst halbtags anfangen. Ich kenne den Friedhof schon seit meiner Kindheit. Ich gehe die Straße runter, bis zum Tor, wo sie endet. Nie ist ein Mensch dort, es gibt nur diese paar Gestalten, die wie ich mit Schubkarre durch das riesige Gelände schleichen. Feld acht, Reihe dreiundzwanzig. Auf meiner Karre liegt eine Hacke, damit schlage ich mich durch das Efeugestrüpp vom Hauptweg bis zum Grab.

Um zwölf Uhr mittags kommt das Mercedes-Taxi von Westberlin, ein paar schwarz umhüllte Schuhe steigen aus dem Fond, der Mann trägt Gummigamaschen, auf der anderen Seite steigt seine Frau mit Kopftuch und Ringen an den Fingern aus dem Auto. Sie kommen, nach kurzem Aufenthalt im Büro, den langen Weg hinunter bis zu mir. Ich bin gerade fertig geworden. Das Paar läuft durch meinen in das Gestrüpp gehackten Tunnel bis zum Grab. Sie machen frische Spuren in die Erde.

Sie sind von weit gekommen, erst im Flugzeug von Amerika, im Taxi vom Flughafen über die Grenze, den ganzen langen Weg vom Eingang des Friedhofs bis in den hinteren Winkel zu dem Stein des Vorfahren, für den sie seit vielen Jahren Grabpflege bezahlen. Ich weiß, was sich gehört, drehe mich diskret weg, solange sie dort stehen. Danach kommt er zu mir, drückt mir ein Geldstück in die Hand, zwei Westmark. Dann schlafe ich in der Herbstsonne im Laub.

Ich öffne die Augen. Konrad steht vor mir. Wenn ich schon mal in Europa bin, komme ich auch bei euch in Berlin vorbei.

Wer hat dir gesagt, wo ich zu finden bin, er antwortet nicht. Es muss das geheime Familiengeflüster sein, von dem ich wieder mal nichts weiß. Er greift in die Hosentaschen, wo es schon klimpert. Er holt Münzen heraus, viereckige, mit Loch in der Mitte, silberne, goldene, große und kleine. Er drückt sie mir in die Hand, ich packe sie zu meinem Zweimarkstück. Ich weiß schon, in den Münzen steckt die Welt, er war in Indien, China, quer durch Europa, bis er den Abstecher nach Berlin gemacht hat. Wir gehen zusammen über den Friedhof spazieren, als wir am riesigen Aschroth-Memorial vorbeikommen, sagt er, die Leut leben, den alten Witz muss er von Heinrich haben. Dabei raucht er ungeniert seine nächste Zigarette, deren Asche auf seinen Pullover über der Brust fällt. Dann geht die alte Platte wieder los, Heinrich war ein Schwein, er hat mich rausgeschmissen. Ich habe ihn nie getroffen, sage ich, ich kenne nur seine Stimme, Mutti hat mich nachts aus dem Bett ans Telefon geholt, wegen des Zeitunterschieds. Wie lange bleibst du, frage ich. Ich fahre weiter nach Hamburg, sagt Konrad.

Am Eingang steht ein kleines Schild, immer suchen sie Leute zum Aufpassen. Ich habe die Arbeit gewechselt, ich bin nun Aufsicht im Museum, also drinnen. Hier ist immer die gleiche Temperatur. Es ist kalt geworden, draußen. Der Job beginnt um zehn Uhr. Ich gehe in den kleinen Aufenthaltsraum zu meinem Schrank und lege meinen Mantel ab, dann durch eine unauffällige, kleine Tür, weiter durch die hallenden Gänge. Niemand ist zu sehen, dabei ist unten das Haupttor schon für Besucher geöffnet. Ich bin noch betrunken vom Vorabend, lege mich auf die Besucherbank aus Samt, sie steht direkt an den großen Treppen, am Eingang des von mir bewachten Bereichs. So kann ich Schritte schon von weitem hören. Es gibt nur noch das Brummen der Feuchtigkeitsspender und das Sausen in meinen Ohren. Ich habe ein kleines Heft, da hinein soll ich für jeden Besucher einen kleinen Strich machen, aber wenn niemand kommt.

Ich wache nach einer Weile auf, erhebe mich und gehe in meiner Abteilung der Alten Meister durch den ersten Saal. Hier sind Ikonen, außer dem glitzernden Gold darauf gibt es nichts, was mich hält. Dann kommen die moderneren Bilder, der heilige Sebastian, von den Pfeilen durchbohrt. Das Licht kommt direkt aus dem Bild, denn von der Decke ist es trüb, die Scheiben sind verdreckt. Deshalb sind zusätzlich noch Neonröhren oben, die alles noch müder und diffuser machen. Das alte Parkett knarrt unter meinen Schritten, ich laufe immer in derselben Spur. Ich gehe in den Raum, ganz nach hinten. Die Frauen sind groß, nackt und üppig und quellen von der Wand, die Männer stark und selbstbewusst, der Raum ist winzig, dass ich ganz dicht an den Rubens gedrückt werde.

Ein süßlicher Geruch steigt in meine Nase. Meine Kollegin steht neben mir, sie hat die graue Aufsichtsuniform an, nimmt die rote Kordel und sperrt damit vorsorglich den Zugang. Die Besucher, die am Nachmittag hereinkommen, werden von ihr vertrieben. Mittags hat sie mir noch gut gelaunt ihre Stullen in die Hand gedrückt, im kleinen Aufenthaltsraum, in dem wir Pause machen. Aber jetzt, zum Feierabend, kennt sie kein Pardon, sie will pünktlich zu Hause sein.

65

ENDLICH SIND DIE KASTANIEN DA, es ist wieder Herbst. Endlich studieren. Ich gehe in das abgeblätterte Haus. Aus allen geöffneten Fenstern dringen schon die Klänge der Instrumente, ein Inferno der Geräusche. Das hohe Vibrato einer Frau, dumpfe Trommelschläge, plinkernde Klaviere, quietschende Geigen, Posaunen, Trompeten. Ich gehe durch den Eingang aufs Klo, sogar hier steht einer neben den Pissoirs und spielt das Großvatermotiv aus *Peter und der Wolf* auf dem Fagott zum beißenden Geruch.

Ganz unten im Keller sind wir, die Tanzmusiker, da steht ein alter abgenutzter Flügel. Man erzählt uns von den Wurzeln der Beatmusik in der Sowjetunion, und danach fahren wir ins Erntelager. Dort liegen wir auf Pritschen und drücken uns vor der Arbeit. Ein Mädchen tanzt durch den Raum, sie trällert mit hoher Stimme einen Blues zu der Gitarre, die träge von der Pritsche kommt, wie sie ein Blümchen über das i in ihrem Namen malt.

Das Studium ernüchtert mich, ich will Künstler sein, kein Musikbeamter, ich will unterwegs sein, nicht mehr zu mir kommen, ein aufregendes Leben führen, in einem Film sein, der niemals endet, jeden Abend neuen Zauber zwischen Scheinwerfern und Lautsprechern, Krach und Rauch. Stattdessen gehe ich zur Fortsetzung der Schule.

Meine Bank und mein Gefühl teile ich mit einem Kommilitonen, er spielt Gitarre in einer Band. Wir reden, ich zeige ihm Blätter, auf denen gereimte Worte drauf sind, die mir gefallen, er schreibt Noten dazu. Wir nehmen ein Lied auf, hören uns nachdenklich an, was aus dem Lautsprecher kommt, organisieren Musiker dazu, die mit uns spielen wollen. Aber wir brauchen einen Proberaum, Instrumente, Verstärker, einen LKW, ein Engagement, für jeden eine Genehmigung. Wir finden einen Mann mit schwarzem Bart, er ist eine Art Zauberer, auf alle unsere unlöslichen Probleme weiß er Antworten, da ist ein klappriger Bus, da sind Verstärker, da ist ein Ziel, wir fahren und spielen in einem kleinen Kaff zum Tanz. Wir bauen auf, wir proben, der Mann im weißen Kittel hinter dem Tresen im Saal hält ein Foto von einer Band mit blonder Sängerin in der Hand und schaut zu uns auf die Bühne, mit ihnen hat er für heute den Vertrag, für solche Probleme ist unser Zauberer da, er geht mit ihm in sein Büro, nein, es gibt keinen Ärger, wir bekommen sogar zu essen, wenn alle Küchen geschlossen sind.

Das Kulturprogramm ist zu Ende, schreie ich bei meinem Auftritt ins Mikrophon. Alle sehen mich an. Es ist doch einfach, ich mache mir die Augen schwarz, habe eine große Puppe auf der Bühne, mit der ich Liebe mache. Ich bin im Traum, im Nebel, das macht es euphorisch. Es ist ein rasendes Tempo, ein Hecheln, das nie mehr aufhört.

Den Clown, der ich bin, kenne ich von früher. Mein Bruder Johann hat darin eine Meisterschaft entwickelt, er nimmt von der Flurgarderobe einen Hut, einen Schal, er verwandelt sich, er ist eine alte Frau, ein Prolet von der Straße, ein anderer. Er lässt nicht locker, bis Lena und ich lachen, ich zuerst, weil ich ihm gefallen will. Ich halte mir die Wange, ich brülle schmerzverzerrt, wenn Lena auf der Straße so tut, als ob sie mir eine Ohrfeige gibt. Es ist erst gelungen, wenn die Umstehenden schreien, schlagen Sie den Kleinen nicht. Ich wende an, was meine Geschwister mir als kleiner Junge beigebracht haben.

Es ist die Sehnsucht aufzufallen, das geht in der Maske des Clowns. Ich brauche nur den schwarzen Stift für die Augen, die lebensgroße Frauenpuppe, dazu die Blicke meiner Musiker, die mich anheizen. Die Bühne gehört mir. Es ist eine Haltung, bereit, sie jederzeit anderen vor die Füße zu spucken. Dabei beobachte ich die Reaktionen genau. Wenn Wut die Zuschauer übermannt, drehe ich schnell alles in einen Scherz, so dass die Verblüffung und das Lachen als Reaktion überwiegen. Ist die Show vorbei, wird es öde, und ich kann mich nur noch betrinken, der Film verliert an Poesie. Jetzt heißt es nur noch, wo kommt mehr zu trinken her, wo sind ein paar Mädchen. Bald ist aus dem Spiel Ernst geworden, bald sind wir nicht mehr wir, die Band, wir sind durch den Erfolg zu Konkurrenten geworden. Wir machen es jetzt ganz anders, sagen sie, du bist raus.

66

DAS TELEFON KLINGELT. Wären Sie bereit, mit einer bekannten Band zusammen einen Auftritt zu absolvieren. Dieser merkwürdige Anruf. Die sind Profis, spielen in einer ganz anderen Liga, was wollen sie von mir, Rolf und Peter haben mich angeschaut, haben sich ein Urteil gebildet. Den Jungen holen wir uns ran. Ihr Star hat sie verlassen, sie brauchen Ersatz, mich können sie formen, für mich ist es eine Fügung.

Ich habe eine neue Familie. Peter ist mein neuer Vater, er ist der Kopf, der sich nie von überstürzten Gefühlen leiten lässt, Rolf ist beliebt, immer spontan und gefühlvoll. Peter arrangiert für mich das Unangenehme, übernimmt Verantwortung. Rolf, meine neue gefühlvolle Mutter, streicht mir über den Kopf, macht sich zärtlich über mich lustig. Ich kann mich auf Peters kontrollierende Liebe verlassen, so wie auf Rolfs Geschmack, auf die ganze Band, wo ich mich geborgen fühle.

Peter ist das einzige Kind seiner Eltern, die ihn spät bekommen haben. Die Oma hat er geliebt, und den Opa, im Thüringischen, wo er zuerst hingebracht wurde. Alles war warm, eng und gemütlich, solange er bei ihnen war, aber dann nehmen ihn die Eltern doch mit zu ihrer Arbeit, erst nach Peking, dann nach Kairo. Von jetzt an hat er ein eigenes, sauberes, viel zu großes Kinderzimmer, es ist still, und er hört von ferne die neuen Halbtöne der Stadt, wenn der Mann vom Turm allahakba ruft. Immer dasselbe schwarze Auto, das morgens vor dem Haus steht, der Diener, der ihn abholt, der große schwarze Mann, mit dem er erst in den Kindergarten und später in die Schule fährt.

Nur einmal nimmt sein Vater ihn zu einem Ausflug mit. Sie laufen lange durch das staubige gelb-braune Gestein, bis sie an der Wasserkante stehen. Peter hat gerade schwimmen gelernt und redet pausenlos auf den Vater ein, doch der zieht sich schon aus, legt seinen Anzug sauber gefaltet in den Staub, und Peter tut es ihm nach. Das Schiff ist plötzlich da, es füllt beinahe den Kanal vor ihnen aus, so dass Peter den Kopf in den Nacken legen muss, als es so dicht langsam an ihnen vorübergleitet, da kommt aus dem Schiffsbauch ein tiefer, übermächtiger Ton, der in Peter vibriert. Peter wünscht sich, dass es aufhört, aber etwas vibriert in ihm weiter, und dann ist es wieder still, wie in seinem Zimmer. Der Vater spricht, zeigt aufs Schiff, sein Mund bewegt sich, aber Peter kann ihn nicht hören. Er muss dem Vater einfach alles nachmachen. Kaum dass sich die Wellen gelegt haben, steigt der ins Wasser und zieht mit ruhigen Zügen los, Peter schwimmt, so schnell er kann, hinterher. Sie schlagen an der gegenüberliegenden Seite an und schwimmen zurück. Wieder schweigt der Vater, wie er es zu Hause vor dem Fernseher tut. Sitzt, schweigt und trinkt Bier, nur wenn Heintje im Fernsehen singt, wenn etwas im Vater zum Weinen gebracht wird, dann kann Peter ihm nah sein, steht hinter ihm und möchte ihn berühren.

Dafür redet die Mutter umso mehr, aber Peter hat früh gelernt, ihre Worte nicht mehr wahrzunehmen als plätscherndes Wasser. Der Vater macht eine Kopfbewegung, ein Rollen mit den Augen, wenn die Mutter zu laut, zu aufgeregt wird. Dann ist Ordnung, das ist das Gesetz der Familie.

Die Mutter kämmt Peter die Haare nach, sein weißes Pionierhemd untersucht sie genau auf Flecken, bindet ihm das blaue Halstuch sorgfältig, die Eltern fahren mit Peter zum Flughafen. Da wartet eine brodelnde Menschenmenge, sie schieben ihn immer weiter hindurch, drücken ihm einen Blumenstrauß in die Hand. Peter wird hochgehoben zu dem fremden Mann mit Schnurrbart, dem die Menschen zujubeln, der erhöht steht, der so schrecklich süß riecht. Der fremde Mann küsst Peter, die Menge schreit, und auch die Eltern schreien, hoch, hoch, hoch, unser Genosse Nasser lebe hoch. Endlich lässt der Mann Peter wieder herunter.

Weil er so artig ist, bekommt Peter eine Gitarre geschenkt. Er kann schnell die Rufe Kairos nachahmen, und er hat auch noch eine Tabelle für die Finger dazubekommen, damit spielt er die ersten Akkorde. Aber im Fernsehen entdeckt Peter etwas viel Besseres, da kommt diese neue Musik, dieser Kerl, der sich so dreht und windet wie ein Mädchen, und der andere neben ihm, der die Akkorde so hinwirft, dass es Peter nie mehr loslassen wird. Das will er auch machen, mehr als Soziologie oder Mathematik, oder was man ihm auch immer vorschlägt. Er hat keine Mühe in der Schule, alles gelingt ihm, aber er will so wie die beiden Kerle sein.

Bald darf Peter schon auf der Bühne spielen, er hat jetzt statt des Pionier- das FDJ-Hemd an. Mit der Singegruppe, wie sich das nennt, ist Peter unterwegs, wie früher mit Mutter und Vater. Er reist wieder durch die Welt, aber die eigentliche Show ist nach der Show. Dann sind die Chefs, die hohen Genossen locker wie Vater, wenn Heintje im Fernsehen singt, dann rufen sie nach ihm, und Peter schnallt die Gitarre um, sie feiern und singen.

Paris, Mexiko, Wien, überall fährt die Delegation hin, und überall ist es die gleiche Soße. Los, Peter, sing, bau auf, bau auf, freie deutsche Jugend, bau auf. Der Abend ist immer der gleiche, das Gequatsche auch. Wenn das Offizielle vorbei ist, dann ist Peter gefragt.

Aber Peter hat die beiden Jungen aus dem Fernsehen nicht vergessen. So oft hat er im Geheimen vor dem Spiegel schon ihre Bewegungen geübt, natürlich kann er auch ihre Akkorde, kennt all ihre Lieder. Sie sind auf Englisch, diese Musik ist anrüchig, heißt es, also muss Peter sich gedulden.

Rolf ist mit seiner Mutter und dem Bruder allein, der Vater hat sie schon lange verlassen. Rolf hasst ihn dafür, aber Mutter verteidigt den Alten noch immer. Rolf, mein Süßer, dein Vater ist ein Zigeuner, ein Musiker und muss immer unterwegs sein. Es klingt nicht verächtlich, wenn sie es sagt, nur lustig und betrunken.

Dabei muss sich doch Rolf um alles kümmern und hätte so gern mehr Zeit für sich, Mutter und der Bruder nehmen schon am Vormittag einen Schluck aus der großen Flasche, dann wird kein Essen mehr gekocht, keine Wäsche mehr gewaschen, alles bleibt liegen. Rolf hat sich ein paar Schritte aus dem Fernsehen abgeschaut, jemand hat ihm gesagt, es heißt Pantomime, das ist, so zu tun, als würde Rolf eine Wand abtasten, wo keine ist, als würde er eine Treppe heruntergehen, und geht doch nur in die Knie.

Rolf liebt es, wie er seinen ersten Schnaps liebt, der alles in einen freundlichen Nebel taucht. Alle Blicke sind bei seinen lustigen Bewegungen, alle lieben ihn dafür und lachen, er ist der Größte. Nur Mutter wird das erste Mal traurig, als Rolf sagt, ich werde Künstler, Pantomime oder Musiker, ich werde fortgehen. Und plötzlich schimpft sie über seinen Vater, den Zigeuner. Rhythmus ist wie von selbst in Rolfs Leben, im Hämmern aus dem Werk von nebenan, in der Musik aus dem Radio sowieso, er muss sich nicht anstrengen, wenn er den Rhythmus klopft, er hat ihn im Gefühl, er hat ihn in den Fingern, in den Füßen.

Als einer der Jungs aus der Nachbarschaft eine Band gründet, kann keiner das Schlagzeug spielen. Rolf soll es machen, ihm ist es recht. Jedes Wochenende sind sie unterwegs und spielen auf zum Tanz, und Rolf hat nur ein Ziel, Berlin. Nur nie mehr zurück nach Limbach, dieses Kaff, wo er in einer halben Stunde von einem zum anderen Ende läuft. Nur nie mehr dieses vertrauliche Nennen seines Nachnamens, was ihn an Vater, den alten Säufer, erinnert, der eines Tages einfach verschwunden ist.

In Berlin hat er die süße Susi kennengelernt, sie nimmt ihn in ihrer Wohnung auf. Rolf braucht nicht viel, nur abends etwas zu trinken und Susi, die ihm so einen süßen Schmerz macht. Sie hat ein Kind von einem berühmten Schauspieler, und Rolf ist so oft unterwegs und fragt sich immer, was sie dann macht.

Doch für Rolf ist das Leben in Berlin so leicht. Niemand guckt ihn schief an, wenn er spät in die Kneipe an der Ecke verschwindet, niemand kennt seine Mutter und seinen Hallodri von Vater und ruft ihn bei seinem Nachnamen, und Susi ist süß und immer für einen lustigen Umtrunk bereit. Nur Mutter und der Bruder zerren schon bald wieder an ihm, komm, komm in den Westen, flüstern sie übers Telefon, sie haben Limbach bald nach ihm verlassen, sind in den Westen. Aber Susi ist hier, und Rolf ist so beliebt, wenn er in den Saal kommt, wo er spielt, dann lachen die Leute, da kommt unser Rolf, he, Rolf, trink einen mit uns mit, he, Rolf, spielst du heute ein Solo, Rolf, du bist der Größte, und spendieren ihm schon wieder einen Schnaps.

So wie Peter schnell begriffen hat, dass der Kerl aus dem Fernsehen an seiner Gitarre einfach eine Saite weggelassen und sie nach dem Akkord gestimmt hat, so weiß Rolf genau, was die Leute unterhält und zum Lachen bringt. Peter sitzt an Mutters Nähmaschine und näht sich einen Anzug für die Bühne, während sich Rolf der Erlösung entgegentrinkt.

Das sind meine neuen Eltern, das ist meine Familie, meine Band, mit der ich Tag und Nacht zusammen und unterwegs bin, mit der ich meinen Traum vom Künstler wahr machen werde, den Traum von meiner großen Bedeutung. Johann hat das Programm geschrieben, ich werde es in die Welt schreien, singen, schauspielen. Es wird sie verändern, es wird alles einreißen.

67

JEDEN TAG ARBEITEN WIR DARAN, sitzen in dem Übungsraum mit den kleinen Löchern in den Wänden. Peter ist immer als Erster da, wir sagen uns guten Morgen, schalten die Verstärker ein. Nun herrscht Verlegenheit, weil wir noch nicht beginnen können. Endlich kommt Rolf, die Straßenbahn ist ausgefallen, die S-Bahn ist zu spät, Susi macht Scherereien, murmelt er wahllos abwechselnd, er hat diesen tänzelnden Gang und riecht nach Rasierwasser, darunter ist der Alkohol von letzter Nacht. Er muss sich zu seinem Instrument durchdrängeln, der Raum ist klein. Wir starren vor uns hin, endlich nimmt er den Blätterhaufen, wie geht der Text, dazu stellt er sich ans Klavier, plinkert eine Phrase, ein paar Töne, liest laut, *ich fahre mit'm Omnibus der Linie achtundzwanzig, es riecht, wie's jeden Morgen riecht,* uuuah. Er hat den Kopf über dem Papier gesenkt, Peter nickt schon, sucht auf seiner Gitarre nach dem zugehörigen Ton, da ist er, dann schaukeln wir anderen uns dazu. Ich bekomme das Papier zurück, ich singe, und ein neues Lied ist geboren.

Es gibt ein Fenster zu einem weiteren Raum, da kann ich ein paar Köpfe erkennen. Da sitzen Kulturfunktionäre und lauschen, lesen den Text mit, machen sich Notizen. Es könnte noch Optimismus vertragen, so sind doch unsere jungen Leute nicht, tanzbar sollen die Lieder sein. Ihr müsst noch weiter daran arbeiten, sagen sie weise. Wir versprechen, an weiteren optimistischen Liedern zu arbeiten.

Peter kommt mit einer vorbereiteten Kassette, er hat sein neues Lied aufgenommen, wir hören mit ernsten Gesichtern das blechern klingende Geschepper. Alle schauen nach unten, ich werde wütend und neidisch auf Peters Ruhe, mit der er spricht und schon alles fertig hat. Deine Musik ist fleißig zusammengeklaute Pisse. Da zuckt Peters Augenbraue. Jetzt wirst du aber unsachlich, Jakob. Wir müssen uns einigen, denn bald ist der Tag. Dann ist die Kommission da, sogar das Ministerium, sie werden endgültig nicken oder den Kopf schütteln.

Wir sind im Saal, wo die Premiere stattfindet. Ich schreie, ich flüstere, ich brülle. Die Kommission sitzt ganz hinten im Publikum, von ihr hängt alles ab. Nach dem großen Krach von der Bühne ist Stille. Das Publikum ist müde, wir waren zu laut, zu heftig, zu mächtig. Aber das Publikum ist nicht wichtig, die Kommission entscheidet. Die Kommission schaut zum Chef. Der Chef schaut nach vorn ins Nirgendwo und lauscht in sich hinein. Endlich regen sich seine Augen, er weiß, dass es jetzt nur auf ihn ankommt. Er hebt die Hände, sein erster Klatscher ist das lang erwartete Zeichen, die Kommission setzt nun auch zum Applaus an, und das Publikum erwacht. Ach, der Chef ist müde, er trägt zu viel Verantwortung.

Peter überbringt uns die frohe Kunde, wir feiern, ab jetzt dürfen wir auf die Bühne, aber bald sitzen wir wieder in einem Dienstzimmer. Hier gibt es auch einen Chef. Wir wollen das Programm als Schallplatte veröffentlichen. Die mächtige Treppe nach oben, das Haus bildet die Grenze zu Westberlin, ich bleibe stehen, um den ungewohnten Blick zu genießen. Umrahmt vom Stacheldraht macht der Fluss einen Knick und verliert sich drüben auf der anderen Seite. Drinnen betreten wir das Büro der Sekretärin, es riecht warm nach Kaffee. Er wartet schon, nickt sie uns zu. Ich bin so stolz auf unser Programm, es soll verewigt werden.

Wir sitzen an der langen Achse des Tischs, während der Mann mit Goldrandbrille und Schafsfrisur hinter der Querachse im Chefsessel thront. Hinter ihm das vergitterte Fenster, durch das ich die Stiefel des Grenzpostens hin- und herlaufen sehe. Er sagt, das werden wir nicht veröffentlichen, vielleicht in zehn Jahren. Er hat längst entschieden. Peter senkt die Stimme, wir haben noch andere Lieder, die wir anbieten können, man wird sehen, sagt der Chef.

68

WIR SITZEN WIEDER in unserem Proberaum, wir sind verzweifelt. Was machen wir jetzt, wir gehen unseren Weg, was ist, wenn wir überwacht werden, ist mir egal, ich sag es jedem ins Gesicht, was ich denke, du sagst es jedem, weißt du, warum die Wände von unserem Proberaum kleine Löcher haben, dahinter sitzt der Mann, wir proben doch schon so lange Zeit, deshalb haben seine Ohren Spinnweben. Das ist zu lustig, Schluss für heute, wir brechen auf.

Peter ruft ein kurzes Tschüs in die Runde, läuft rüber zur Straßenbahn. Er hat noch Zeit, sich zu beruhigen, zum Nachdenken, er muss sich konzentrieren. Sie wollen ihn sprechen, ihn persönlich. Peters Mutter fragt nicht, sie hat ihm den Zettel auf den Nachttisch gelegt. Da stehen eine Uhrzeit, ein Name und eine Adresse drauf. Er hat den Zettel gelesen und zerrissen und weggeschmissen. So nehmen sie immer mit ihm Kontakt auf, mit einem Zettel im Postkasten. Das gehört alles zum Spiel, zu den vereinbarten Regeln.

Der Anfang liegt schon eine Weile zurück. Da sind sie das erste Mal in sein Zimmer gekommen, haben sich vorgestellt als Mitarbeiter, ob Peter für sie kundschaften würde. Peter hat gleich gewusst, das hier ist sein Abenteuer, sein Spiel, aber es soll auch Chance sein für die Band. Ich muss es den Genossen nur richtig sagen, sie machen das dann schon. Beinahe hätte er sich vorhin verraten. Aber Peter wird die Probleme schon lösen.

Diesmal ist es ein Wohnhaus, ein Neubau, sehr hoch, überragt die Gegend. Peter sucht auf dem Namensschild, Jonas stand auf dem Zettel. Er hört sein Lied noch mal im Kopf, er ist guter Laune, zum Spielen bereit, er fühlt sich geschmeidig. Sogar sein Gang verändert sich, er klingelt, er sieht im Spiegel vom Fahrstuhl sein Gesicht, zwinkert sich zu. Die Tür öffnet sich, noch die halbe Treppe hoch, oben ist die Wohnungstür angelehnt, Peter stößt sie auf, hallo, sagt er, drinnen Zigarettenschwaden. Der Genosse ohne Namen im grauen Anzug, nicht derselbe vom letzten Mal. Aber die Schreibmaschine, das Tonbandgerät sind wie gehabt. Peter setzt sich auf den bereitgestellten Stuhl, der Genosse sitzt ihm gegenüber, nickt ihm zu. Peter schaut zum Fenster raus, ins Grau des Berliner Himmels, richtig, sie sind höher als alle anderen, ein gutes Gefühl. Peter muss gleich sprechen, es liegt ihm so viel auf dem Herzen, aber die richtigen Formulierungen finden ist nicht leicht. Der Genosse nickt noch mal aufmunternd, das Gerät läuft schon, in der Schreibmaschine steckt das Papier für das Protokoll.

Warum das Verbot, Genossen, wir wollen doch zeigen, dass wir das Herz auf dem rechten Fleck haben. Wir haben unser Programm noch optimistischer gemacht, wie gefordert. Aber in Peter ist plötzlich eine Traurigkeit, woher ist sie gekommen, die Gisela, sagt Peter gegen seinen Willen, die macht mir Sorgen. Der Genosse nickt wieder, er weiß schon aus Peters alten Protokollen, reden lassen, den Mann, Peter und die Weiber. Lass ihn quatschen, hat ihn auch sein Kollege instruiert, Peter fühlt sich ungerecht von der Welt behandelt, seine Band darf nicht veröffentlichen, seine Gisela ist ihm untreu. Könnt ihr das regeln, Genossen, das ist es, ansonsten habe ich die Dinge im Griff, also wir zusammen, die Genossen und ich, versprechen können wir nichts, sagt der Beamte vorsichtig. Bevor Peter die Wohnung verlässt, muss er wie immer unterschreiben, danach fühlt sich Peter leer, aber erleichtert. Bald wird ihn ein neuer kleiner Zettel im Postkasten erinnern, neuer Ort, neuer Treffpunkt. Peter hat so viel zu tun, dazu gehört eben auch die

Drecksarbeit. Die Schallplatte dürfen wir nun aufnehmen, mit andern Liedern, er hat auch den Chef mit Goldrandbrille und Schafsfrisur überzeugt, er spricht seine Sprache.

69

VON NUN AN WIRD DIE Droge des Erfolgs immer stärker. Das Jubeln, der Abstand, der mir hinter der Bühne eingeräumt wird, die neugierigen, scheuen Blicke machen es mir leicht, nicht mit der Realität in Berührung zu kommen. Der Erfolg betäubt mein Gefühl, meinen Hass auf das System. Ich weiß, man beißt die Hand nicht, die einen füttert. Aber ich fühle mich auch stark, weil Peter, Rolf und die anderen bei mir sind, ich bin Familie geworden, Band und Bande zugleich. Wir sind wir, und wir haben Erfolg.

An der Tür steht der Einlasser und will uns nicht durchlassen zur Party. Überall diese verdammten Aufpasser, diese Verhinderer. Aus der Euphorie wird Wut, der Mann ist einer, wir sind fünf, noch ehe der Hilfe holt, haben wir ihn beiseitegedrängt. Dumm nur, dass wir ihm den Kiefer gebrochen haben. Als er in der Ecke liegt, wir über ihn steigen, sehe ich in sein Gesicht herunter, ich erkenne Detlef, meinen alten Mitschüler. Wir haben ihm in der Klasse die Haare abgeschnitten. Er trägt sie noch wie damals, bis über die Ohren, sie bedecken sein verschobenes Gesicht. Wir senden ihm einen Blumenstrauß ins Krankenhaus.

Wir spielen jeden Tag, um zehn die erste Vorstellung für Soldaten, um drei Uhr Nachmittag eine Matinee, um sieben am Abend im Jugendkulturhaus. Immer warten, Tonprobe, warten, spielen, warten, hastiges Essen, Tonprobe, warten, spielen, warten, Tonprobe, spielen, ins Bett.

Wir haben einen Auftritt im Fernsehen, das bedeutet noch schnellere Verbreitung, Fernsehen bedeutet Welt, Fernsehen bedeutet Traum vom Pop. In der kleinen Stadt ist die Turnhalle zum Studio geworden. Der Tross ist schon seit ein paar Tagen da, das Gewirr der Kabel, die bunten Pappwände, die Kameras. Wir schreiten durch die wartende Menge am Tor, um unser Lied in die Welt zu tragen.

Aber erst wieder warten, Peter und Rolf kennen sich aus, wo das Schild Kantine hängt, ist der Platz zum traulichen Plaudern. Hier sitzen wir, Künstler, Techniker, Maskenbildner, die große Familie der Unterhaltungskunst. Der Moderator, braungebrannt in seinem blauen FDJ-Hemd mit dem Manager aus dem Westen, der gefürchtete Redakteur Genosse Klein, der schon mal durch die Reihen geht und Anweisungen erteilt, die Haare verschwinden lassen, das Hemd rein, Jackett drüber, sagt er nach links und rechts zu den Musikern, von seinem Daumen hängt ab, ob du vor der Kamera stehst oder nicht.

Der Stargast ist noch nicht da, alle reden nur über ihn, deshalb wartet die Menge draußen am Tor. Er hat ein Pappschild mit seinem Namen an seiner Garderobe, dem Umkleideraum mit einer Bank, den Schränken aus Metall, dem Geruch nach Schweiß und Sport neben uns. Peter und ich sitzen noch immer in der Kantine. Peter erzählt mir von der Welt, von Mexiko, von Paris. Ich hänge an seinen Lippen, da will ich auch hin. Pop ist der Traum, einmal für drei Minuten mit einem Lied in die Welt und ein Teil von ihr sein. Dieses kurze Stück Musik, gleichmäßig, im unmerklich sich verschiebenden, treibenden Rhythmus, süßer Bonbon, Eintrittsbillett hinter die Mauer, in die Herzen aller Menschen.

Plötzlich ist der Star da, das große Geschöpf mit den Perlen in den Haaren, das Wesen zwischen Mann und Frau, er schreitet durch die Menge am Tor, begleitet von seinem Manager und dem Moderator, die die gleichen Schnurrbärte in ihren hellbraunen Gesichtern tragen, sie gehen bis zur Bühne mit, drücken sich an den Star. Genosse Klein blickt prüfend, aber um das Wesen geht sein Blick herum, für es gelten andere Gesetze. Jetzt geht der Vorhang hoch, die Musik setzt ein, der Jubel ist so, wie es sich die Macher wünschen, wie sie zu jeder Probe das Publikum antreiben. Jetzt klatschen und jubeln alle. Wir stehen hinten und beobachten. Rolf wünscht sich zur Mutter und dem Bruder hinter die Mauer, er weiß, mit diesen drei Minuten könnten alle Träume wahr werden, Peter wünscht sich Pop, es ist sein Schlüssel zu Gisela, zu allen Frauen, die er nicht erreichen kann. Ich wünsche mir Pop, den ganz großen Erfolg, unser Programm kann nichts ausrichten, gegen diesen Traum ist es machtlos, während der Star wie immer an derselben Stelle den Mund zur Grimasse verzieht. Ein Kind steht vor Rolf, er ist mit seiner jungen Band heute das erste Mal im Fernsehen. Für ihn sind wir schon Pop. Herr Rolf, wer ist Ihr Vorbild, Rolf sieht ihn an und sagt, Karl Marx.

70

ALLE MÜSSEN ZUR KULTURVERSORGUNG an die Trasse, uns schickt man von Moskau aus mit dem Zug. Über dem Städtchen hängt ein riesiges Banner. Ein nackter Athlet hält darauf einen Hammer, darunter steht, wir bauen den Kommunismus. An den alten Holzhäuschen vorbei, die den Ort bilden, stapft ein Männlein mit Bastschuhen durch den Schlamm. Es trägt einen Stab über der Schulter, an dem zwei Wassereimer schwanken.

Wir fahren im Bus an ihm vorbei auf der Plattenstraße ins Lager, in dem wir auftreten. Die deutschen Arbeiter in ihren blauen Overalls und schwarzen Gummistiefeln warten schon. Als Bühne haben sie ein paar Bretter auf die sumpfige Wiese vor der Kantine gelegt. Rolf ist dran, er steht vorn am Mikrophon für sein Lied. Ich habe Durst, sagt Rolf. Darauf haben die Männer vor uns nur gewartet, sie halten ihm gleich die Flasche an den Hals.

Sie sind von Rolf begeistert, sie halten ihn, singen ihm ins Ohr, schütten ihm den Selbstgebrannten in den Mund, wo er an der anderen Seite wieder raus- und herunterrinnt. Rolfs Zunge leckt die weißen Lippen, vorbei an den paar grünlichmoosigen Zähnen, die er noch hat. Die farblose Flüssigkeit ist so scharf in seinem Mund, er muss husten, spuckt sein Lied, bin ein einfacher Mann, der nicht Wunder was kann. Es dampft aus Rolfs Mund, aber Rolf singt weiter, bin nicht schön, bin nicht groß, hab nicht sonder viel Moos, hab kein Haus, kein Genie, doch ich habe sie. Die Männer in den Overalls nehmen Rolf auf die Schultern, sie tragen ihn herum, es ist ihr Rolf, ihr einfacher Mann. Anderen Künstlern, die ihnen nicht gefallen, hacken sie das Tonkabel mit der Axt durch.

Wir sind wieder zu Hause, aus den Brettern sind wieder die üblichen Kulturhäuser geworden. Peter hat einen Sender an der Gitarre und eine neue Bewegung einstudiert. Er kann sich noch wirkungsvoller in Szene setzen, denn er braucht durch den Sender kein Kabel mehr, er kann gehen, wohin er will. Er musste genau proben, mit welchem Fuß er zuerst die Box besteigen muss, damit er nicht von der Bühne fällt. Er erklimmt die Box in ihrer ganzen Höhe und tanzt dort oben. Aber das ist nur das Vorspiel, unter ihm steht der lange Biertisch des Kulturhauses, der sich durch den ganzen Saal erstreckt. Peter kann es nicht lassen, er trägt die Pantalons und seine kurze glänzende Hose darüber.

So tänzelt er mit der Gitarre, seinem musikalischen Schwanz, so verlässt er die Bühne und spielt weiter und schwebt über den Tisch in den Saal. Die jungen Männer sitzen mit ihren dicken Biergläsern und wissen nichts von Peters Traum vom Pop. Sie haben schon zu viel getrunken. Peter ist weit vorn, er windet seinen schmalen Körper wie eine Schlange, geschickt tänzelt er an den Biergläsern vorbei, die Gitarre macht hohe, auf- und abschwellende Geräusche. Der Mann sitzt trübsinnig unter ihm, er hat zwei volle, dicke Biergläser vor sich. In seinen gesenkten Blick schieben sich die weißen Sportschuhe. Der Mann unter Peter nimmt die Gläser auseinander, dazwischen ist Peters Kniescheibe. Ich bin mit einem Satz da, schlage ihm meinen Schellenring auf den Kopf. Seine Bewegung hält inne. Peter ist zu weit gegangen, er tanzt wieder zurück auf seinen Platz.

Am Abend sind wir im Hotel. Rolf hat ein Spiel dabei. Die Zielscheibe hängen wir an die Tür neben der Rezeption. In der Glasscheibe sind schon ein paar Löcher, denn unsere Pfeile treffen nicht immer. Am Tag ist es ein Laden, in dem man mit Westgeld einkaufen kann. Später kommen noch Frauen, Kulturarbeiter wie wir. Wir klopfen bei einer, sind in ihrem Zimmer, sitzen schon alle nackt zusammen. Wir bilden eine Pyramide, damit die Genitalien nicht baumeln, bekleben wir sie mit Aufklebern, auf denen unser Name steht. Rolf leitet an, welche Körper unten, welche in der Mitte und welche ganz oben sein müssen. Das ist wichtig, soll die Pyramide nicht zusammenfallen. Längst sind wir alle betrunken.

Am Sonntag ist Kommunalwahl, wir waren schon Wochen nicht mehr zu Haus. Am Morgen gehen wir durch den noch menschenleeren Ort. Vor dem Wahllokal hat der Stand mit den selbstgebastelten Devotionalien geöffnet. Es gibt Stullenbrettchen, auf denen das Wort Frieden eingebrannt ist. Drinnen wartet die Wahlkommission. Wir möchten wählen, sagen wir höflich. Man telefoniert, und nach einer Weile bekommen wir jeder einen Schein, den wir ausfüllen und in den Schlitz stecken. Schade, dass wir nicht dabei sein werden, wenn am Abend gemeldet wird, dass dieses Mal die Wahl mit über einhundert Prozent erfüllt wurde.

71

ICH BIN IM BÜHNENKOSTÜM losgefahren. Es muss schon drei oder vier Tage her sein, dass ich es an-, aber nicht mehr ausgezogen habe. Ich weiß es nicht mehr, nur manchmal werden mir die Blicke unangenehm. Ich rede, ich spiele, ich kann nicht mehr aufhören, egal ob Bühne oder dahinter. Rolf und Peter sitzen neben mir im Bus, essen, schauen aus dem Fenster, schlafen. Ich will Zuhörer, ich rede für mich, das Auto hält an, sie steigen aus, gehen hinter die Bühne.

Ich höre unsere Musik von fern aus einem Gang, ich bin zu spät zu meinem Einsatz. Peter zuckt schon die Augenbraue, er muss äußerst erregt sein. Sie spielen die Einleitung ja auch bereits das zehnte Mal hintereinander. Ich sollte jetzt oben bei ihnen stehen, ich laufe, aber es ist ein riesiges Gebäude, durch Treppenhäuser, da ist eine kleine Tür. Ich bin am Eingang des Saals gelandet, ich muss durch das Publikum auf die Bühne gehen, sie stehen mit dem Rücken zu mir und warten, ich klopfe von hinten auf Schultern, sie drehen sich um, erkennen mich, lassen mich durch. Peters Augenbraue zuckt.

Ich stehe mit einem Fuß auf der Bühne, ich ziehe mich hoch, die Hand des Uniformierten liegt auf meiner Schulter, hier geht's nicht rauf, sagt er. Ich bin der Sänger, er ist der Sänger, sagen die Leute. Zeigen Sie Ihren Bühnenausweis. Ich gebe ihm einen Stoß vor die Uniform, und schon gibt's eine Rangelei. Dafür stehe ich auf meinem Platz. Määäh, flüstere ich ins Mikrophon, määh, flüstert das Publikum zurück, määh, schreie ich, määh, schreit das Publikum. Lasst uns zusammen meckern auf die, die uns hindern, frei zu sein. Määäh, jubeln wir.

Peter muss es ausbaden, der Chef mit der Goldrandbrille ist da. Raus mit dem Sänger, sofort raus mit dem Provokateur. Peter sitzt mit dem Mann in der Garderobe, spricht wieder von meinem Herz, das auf dem rechten Fleck schlägt, nur manchmal so ungestüm, so ungeformt. Der Chef beruhigt sich wieder, er ist Pragmatiker, sollen sich andere mit dem Kerl rumschlagen, diese verdammten Künstler, er hat ein Angebot aus dem Westen für die Band, das Geld können wir brauchen.

Der Tag kommt. Mein ganzes Leben kenne ich die Mauer schon, ich spüre, wenn die S-Bahn mitten auf der Fahrt durch Berlin plötzlich schneller wird, ich kenne das Grau des Betons, den Stacheldraht und die Worte vom Antifaschistischen Schutzwall. Es ist früher Morgen, kalt, in zwei Tagen ist Weihnachten.

Wir haben uns früh getroffen, um die volle Länge der Erlaubnis auszukosten. Wir sitzen in unserem Bus im Dunkeln, ein Stück runter die Straße wird es hell. Das ist das Tor, da fahren wir hin. Der erste Soldat nimmt unsere Pässe, er blättert sie durch, dazu sucht er im Bus das passende Gesicht, noch ein Stück vorwärtsfahren, anhalten, aussteigen. Der nächste Soldat steht mit den Füßen draußen, mit den Händen wühlt er sich drinnen durch unsere Sitze, durch unsere Unordnung. Der dritte Soldat nimmt wieder unsere Pässe, sein Blick, der letzte, noch anhaltender, dann lässt er uns mit einem leichten Nicken passieren.

Die Stadt geht auf der anderen Seite weiter. Da ist ein Laden mit bunten Blumen, zwei Tage vor Weihnachten. Alles sehen, alles schmecken, alles erleben. Die Erlaubnis gilt bis zwölf Uhr nachts. Doch nach der Arbeit bin ich müde, wie ich es noch nie war, ich muss ins Bett. Ich muss nach Haus. Der Tag war eine Rummelfahrt, die nicht endet. Es soll aufhören, ich kann nicht mehr, ich bin verloren.

Der Tag war ein Buntwerden der Welt, eine Süße, eine Größe, ein Wirbel, den ich von nun an zugleich haben und vor dem ich mich verstecken will. Das Eintauchen in die Welt hinter der Welt macht alles zu Hause noch öder, meine Welt hier wird nun noch grauer, ihre Sprache ein wütendes Bellen, ein verrücktes Gemurmel.

Der Wechsel der Welten wird zur Normalität. Er verschafft mir Luft, er macht die Enge weiter, dafür lasse ich mich korrumpieren. Du darfst. Ich habe meine berufliche Verpflichtung, sage ich mir.

72

UNSER BUS ZUM NÄCHSTEN Auftritt taucht in den Stau, es ist heiß, die Seitentür offen, wir stehen inmitten der anderen Autos und hören die Übertragung der Musik aus London. Es ist die verletzliche Stimme der Frau, die über Revolution singt, sie wird mit diesem Auftritt zum Superstar, ihre einsamen Hände, die allein vor Millionen über die Saiten zupfen. Wir murmeln unsere Kommentare, noch sind wir Provinz, von hinter der Mauer, Provinz, doch bald sind wir auch dort oben, unsere Beine baumeln an der Seite vom Bus heraus. We are the World, wir können es schaffen. Wir sind dabei, wir fliegen an die Spitze. Es wird nie mehr aufhören.

Ich werde im Stadion stehen, ganz vorn, am Ende des langen Laufstegs, meine Band hinter mir, ich ganz allein, vor mir das namenlose Meer der Menschen, die alle nur mich sehen wollen. Wenn ich die Arme hochreiße, dann machen sie es auch, wenn ich traurig bin, dann trocknen sie mir meine Tränen. Ich drehe mich mit dem Rücken zu ihnen, reiße die Arme hoch und lasse mich fallen in das Meer der Menschen, ich treibe auf der Menge, die jede meiner Liedzeilen mit mir singt. Man macht uns so viele Komplimente, man sagt uns den Aufstieg voraus. Wir gehören doch ganz nach oben, wir lesen es uns vor, wie es hier in der Zeitung über uns geschrieben steht, schwarz auf weiß.

Und wir haben eine Verabredung. Keiner von uns wird weggehen, wird sich trennen, denn es geht gemeinsam aufwärts, wir gehören jetzt auch hierher, wir gehen bis ganz nach oben, da soll keiner aussteigen. Rolf, du bist mir im Scherzen überlegen, du bist mir in deiner Musikalität überlegen, in deiner Freundlichkeit. Ich liebe dich. Nach der Arbeit steigen wir in den Bus zum Hotel, Peter sagt, Rolf ist verschwunden, Rolf kommt nicht mehr, Rolf ist abgehauen. Wir werden im selben Augenblick zu Fremden.

Am Morgen fahren wir zum Flughafen. Vielleicht ist er dort, vielleicht können wir Rolf dort abpassen, wir müssen nur mit ihm reden, komm zurück, Rolf, wollen wir sagen. Als Rolf uns sieht, wird er bleich. Damit hat er nicht gerechnet. Jetzt muss er sich erklären. Rolf und Peter reden, komm zurück, ich kann nicht, meine Mutter wartet auf mich. Aber wir haben unseren Traum, Rolf verschwindet ohne Abschied in der Menge. Wir lassen die Köpfe hängen, was wird nun, sie kriegen uns dran, Sippenhaft.

Ich habe die Taschen voller Seife und Schokolade, sie hängen an mir wie Blei, ich stehe in der U-Bahn, der Zug fährt schnell durch dunkle Bahnhöfe an grau schimmernden Maschinengewehren der DDR-Soldaten vorbei, die auf den leeren Bahnsteigen Westberlins patrouillieren, das ist schon der Osten, wo ich zu Hause bin. An der nächsten Station steige ich aus. Ich gehe durch die Gänge bis zu dem gläsernen Schalter, Einreise in die Deutsche Demokratische Republik. Ich zeige meinen Pass vor, ich öffne mechanisch die Taschen und lasse sie auf die Seife und Schokolade schauen. Ich werde Rolf nie mehr wiedersehen. Sie werden uns nie wieder rüberfahren lassen.

Jeder ist ersetzbar. Im Proberaum hängt das bunte Foto aus der Illustrierten, wo wir alle drauf sind, die große Familie der Unterhaltungskünstler der DDR. Nach und nach haben wir kleine Kreuzchen an die Köpfe gemacht, so viele sind in den Jahren gegangen, so malen wir auch an Rolfs Kopf ein Kreuzchen. Er existiert nicht mehr. Jeder ist ersetzbar.

73

PETER WEISS, WO ER HINMUSS. Er sitzt in der Wohnung und hat den Kopf gesenkt, er beichtet vor dem Genossen, dessen Namen er nicht kennt, wir konnten ihn nicht halten, man vertraut euch, und ihr seid nicht zuverlässig, ihr Künstler. Doch Peter verhandelt, wenn wir nicht mehr fahren dürfen, lasst Jakob allein fahren, er will zur Familie nach London. Die Tür hat sich geöffnet, die Tür geht nicht mehr zu. Sie lassen mich gehen. Konrad wird mich abholen, ich trage die langen Locken, den Trenchcoat, habe den Pass in der Hand, der Misstrauen erregt beim englischen Beamten auf dem Flughafen. Haben Sie ein Rückflugticket, zeigen Sie Ihr Bargeld, ziehen Sie sich aus.

Konrad knurrt hinter dem Seil, er hasst die Warterei, er dreht sich um, läuft voraus zum Eingang der U-Bahn. Zeigt mir sein London, wo er seit ein paar Jahren wohnt, Kapstadt war voll von Bürgerkrieg. Da musste die Familie weg. Wieder umziehen, aber Konrad ist sowieso immer auf der Reise, immer unterwegs, er läuft vor mir und knurrt, ihr sollt rechts gehen, doch die Engländer halten sich nicht daran. Vom Trafalgar Square zur Themse und immer weiter.

Heinrich hat mich rausgeschmissen, klingt sein altes Lied, sein Kopf mir voraus, darauf die Brille, die Hände in den Hosentaschen, die Zigarette, deren Asche auf seinen grauen Pullover fällt, seine braunen Augen, die müden Lider darüber, aber noch ist er nicht geschlagen. So läuft Konrad durch London, so geht, fährt, fliegt er immer und immer wieder zurück nach Deutschland, läuft in Hamburg am Haus vom toten

Onkel Moritz vorbei, hört seine Worte, dich werden die Löwen fressen, läuft über den Friedhof von Hannover, hört den toten Heinrich, wie sie mich begraben, mir egal, ich verlass mich aufs Stinken, so steht er in Fränkisch-Crumbach auf dem Friedhof vor dem alten Grab von Rosas Großeltern. So steht er vor den Schulklassen, wohin man ihn einlädt, erzählt seine Geschichte eines deutschen Juden, Heinrich hat mich rausgeschmissen Anfang dreiunddreißig.

Immer und immer wieder spielt er die Platte, er kann nicht aufhören, zu laufen, zu suchen, zu erzählen, er findet keine Ruhe. Sitzt zu Hause, hackt seine Geschichte in die Schreibmaschine, spricht sie ins Mikrophon des Reporters, ist Zeitzeuge, doch die Stimmen im Kopf wollen nicht schweigen, niemals ankommen kann Konrad, niemals ausruhen. Muss wieder los, wandern, fliegen, fahren.

Ich weiß nichts von seinem Kreisel im Kopf, laufe hinter ihm durch London, vorbei an Lord Nelson, vorbei an Victoria Station, vorbei an den Houses of Parliament. Ich stelle mich für das Familienfoto hin, für das wir zusammengekommen sind, Tante Gertrud, eingeflogen aus New York, die Zionisten aus Israel, Lea ist da, Konrads Sohn und seine Frau. Er hat uns zusammen organisiert, nicht, dass er es zugeben würde, das nicht, aber er hat im Stillen dafür gesorgt, durch seine Reisen über die Jahre, zu uns nach Ostberlin, zu Gertrud, die inzwischen in New York lebt, zu den Pionieren, die früh schon im Kibbuz ihre kommunistischen Ideale auslebten. Überallhin, immer wieder fährt Konrad der versprengten Familie nach und sorgt dafür, dass sie sich nicht aus dem Sinn verliert, auch dafür fliegt er immer wieder über Kontinente. Hier stehen wir zusammen, für einen Nachmittag, für ein Foto, ehe ich wieder nach Hause fahre.

74

WIR HABEN ERSATZ FÜR ROLF, wir machen weiter. Sebastian, unser Neuer, kommt vom Verhör, er ist denunziert worden. Jemand hat gesagt, Sebastian will in den Westen abhauen. Morgens klingeln sie, wollen sehen, ob er die Möbel seiner Wohnung verkauft hat, hat er nicht, wir dürfen mit ihm von nun an unsere Arbeit machen, so einfach ist das.

Ich fahre täglich zwischen Ost- und Westberlin hin und her, und ich trinke mehr, als mir lieb ist.

Wo ist mein Pass, ich brauche meinen Pass, um wieder nach Hause zu kommen. Ich will, ich muss nach Hause, schlafen, zurück ins Grau, wie komme ich zurück. Ich sitze im Auto und fahre durch die Stadt, da kommt diese lange Straße, die Spuren im Schnee haben aufgehört, nur noch Weiß vor mir, endlich die Schranke, alles zu. Genossen, macht auf, tüt, tüt, schreie ich, da geht ein Licht im Häuschen an, wer will so spät noch einreisen, die Schranke fährt hoch, ich fingere meinen Pass heraus, die Tür vom Auto lässt sich nicht öffnen, ich kurbele die Scheibe runter, der Beamte ist auch nur müde wie ich, er lässt mich schnell passieren in die östliche Welt.

Da braut sich was zusammen. Eine Stille, eine Ruhe, eine verschleierte Trägheit ist in der Luft. Etwas holt Atem. Ein Sturm wird kommen, ein Orkan, wir Menschen sind Sandkörner, immer an derselben Stelle, ewig im gleichen Dunst, alles so vertraut und so gewohnt. Doch der Wunsch nach Freiheit lässt die Welle immer stärker werden. In meiner Stadt Berlin, an der

Mauer, durch die ich hin- und herschlüpfe, hier ist die Nahtstelle. Dieser Orkan erhebt sich, ausgehend vom Osten, über die Welt. Noch ist es ruhig, noch verlassen Menschen, einzeln oder in kleinen Gruppen, die Gegend, werden durch die Mauer in den Westen gesaugt, noch herrscht bleierne Ruhe. Dieser Sturm, der bald über alle östlichen Länder fegen wird, wird nicht nur äußerlich unser Leben verändern. Viel entscheidender ist, er wird meine Ordnung im Kopf durcheinanderbringen, mein ganzes Bild von der Welt umstoßen.

Ich sitze am Telefon, ich rufe Kollegen an, lasst uns zusammenkommen, uns treffen, wir müssen uns politisch einmischen. Die Welle ist längst in Bewegung, sie beginnt, Schaumkronen zu bilden. Der Schlagersänger, bis gestern mein Feind, kommt und ist dabei, wenn wir uns treffen, der Rocker mit den langen Haaren hat Angst, er kommt nicht, mein Bild wackelt schon. Sie werden uns alle verhaften, ich habe einen Vervielfältigungsapparat, wir wollen einen Dialog mit der Regierung, das sind doch alles Schweine, wir werden überwacht, so gehen die Rufe durcheinander, so sitzen wir zusammen und verfassen die Resolution an die alte Macht. Unterschreibt alle, verlest dieses Papier von der Bühne. Jakob, das Sandkorn, geht nach draußen und fühlt sich stark.

75

ICH HABE ANGST, aber ich bin nicht mehr der Clown. Ich verlese die zaghaften Worte, die umständlichen Worte, die Menge schweigt, die Wasserwerfer stehen hinter ihnen, aber ich lasse mich nicht abhalten, auch nicht von den Männern, die in die Garderobe kommen, die unter ihren schlechtsitzenden Jacketts eine schwarze Pistole tragen, die zu mir sagen, Sie stehen auf der Bühne, um Musik zu machen, nicht um Worte vorzulesen.

Da rollt schon die nächste Welle heran. Die Straßen füllen sich mit Menschen, sie treffen sich in Kirchen, zünden Kerzen an, aber es sperren Lastwagen mit Schildern die Straßen ab, Polizisten kreisen die Gruppen ein, fangen die Leute weg, sie bringen sie auf die Lastwagen und lassen sie in Kellern verschwinden. Der Sturm hat jetzt Orkanstärke, er tobt und quirlt, es ächzt und stöhnt.

Wir verhandeln mit der Macht, veröffentlicht unsere Forderungen in der Zeitung, sagen wir, sprecht mit der Opposition, am nächsten Morgen sehe ich statt unserer Forderungen mein Foto in der Zeitung, unsere Künstler im Dialog, sie distanzieren sich von der Opposition.

Wir sitzen wieder zusammen, Musikerversammlung. Der Raum ist schon gefüllt, ich gehe bis ganz vorn, hier ist etwas frei. Erleichtert lasse ich mich auf einen Stuhl fallen. Da kommt die alte Macht. Alle Blicke sind dort. Die Macht läuft durch den Raum, bis sie vor mir steht, lächelt mich an und schweigt. Etwas stimmt nicht. Ich stehe auf und frage, habe ich dir deinen Stuhl weggenommen, das schaffst du nicht, sagt sie lächelnd. Ich bin wütend. Die Macht hat schon eine ihrer üblichen Reden gehalten und ist zufrieden, aber ich will ihre Lügen nicht mehr hören, hör auf, schreie ich, hör auf zu lügen, bis Peter schreit, halt's Maul.

Ich gehe auf die Straße, sie füllt sich mit Menschen, mit jedem Schritt, den ich gehe. Von Pankow bis zum Alexanderplatz laufe ich und atme endlich durch. Ich sehe selbstgemalte Plakate mit lustigen Bildern darauf. Die Menschen kommen aus ihren Wohnungen mit Kindern und Kinderwagen. Es werden immer mehr, es werden Tausende, der Alexanderplatz ist schwarz vor Menschen, sie sind begeistert oder pfeifen, wenn gesprochen wird. Egal.

Ich atme durch. Ich glaube wieder an Zukunft. Ich bin für einen Moment das Volk. Die Macht spricht im Fernsehen, redet von Reisen für jeden, ich stehe vor der Mauer, sie ist offen. Das ist das Ende. Ich bin überrollt vom Sturm, alle Sandkörner sind aufgewirbelt, jetzt ist kein Halten, es schwemmt alles davon, was war. Die Freiheit hat gesiegt. Manchmal sehe ich noch andere Sandkörner, die wie ich herumgewirbelt werden, aber ich kann sie kaum noch erkennen. Jetzt musst du für dich schwimmen lernen, Sandkorn. Es gibt keine Begrenzung, das wolltest du doch immer, Sandkorn. Deutschland wird sich vereinigen, die alte Welt existiert nicht mehr. Nur der kleine Junge Jakob hat die verzweifelten Augen offen, er muss die Dinge des Tages registrieren, der Erwachsene hat längst aufgegeben, der braucht Zeit zum Nachdenken, zum Trauern.

76

NACH WESTEN, JEDER GEHT DAHIN. Auch ich will westlicher, als ich je war. Ich sitze im Flugzeug. Ich will der vergangenen Welt entfliehen, um der kommenden näher zu sein. Lernen durch Schocktherapie. Das habe ich durch meine Armeezeit erfahren, tauche so tief hinein, wie du kannst, dann geht es sich hinterher leichter. Ich denke nicht an Heinrich und Rosa, die hier in New York gelebt haben. Ich denke nur an mein vergangenes Leben, und dass nun etwas Neues beginnen muss, von dem ich nicht weiß, was es ist und wie es sein könnte.

Ich falle in die Depression. Dabei muss ich mich doch verhalten, jeden Tag die Fragen, exciting, the wall came down, ich kann nicht einfach im Zimmer bleiben und vor mich hin dämmern. In Manhattan ist es so kalt, dass die Hydranten einfrieren, das ausfließende Wasser erstarrt, wie ich auch. Doch mein Körper ist stärker als meine Moral, ich will nur ü – b – e – r – leben, das ist alles.

Ich habe ein Büchlein mit Telefonnummern. Ich stottere auf Anrufbeantworter, ich bin da. Onkel Uri kommt mit seiner Frau den Broadway runter, das alte Paar aus Berlin in ihrem uralten amerikanischen Auto, er lädt mich ein, fährt los und murmelt, wie geht's meiner Cousine Lea, bleibst du jetzt für immer hier, brauchst du Geld, brauchst du einen Job, brauchst du eine Wohnung. Onkel Uri, der auf dem Marsch nach Auschwitz seinen Bruder neben sich sterben sah, ist nüchtern seitdem, er ist die Stimme der Judenheit, die ganze Erfahrung spricht aus ihm, Zweitausend Jahre Exil. Ich schüttele den Kopf. Ich will nicht der Pförtner in Onkel Uris Kaufhaus werden, ich will kein anderes Leben in den USA, ich will meins zurück.

Der Manager von Universal lächelt dünn, als ich ihm unsere Schallplatte in die Hand drücke, du bist hier falsch, geh nach Hause. Und die rumänische Airline, mit der ich zurückfliegen will, meldet sich auch nicht. Ceauşescu, Herrscher über die alte Welt, ist tot, und die Welt dreht sich immer weiter.

Wieder in Berlin, warte ich auf mein Taxi. Ich lade meine vier Koffer ein, der Fahrer sagt, ich bin von weit her angefahren, er hat schon dreißig Mark auf dem Zähler, wir fahren die Allee rein in die Stadt, wo die Reste der großen roten Plakate über der grauen Weite hängen, wo die abgestellten Autos ohne Besitzer und ohne Nummernschild am Straßenrand verrotten. Da lädt er mich aus. Ich will nicht bezahlen, was er verlangt. Herzlich willkommen zu Hause.

77

ICH BIN IN MEINER KLEINEN WOHNUNG, von Peter und den anderen habe ich mich getrennt. Frei will ich sein, nur noch meinen eigenen Plänen folgen. Ich brauche jetzt Abstand. Sonst brauche ich nur meine Gitarre, einen Stift, ein Blatt Papier, wenn ich arbeiten will. Noch habe ich zu essen. Vor meinem Fenster die Betonteile der Mauer, ein ganzer Park. Das sind die Trümmer meiner Vergangenheit.

Ich sitze am Klavier im Restaurant, ich muss lauter singen als das Klappern der Gabeln und Messer, ich werde englischer singen als das Gemurmel auf Deutsch um mich herum. Hundertfünfzig für den Job in neuem Geld, wie lange reicht das.

Das Telefon klingelt, Paul sagt, wie viel hast du noch auf dem Konto, er knurrt, ich überweise dir. Er kennt sich mit Umbrüchen aus, er kennt die neuen Gesetze und handelt. Nachts muss ich aus der Wohnung, das Herzklopfen ist zu groß, diese Fragen, was wird jetzt, woher kommt mein Geld. Ich gehe in den Franzclub. Alle kommen dort hin. Nacht für Nacht. Es ist die neue Freiheit, rund um die Uhr, aber die nächtliche Verbrüderung ist trügerisch, am Tag kämpft jeder wieder für sich allein, das neue Geld wiegt immer schwerer. Überlege gut, wie du es ausgibst, du hast nicht endlos davon.

Die Zeitungen, das Fernsehen, das Radio, alles ist voll von Berichten über das alte Leben, das alte Land, über Tausende, die Spitzel genannt werden. Ich gehe in die Behörde, gebe das Formular ab, sie schreiben mich an. Also los, geh und lies, sei nicht feige.

Ich bekomme den dünnen Stapel Papier in die Hand, sitze im Lesesaal, wo jeder mit seinen Papieren misstrauisch zum anderen starrt. Ich lese im schwarzweißen Papier, ich lese im Behördendeutsch, ich lese meine alten Briefe, meine Schrift, meine krakeligen Buchstaben. Mittendrin ich, der kleine Junge, der Möchtegernclown. Wollen Sie Klarnamen, fragt der Beamte, ja, flüstere ich und fülle wieder ein Formular aus. Wir melden uns bei Ihnen, verspricht er.

Rolf hat das Unfassbare auf der anderen Seite der Mauer erlebt. Dabei ist ja für ihn alles wie immer, er kauft sich eine neue große Flasche. Während es rings um ihn jubelt, geht er in seine kleine Wohnung im Hinterhaus. Susi ist nicht da. Sie hat gesagt, ich muss mal raus, seitdem ist sie nicht wieder aufgetaucht. Es ist nicht das erste Mal, dass sie fort ist. Scheiß Sauferei, und Susi ist eben auch kein Kind von Traurigkeit. Doch Rolf ist nicht besonders beunruhigt, nur ein feiner Schmerz, der ihn nachts nicht schlafen lässt. Der Fernseher läuft, Tag und Nacht. Ich sollte mal wieder zurück, sehen, was ich verlassen habe, sagt Rolf sich bei den Bildern der glücklichen Menschen. Das hat Rolf immer schon die ganzen letzten Jahre gedacht, aber nicht gedurft.

Aber Rolf, es gibt nichts mehr in Limbach, im Osten. Mutter, die vorher wegging, ist tot, mit dem Bruder hat Rolf sich schon lange verkracht. Kein Limbach mehr, keine Vergangenheit, keine Pantomime, kein Rolf-du-bist-der-Größte-Gequatsche, nur noch die große Flasche, die auch schon halb leer ist. Scheiß offene Mauer, sagt Rolf und nimmt noch einen Schluck. Morgen ist Orchesterprobe, er hat einen Vertrag als ordentlicher Musiker bei einem ordentlichen Orchester, sie haben ihn genommen, aber zu oft darf er nicht zu spät kommen, der Chef hat ihn schon mal abgemahnt.

Peter sitzt zu Hause, er hat ein Buch vor sich, die kleine Lampe brennt, es ist still, bis auf das Radio, das vor sich hin dudelt.

Aber das hört Peter nicht, er ist nicht mal bei dem neuen Buch, *Wie heile ich mich selbst*, Peter redet, er spricht zur Wand. Sage ich es ihm, wenn ich es ihm sage, muss ich es auch den anderen sagen. Ich habe nichts gemacht, ich habe niemandem geschadet, ich habe die Kohlen aus dem Feuer geholt, ich habe Verantwortung übernommen, einer musste die Drecksarbeit machen, jetzt bleibt alles an mir hängen, das ist eine Kette ohne Ende, allein bin ich immer schon, es ist ein Teufelskreis. Wer bin ich, wer war ich.

Peter klopft das Herz. Es lässt ihm keine Ruhe, diese Namen in der Zeitung, diese Siegerjustiz, der hat für das Ministerium gearbeitet, und der und der auch, oh Gott, diese Hetze. Was soll ich tun. Peter nimmt die Gitarre, Peter nimmt ein Blatt Papier, Peter spielt auf der Gitarre und schreibt aufs Papier. Angst wiegt so schwer, wie ein Maschinengewehr.

78

AM SONNTAGMORGEN GEHE ICH DIE STRASSE vom Hotel herunter, durch die Stadt, in der ich gestern gearbeitet habe. Hier in der Provinz, wo die Straßen am Sonntag leer sind, wo der Wind pfeift, der Herbst ist früh dran dieses Jahr. Ich gehe gern, weil ich mich auskenne, immer wieder durch dieses Rostock, dieses Neubrandenburg, dieses Leipzig, dieses Dresden, dieses Erfurt, nichts ist schöner, als in diesem Moment hier langzuspazieren, auch weil ich weiß, dass ich in zwei Stunden wieder fahre.

Ich höre eine Stimme rufen, sie ist heiser, die Stimme ist eine Gestalt an der Ecke, kein Zweifel, der Mann meint mich. Da steht Rolf, die gleichen schlotternden Hosenbeine, der gleiche Bart, der keiner ist, die gleiche gebeugte Haltung. Die gleichen unruhigen Augen, mit denen er mich an- und sofort wieder wegsieht. Das ist Rolf. Jahre habe ich gewartet, daran gedacht, wie es sein wird, wenn wir uns wiedersehen, was dann. Immer hat ihn einer gesehen, Rolf war gerade hier, Rolf kommt gleich wieder. Aber hier, jetzt steht er vor mir.

Der Wind bläst immer schärfer. Mensch, Rolf, was machst du denn hier, sage ich, weil mir nichts Besseres einfällt. Ich bin beim Zirkus, vier Vorstellungen pro Tag, garantiertes Hotel, spult Rolf los, ich bin beim Zirkus, begleite die Artisten, das ist der ehrlichste Beruf, die springen ohne Netz und doppelten Boden. Ich spiele einen Wirbel auf der kleinen Trommel, dauert genau, bis er springt, dann hopp auf Abschlag. Das Tempo, was ich spiele, geht nach dem Sekundenzeiger, vier Vorstellungen pro Tag, und es riecht nach Heu in der Arena, ich sitze mit der Band an der Seite. Komm doch, sagt er und zieht mich in die warme Kneipe.

Am Tisch sitzen Rolfs Kollegen und nicken. Willst du nicht mal ins Konzert kommen, frage ich. Rolf schaut vorsichtig. Willst du nicht mit mir die Band wieder aufmachen, fragt Rolf und starrt in sein Glas. Ich halte den Atem an. Na, du bringst es doch auch nicht so allein auf die Bühne, sagt Rolf. Mein Tee schmeckt fad und schrecklich süß. Rolf, ich muss los. Ja, sagt er, kennst du den, Musiker sind wie die Sonne, gehen im Osten auf und im Westen unter. Ja, Rolf, kenne ich, ich muss los.

Peter hat mir eine Kassette mit neuen Liedern übergeben. Da hinein hat Peter ein Foto von sich geklebt mit einer Sprechblase am Mund, ma hörn. Ich treffe ihn zu Hause. Er hat mir eine Flasche mit Wasser hingestellt. Er sitzt mir gegenüber am Tisch, fegt mit einer Hand Krümel in die andere, er kann Unordnung nicht ertragen. Wir proben wieder zusammen. Peter hört mir zu, wenn ich ins Mikrophon singe, Peter verbessert meine Aussprache. Bald gehen wir wieder gemeinsam auf die Bühne.

Alles ist vorbereitet, die neuen Lieder fertig, ich gehöre wieder dazu, ich kann mich vorher belohnen, eine lang geplante Reise machen, zu Pauls Großtante, zu Pauls Cousin, zu unserer Mespoche, von denen Paul niemals spricht, es sind seine zionistischen Feinde.

79

ICH STEHE AM FLUGHAFEN Ben-Gurion, die große, gebeugte Tante Hilde steht in der Menge, sie winkt und schaut hinter ihrer dicken Brille zu mir. Wir haben alles von euch da drüben im Osten gewusst, sagt Hilde und kichert ihr Lachen. Wir fahren mit dem Auto durch die Nacht, lassen das blinkende Tel Aviv hinter uns, bis wir durch ein Tor kommen und ich ernüchtert in der Einwandererbaracke auf einer Pritsche sitze. Das ist mein Zimmer für die ganze nächste Zeit. Ein Schrank, ein Stuhl, ein Ventilator.

Am Tag gehe ich an zehntausend Puten hinter dem Zaun vorbei, die glucksen und stinken. Ich suche im Gewimmel der Häuschen des Kibbuz' Hildes Heim. Sie sitzt vor dem Fernseher, der eine Lupe vor dem Bildschirm hat, damit Hilde was erkennt, und sieht Nachrichten, jeden Tag dasselbe, greifen sie uns an oder greifen wir sie an. Die Bücher im Regal sind auf Deutsch. Willst du ein Rührei, das Essen im Chadarochel ist nicht doll. Tante Hilde hantiert in ihrer kleinen Küchenecke, die Pfanne brutzelt, und Hilde spricht.

Ich musste mich im Rassekundeunterricht auf die Bank stellen, von dort habe ich geschrien, ja, ich bin jüdisch und stolz drauf, wir singen auch andere Lieder als ihr. Bald danach sind wir hier angekommen. Zuerst haben wir in Zelten gewohnt, unser erster Kibbuz war unterhalb vom Golan, die Syrer haben uns von oben beschossen. Dann haben wir aus den Bergen schon deutsche Kommandos gehört, der Rommel war in der Nähe, dann wieder Arabisch. Erst ist mein Bruder gefallen, später mein Sohn. Ich singe mit meiner Gitarre für Hilde, *Die*

Gedanken sind frei, kennst du das noch. Da klingelt das Telefon, sie reicht mir den Hörer weiter. Ein Peter will dich sprechen. Brauchst dir keine Sorgen zu machen, alles bestens, wir nehmen noch einen Freund von dir mit in die Band. Danke, Peter.

Die Nachricht ist gut gegen die Depression, die sich nach ein paar Tagen Israel einstellt. Es ist heiß im Kibbuz, doch ich gehe nicht mal schwimmen, ich gehe nicht nach draußen, das Touristenprogramm abwickeln. Immer nur schlafen in meiner Bude und abends bei Hilde sitzen.

80

ALS ICH WIEDER ZU HAUSE BIN, habe ich die Antwort von der Behörde in meinem Postkasten, ach richtig, ich wollte Klarnamen. Jetzt werde ich erfahren, welcher von meinen Bekannten, Freunden ... Sehr geehrter, hier drehe ich den gefalteten Brief, der von Ihnen erwünschte Klarname lautet, ich muss wieder den Brief drehen, ich mache es ganz langsam, ein einzelnes Wort, ein Name, Peter.

Was nun. Meine Existenz hängt von meiner Moral ab, das ist nicht neu. Im Moment ist es eine Frage, die keinen Aufschub duldet. Was nun. Ich teile meine Last mit Peter. In der Zeitung, da steht es nun für alle, schwarz auf weiß. Jetzt wiegt sie nicht mehr so schwer nur auf meinen Schultern, jetzt kann ich atmen, denn ich stehe wieder auf der Bühne mit Peter, aber der Teufel reitet mich da oben. Der Peter, sage ich, der Peter. Halt's Maul, sagt die Masse, du sollst Musik machen, sagt die Masse, hör auf zu quatschen, sagt die Masse, wir bezahlen dich fürs Singen, sagt die Masse. Es hat sich was gedreht, doch wir sind noch dieselben, denke ich. Mitgefangen, mitgehangen, sagt die Masse.

Ich gehe zum Wiedersehen mit alten Kollegen. An der Tür werde ich vom alten Stellvertreter begrüßt, jetzt ist er der Chef. Wir feiern fünfzigjähriges Jubiläum, flüstert er mir zu, denn auf der Einladung ist von Weihnachtsfeier die Rede. Laut ist es da drin, ein schönes Buffet und zu trinken, umsonst. Erst die Rede von der großen Familie und ihren Erfolgen, ich sehe einen Mann in der Menge. Goldrandbrille und Schafsfrisur sind noch dieselbe, der alte Chef ist also auch da.

Ich komme wieder am Buffet vorbei, drei Bier habe ich bereits getrunken. Die Rede ist doch schon vorbei, die Auszeichnungen verteilt, aber das Buffet immer noch nicht eröffnet. Das Gesicht mit der Goldrandbrille und der Schafsfrisur lässt mir keine Ruhe, der Chef aus alten Tagen, der Entscheider von damals. Vor mir steht die Torte, *Danke* steht darauf. Danke für fünfzig Jahre.

Du tust es, nein, das kannst du nicht machen, doch, nein, doch. Ich kenne mich, je länger ich mit mir diskutiere, desto schwerer wird es. Ich sehe auf meinen schwarzen Pullover, streife den rechten Ärmel hoch, schiebe vorsichtig meine Hand unter den Pappuntersatz. Ich habe alles genau vor Augen, habe es oft genug im Film gesehen. Ich gehe in den Saal, da steht er, genau in der Mitte. Ich drehe den Arm so, dass die Torte in Schulterhöhe kommt. Ich spreche ihn an, er ist nicht mehr der Genosse. Er ist jetzt wie wir alle nur noch der Herr. Ein bisschen zu laut, ein bisschen zu kratzig klingt meine Stimme. Er wendet mir das Gesicht zu und sieht mich an. Ich werfe.

Die Torte trifft ihn hart, sie platzt in drei Teile, wie das Friedenszeichen an seinem rechten Goldrandbrillenbogen, der sich durch den Aufprall verschiebt. Ein Drittel rutscht über die rechte Schulter, ein Teil schiebt sich über seinen Kopf, eines verschmiert das linke Glas, um dann tiefer zu rutschen, dabei einen breiten Fleck auf seinem Anzug hinterlassend, und gemeinsam mit den anderen Stücken auf die Steinplatten zu klatschen. Es klingt wie ein heller, kurzer Wirbel auf der kleinen Trommel, Rolf könnte es nicht besser.

Es ist still geworden, ich verbeuge mich vor ihm. Vielen Dank für die Zusammenarbeit, sage ich. Schon wissen alle Bescheid. Das war eine Kinderei, sagt die Masse, das hättest du früher machen sollen, als du noch Mut dafür brauchtest, sagt die Masse, da gab es doch Schlimmere als den, sagt die Masse. Der Geschäftsführer kommt. Ich gehe in Abwehrstellung. Du hast die Torte zweckentfremdet. Ich werde sie bezahlen, sage ich.

81

EINTAUSENDFÜNFHUNDERT MIESE darf ich auf dem Konto haben, ab dann wird es kriminell. Ich verharre seit geraumer Zeit, ich werde immer antriebsloser, es ist Vormittag, und ich gehe schon wieder ins Bett. Wenn mir was einfällt, dann ist es zu telefonieren. Ich habe das Formular neben mir, das ich noch ausfüllen muss. Die Behörde sagt, nur Jobs, nicht den Künstlerquatsch, auf dem Formular steht, Nachweis der privaten Bemühungen um Arbeit, mindestens zwanzig im Monat. Sie meinen es ernst.

Die Tüte mit Essen ist nicht ausgepackt, so viel Kraft habe ich nicht mehr. Ich brauche Tage, wofür ich früher Stunden brauchte. Ich will nicht mehr. Ich höre auf die Geräusche, die zu hören sind, ich schließe mich wieder ans Fernsehen an, obwohl ich weiß, dass es mir nicht bekommt, essen und schalten, schalten und essen. Mit dem Schalten warte ich noch, mit dem Essen höre ich nicht auf, das heißt, ich werde doch so was wie satt, aber das Schalten, wenn es erst mal läuft, dann läuft's, es müsste eine Pause im Programm geben, aber die wissen das, deshalb wird die Bilderfolge immer schneller.

Ich schlafe ein und wälze mich rum, ich wache immer wieder auf, rieche meinen schlechten Atem, ich schiele nach der Helligkeit. Ich fühle Krümel, hinten im Hals, da wird es scharf, ich muss husten. Wenn es hell ist, gibt es ein neues Geräusch, sie läuten die Glocken, geben sich bescheiden, einfühlsam, aber immer kommen sie dir mit ihrem Überzeugungsläuten. Und immer mit diesem guten Gesichtsausdruck.

Ich könnte noch ein bisschen telefonieren, aber das muss

reichen für heute, es sei denn, das Schalten wird zu langweilig. Ich lese immer wieder in meinem alten Manuskript, es ist auch langweilig, weil ich alles schon kenne. Es bringt nichts, keine neuen Erkenntnisse.

Ich stehe mit Wecker auf. Ich will vor Beginn der Öffnungszeit da sein, nachdem ich den S-Bahnhof verlasse, beginnt schon der Wettlauf. Das Häufchen Menschen verliert sich auf dem Weg, aber als ich vor dem Eingang der Behörde anlange, sind da schon andere da, sie müssen früher losgegangen sein als ich. Alle drängeln sich der Kälte wegen im Vorraum. Dann öffnet sich die innere Tür, alle stürzen los, ich entscheide mich dafür, den Fahrstuhl nicht zu benutzen, obwohl meine Angelegenheit im fünften Stock erledigt wird.

Hier ist auch schon eine Schlange am Kundenpoint. Endlich bin ich vorn, frage noch mal nach, ob ich nicht etwas überspringen könnte, schließlich brauche ich den Ablehnungsbescheid nur für die andere Behörde, ich wäre gestern schon mal da gewesen, hätte aber meine Registrierung nicht mit dabeigehabt. Nein, antwortet fröhlich die Dame, und so warte ich, bis nach einiger Zeit mein Name aufgerufen wird.

Ich sehe ihn nur aus dem Augenwinkel, der junge Mann, der mich beim Namen rief, bewegt sich bereits wieder zurück zu seinem Zimmer. Ich eile ihm nach, an verschlossenen Türen vorbei, seine hat er für mich verschwörerisch einen Spalt offen gelassen. Neben seinem Schreibtisch ein weiterer junger Mann, ein Praktikant, der nicht aufblickt, während der junge Beamte mir nun sicher auf seinem Stuhl mit frischem Ton einen guten Morgen wünscht. Einen Augenblick später hat er ein Formular herausgezogen, welches er mir in die Hand drückt, nachdem er meins, was ich ihm gegeben habe, abgestempelt hat. Ich stöhne leise, er lächelt, das schaffen Sie schon. Ich erhebe mich wieder und verlasse den Raum, während der andere Mann neben dem Schreibtisch die ganze Zeit den Blick gesenkt hält.

Ich erbitte mir einen Kugelschreiber von der Dame am Kundenpoint, die Blicke der anderen in der Schlange ignorierend. Die Fragen auf dem Formular lassen mich schwitzen, aber ich entschließe mich, im Allgemeinen in den Kästchen bei Nein mein Kreuz zu machen. Dann stelle ich mich wieder hinten an, an der Schlange, bei einer neuen Behörde. Diesmal bekomme ich einen Zettel mit einer Zahl drauf. Die Anzeige hat ein Tonsignal, ein Dur-Akkord von der Quinte abwärts. Es tönt sehr selten. Gestern war es ein kurzes Dingdong, was dauernd tönte. Vierzig Zahlen hatte ich zu warten, das Dingdong kam alle paar Sekunden, heute bin ich zweihundertdreiundneunzig. Ich schaue zur Anzeige, zweihundertneunundachtzig. Nur vier Plätze, lange halte ich es nicht mehr aus.

Ich komme ins Zimmer. Die Frau fragt, was macht die Kunst, ich zucke nur mit den Schultern, sie geht ein neues Formular holen. Ich sehe das Plakat an der Wand, Jaguar beim Trinken in Nahaufnahme, ein Apothekenzeitschriftsposter. Sie kommt wieder, ich nehme ihr das Formular aus den Händen, drehe mich zur Tür und gehe. So einfach ist das.

Diesmal ist es das Sozialamt, ich weiß, ich bin zwei Tage zu spät, formuliere den Dialog vor. Auf dem Flur riecht es nach den Pennern, einer hat bloße Füße bei fünf Grad minus. Dieses Mal nehme ich den Fahrstuhl, zusammen mit der Farbigen mit Kinderwagen. Der Mann ohne Schuhe und ich noch dazu, die Tür schließt nicht, sie öffnet sich immer wieder, bis der Mann brüllt, der Fahrstuhl würde funktionieren wie die Leute, die hier arbeiten.

Ich lege meinen Pass in die Ablage, dann nehme ich ihn wieder heraus, denn ich will nicht, dass er gestohlen wird, so viele Menschen auf dem Flur. Ich habe nicht alle Formulare dabei, also wieder Vertagung, wieder dorthin, wo die Anzeige bing bong bang macht. Wie lange noch, welche Zahl, sechshundertachtzig, wie lange noch, noch fünfzehn vor mir, bing bong bang, welche Zahl, sechshunderteinundachtzig! Wie lange noch, noch vierzehn, vielleicht sollte ich vorher nach dem

Formular fragen, das ich noch ausfüllen muss. Wieder eine Schlange am Kundenpoint, Kugelschreiber, bringe ich zurück, ausfüllen, für wen beantragen Sie, für mich, trage ich ein. Wieder an der Schlange vorbei, die Blicke der anderen aushaltend, danke für den Stift. Zwanzig Nummern vor meiner, warten. Ich spaziere die Flure lang. Staub, Treppen, Büros, Türen, hinter denen es warm und sicher ist. Wieder zurück, bing bong bang, es erscheint meine Zahl. Wir nehmen nur noch Leichtes um die Zeit, sagen die zwei Frauen im Zimmer im Chor. Du musst aufs Z drücken, sagt die Assistentin ihrer Kollegin, ich ziehe mein Formular, die Damen lesen laut im Chor, für wen wird beantragt, für mich, die Damen sind entzückt, das hat noch nie jemand eingetragen, wunderbar, hier ist Ihre Lohnsteuerkarte. Du, das hänge ich mir an die Wand, sagt die eine zur anderen, ich sehe mein Formular an der Seite vom Roy-Black-Poster gegenüber.

Das nächste Mal fahre ich gleich mit dem Fahrstuhl, ich habe Routine. Die Tür geht auf, ich bin schon in der Menge, meine Jacke lasse ich geschlossen. Die Beamtin steckt ihren Kopf aus der Tür, aber ich bin noch nicht dran. Die Frauen auf dem Flur bringen ihre Waffen gleich mit, sie haben ihre kleinen Kinder dabei. Dann bin ich dran. Sie kommt mit einem neuen Formular, ich fange an zu brüllen. Als ich nach dem Chef frage, einigen wir uns, sie lässt das Formular weg, und ich beantworte weiter ihre Fragen und gebe ihr meine mitgebrachten Formulare. Schließlich sagt sie, mmh, morgen habe ich keinen Computer, also übermorgen, ich gebe Ihnen einen Termin, wenn alles hinhaut, kriegen Sie Geld, aber bringen Sie noch die Kontoauszüge von dieser Woche mit. Ich will wissen, wieso, wo es doch nirgends draufsteht, aber sie sagt, bis übermorgen. Morgen werde ich also nach meinem neuesten Kontostand sehen, Realität gegen frisches Geld, beim nächsten Mal gibt sie mir wieder ein Formular, auf dem steht, Ihrem Antrag kann nicht entsprochen werden. Nun muss ich alles neu überdenken.

82

EINE KOLLEGIN IST AN KREBS erkrankt, sie war mit ihren beiden Bandkollegen liiert. Erst gibt es jeden Tag die Krankengeschichte in der Zeitung, dann die L'amour à trois, dann ihr Begräbnis. Dann geht ihre Musik in die Charts, das ist das Signal. Immer wieder fällt mir die Nacht mit den Tabletten in der Kaserne ein. Ich muss handeln, ich werde es noch mal machen. Ich muss sterben, sofort. Das ist der beste, der einzig logische Weg. Nur wie, es soll großartig werden, Mythen schaffen, ein Fanal sein, einen Sinn für mich und alle anderen haben. Auf keinen Fall kläglich und alltäglich.

Natürlich habe ich schon immer daran gedacht, schon mein ganzes Leben. Ich gehe durch die Wohnung, soll ich mich erhängen, ein schöner klassischer Tod. Der Balken im Schlafzimmer ist übrig geblieben vom Bau eines Hochbetts, er ist braun nachgebeizt, so dass er sich klar gegen die weißen Wände abzeichnet. Doch als ich daran rüttele, ist er locker, lässt sich leicht aus der Ankerung heben. Ich werde auf den Stuhl steigen, um den Hals den gedrehten Strick, dessen harte Fasern mich am Hals kitzeln. Vorher muss ich die Hausschuhe gegen die schwarzen Lederschuhe wechseln.

Überhaupt muss die Wohnung erst saubergemacht werden, wo doch danach viele Menschen hereinkommen werden. Der Stuhl, auf den ich steigen will, ist zum Klappen, er könnte leicht umstürzen, der Balken wird aus der Halterung reißen, ehe ich es geschafft habe. Oder ich nehme Schlaftabletten wie damals, dieses Mal aber richtig viele, es sollten hundertzwanzig sein. Oder einen Schnitt längs der Ader in den Unterarm, das Messer habe ich von Freunden zum Kochen geschenkt bekommen. Ich schreibe keinen Abschiedsbrief. Aber wird man dann überhaupt Notiz von mir nehmen. Wer wird mich finden.

Ich will doch den Höhepunkt erleben, das großartige Dahinscheiden, die letzten Anrufe meiner Eltern hören, die Frauen sehen, die an mein Grab kommen. Ein Held ist kein richtiger Held, wenn er nicht einen gewaltigen Abgang hat. Erst ein leises Summen, dann schwillt es in meinen Ohren: Tod, Tod, stirb den Heldentod.

Die Masse da draußen, die Überschriften aus der Zeitung, die Mythen der Vergangenheit, früher war alles besser, weeßt du noch, du oben auf der Bühne, ich unten in der dreizehnten Reihe. Da ist kein Platz mehr für mich. Aber ich will nicht einfach vergessen werden, nicht einfach namenlos untergehen. Kunzelmann, der Spaßrevolutionär, hat es auch gemacht. Tom Sawyer hat sich auf der Insel versteckt. Alle im Dorf denken, er wäre tot, dann kommt der Dampfer, der Kanonenschüsse über dem Wasser abfeuert, die Wasserleichen sollen zum Auftauchen gebracht werden. Tom kommt von der Insel im Fluss, wo er sich versteckt hat, er kehrt als Mädchen verkleidet zurück ins Dorf, er will ihre Tränen sehen.

Die Bausteine der Vergangenheit, die Träume haben immer nur neue Fragen gebracht, nichts ist beantwortet, immer nur neue Liedzeilen, aber keine Liedzeilen eines Helden. Meine Beerdigung, wer wird kommen, wer wird sprechen. Mein Plan, erst sterben, und wenn sich alles beruhigt hat, werde ich auf der Bühne auferstehen.

83

MIT DER ANALYSE gewöhne ich mir Regelmäßigkeit an. Zur selben Zeit mit der selben Bahn fahren, ankommen, noch mal auf die Uhr sehen, klingeln, warten, auf das Summen hören. Die Haustür öffnen, den Weg über den Hof bis zur Praxis gehen, fragen, darf ich Ihre Toilette benutzen, ins Zimmer gehen, aufs Sofa legen, atmen, reden.
Sie ist eine frühere Kinderärztin, grauhaarig, die raue Stimme, der prüfende Blick durch die Brille, das Distanzierte, nehmen Sie Platz, das Nicken zum Sofa, ehe ich mich das erste Mal im Leben im Zimmer der Therapeutin hinlege, Stille im Raum, bevor ich den ersten Satz ausspreche, diese Stille spüre ich von jetzt an auch außerhalb der Stunden. Mein Name blättert ab, es wächst Gras über die alten Geschichten, ich bin raus, bin vergessen. Die Welt da draußen tobt weiter, ich höre lieber in die Stille, die in meinem Zimmer ist. Die Therapeutin sagt, Sie lebten in einer Diktatur, ich bin empört. Als ich über mich als Juden spreche, von Gott rede, sagt sie, Sie müssen woanders hin.

84

PAUL RUFT AN. Mmja, sagt seine Stimme auf meinen Nachnamen am Telefon, hier auch, und dann knurrt er los, lange Pausen zwischen den Sätzen, um am Schluss mit man sieht sich oder Tschau, Tschau zu enden, eine neuere Art der Vertraulichkeit. Ich werde zum Abendbrot hingehen. Ich fahre mit dem Fahrrad zu ihm, ausgerechnet in der Nähe der alten Stalinallee muss er wohnen, diesem steinernen gigantischen kommunistischen Versuch.

Das Paradies auf Erden hatte es sollen sein, nicht nur die großzügig mit Milchfach und Lift ausgestatteten Häuser, irgendwann wären daneben auch noch die waagerechten Laufbänder auf der ewigen, geraden Straße in den Kommunismus gelaufen, die uns in unserer Kindheit prophezeit wurden, jedem nach seinen Bedürfnissen, Schlaraffenland ohne Geld und ohne Ausbeutung des Menschen durch den Menschen, es ist keine Rassen-, sondern eine Klassenfrage. Die Eingangstür hat schon diese typische Mischung aus Neubau und Verrottung, es riecht nach Überwachung. Die Papptüren und dazu der Beton, die Hausgemeinschaft, alles von Anbeginn kaputt.

Ich reiche ihm die Hand, dadurch wird es leichter, längst schon gibt es kein beschämendes Kussritual mehr zu Beginn. In seiner Küche hat er Anna ein Lob für lange treue Dienste erteilt und an die Wand gehängt. Wir gehen ins Wohnzimmer, wo sie nebeneinandersitzen und sie ihm immer wieder etwas zuschiebt, das Brötchen aufschneidet, noch ein Scheibchen Wurst nachlegt, seine Bierflasche öffnet. Paul sieht sie dabei begeistert an. Als Tischthema haben wir den Film *Avanti, avan-*

ti, eine Komödie von Billy Wilder. Sie erzählen abwechselnd die Geschichte, sich gegenseitig unterbrechend. Paul ist Jack Lemmon und Anna seine italienische Verführerin.
 Seine Hände zittern seit langem. Sogar während er sich etwas in den Mund steckt, lässt sie ihn nicht aus den Augen, und mit einem sächsischen Mjom, Mjom gibt sie noch einen begütigenden Kommentar. Er trägt ein dünnes, kariertes Hemd über dem dicken Bauch, sie hat glattes, langes, dunkelblondes, aber inzwischen schon lang ergrautes Haar. Ihre Augen huschen von ihm zu mir, immer hin und her. Ihr Mund mit typisch sächsischer Stellung leicht nach unten, aus der ich immer fälschlicherweise schließen möchte, sie wäre vom Leben beleidigt. Manchmal sagt sie zu mir, der Vater, sie nickt mir verschwörerisch zu, er senkt dann auch reuevoll den Kopf, als hätte er etwas ausgefressen, dann sagt sie, du weeßt doch, wie er is, dann lachen wir alle drei miteinander.
 Nach dem Abendbrot zieht sie sich in ihr Zimmer zurück, dabei lässt sie die Tür einen Spaltbreit offen. Ich sehe die Bilder an den Wänden, auf dem Sofa das Plüschtier und die Bücher, im Wohnzimmer die Literatur, im Arbeitszimmer die Politik. Dieses Thema streifen wir schon lange nicht mehr, obwohl er immer noch für die Linken arbeitet. Wenn seine Stimme weit und emphatisch wird, dann muss ich schnell gehen.

Beim nächsten Mal treffe ich ihn im Deutschen Haus, Paul feiert seinen runden Geburtstag. Es ist ein Neubauwürfel, wie er im Wohnungsbauprogramm in den frühen achtziger Jahren entstand, Freizeit und Dienstleistung. Nach dem Fall der Mauer ist der Name geändert, die Einrichtung dieselbe. Aus dem Jugendclub wurde eine Kneipe.
 Wir sitzen an Tischen, Kellner tragen Schinkenplatten herein. Paul ist mit alten Kollegen, die aus anderen Städten angereist sind, im Gespräch. Mein Bruder ist nicht gekommen, er hat etwas zu tun, Arbeit ist der einzig mögliche Weg, sich zu entziehen, die einzige Ausrede, die akzeptiert wird. Da sind

meine Schwestern. Lena sitzt an einem Tisch. Ich sitze bei Uta, aus der Ehe von Paul mit Anna, und ihren Kindern, sie halten die Kommunikation am Laufen, ohne dass ich etwas sagen muss.

Mit Paul muss ich heute nicht sprechen, er ist beschäftigt. Er war in der Schweiz, in seinem alten Internat. Er war auch schon in England, im Garten von Rothschild, hat überall Farbfotos gemacht, Bildunterschriften daruntergesetzt. Alles hat seine Ordnung. Bunte Fotos zu schwarzweißen Erinnerungen. Auch in Hannover war er wieder. Er spricht gern über damals zu seinen Gästen, streut schon mal Histörchen ein, die Anna schon hundertmal gehört hat, nicht aber seine Geburtstagsgäste. Sie lauschen seinen Geschichten.

Noch einmal ist Konrad gekommen, man hat ihn zu einer Ausstellung eingeladen, Paul sagt, ich bringe dich hin, und lässt sich nicht abhalten. Der Weg vom Hotel zum Museum, wo Konrad hinmuss, ist nicht weit, Pauls Auto ist klein. Paul steht vor dem Hotel in seinem Regenmantel, mit seiner dicken Brille, Konrads Brille ist ebenso dick, auch er steht im Regenmantel da. Ich öffne ihm die Beifahrertür, er dreht sich mit dem Rücken zum Auto, lässt sich in den Sitz fallen. Lena, die hinter ihm schon eingestiegen ist, greift nach vorn, legt ihm den Gurt um den Bauch, während Paul sich wieder hinter das Lenkrad fallen lässt. Beide Brüder sitzen nebeneinander und starren wortlos durch ihre Brillen nach vorn. Paul geht nicht in eine Ausstellung, die von Zionisten gemacht ist.

Sie haben Konrad gefragt, ob er Dokumente seiner Emigration als Anschauungsmaterial hergeben würde. Nun wird er persönlich erscheinen. Das Auto setzt sich mit uns vieren in Bewegung. Es rasiert mit einem rhythmischen Onk, Onk, Onk sämtliche Spiegel der Wagen, die an der kleinen Straße parken, durch die wir uns zwängen. Dann halten wir wieder. Lena und ich springen raus, um den Onkel zum Eingang des Museums zu geleiten, während Paul ohne Verabschiedung weiterfährt.

Konrad sitzt bei der Eröffnungsrede im Jüdischen Museum bei uns, aber lange hält er es nicht aus, er steht auf, geht mit seinem energischen Schritt, wie er sein ganzes Leben gegangen ist, durch sämtliche Räume des Hauses. Während hinter ihm die Rede verhallt, sucht er, wie all die Jahre nach dem Krieg, die er immer durch die Welt fuhr. Er wird immer schneller, trotz des Stocks, auf den er sich stützt. Lena und ich können ihm nicht folgen, doch wie er auch läuft, durch die Räume, durch die Stockwerke, von den Anfängen jüdischen Lebens in Deutschland vor zweitausend Jahren bis zur Gegenwart, er findet nicht, was er sucht, nichts mehr von Heinrich, nichts mehr von Rosa, nichts mehr von Fanny, nichts mehr von der Villa, nichts mehr von Zimmermann, Ledergroßhandel, Hannover, wo er so gern der Nachfolger geworden wäre, nur seine Schritte, die durch die Museumsräume hallen.

Das Telefon klingelt bei Paul, Konrads Sohn ist dran, Vater ist gestorben.

85

LEA SITZT ZU HAUSE und schreibt einen Brief, sie schreibt ihrer Partei, in der sie seit fünfzig Jahren Mitglied ist. Sie fordert, sie sollten sich, nach dem Zusammenbruch des kommunistischen Systems, den Sozialdemokraten anschließen, sie rechnet mit den Fehlern ab, sie droht mit ihrem Austritt, aber der Brief bleibt unbeantwortet, die Partei muss die Parteikasse beiseiteschaffen, hat Wichtigeres zu tun. Lea hat die letzten Jahre alles geordnet, nun bleibt nichts mehr. Sie hat auch keinen Spaß mehr am Reisen, die Freunde, die alten Emigranten, die sie in aller Welt besuchte, sind weniger und weniger geworden, außerdem fühlt sie, wie Meister Tod auf sie wartet, sie kann ihn schon riechen. Nicht, dass sie viele Schmerzen hätte, sie hat genug vom herrlichen Morphium, aber der Meister kommt mit einem größeren Argument, es heißt Krebs.

Lea sagt aller Welt, ich will nicht mehr. Sie hat sich still und heimlich wieder einen Platz in der Gemeinde und damit auf dem Friedhof gesichert, wo schon ihr Vater begraben ist, wo sie an die Mutter mit dem bitteren Spruch auf dem Stein erinnert. Im Krankenhaus hebt ihr Herz noch ein paar Mal ihre Brust, dann bleibt es für immer still.

Auf dem Friedhof stehen Johann, Lena und ich und ein paar aus der Gemeinde, die gekommen sind, um sich von ihr zu verabschieden. Paul ist mit einer Nelke in der Hand erschienen. Der Zug mit dem Sarg setzt sich in Bewegung. Wir gehen den Weg, den wir seit unserer Kindheit gehen, zu Omas und Opas Stein, der nun auch Leas Namen tragen wird, dort ist die Erde ausgehoben.

86

LANGE ZEIT HABE ICH verdrängt, dass ich nach Gott suche, dass ich unvollkommen bin, ausgerechnet mein Schwanz erinnert mich daran schon mein ganzes Leben. Ich schaue ihn mir ungern an, betrachte mich nicht gern nackt. Aber auch schon mein ganzes Leben habe ich den Traum von der Familienfeier, in dem ich beschnitten werde. Dieser Traum kommt mir immer wieder in der Badewanne, wenn ich schon ewig darin sitze, so dass die Haut unter den Fingernägeln sich wellt und ganz weich ist. Wenn ich ihn anfasse, das Stück Haut sich wie von selbst zurückzieht, lenkt mich der Gedanke an Sex ab.

Das hat Lea geschafft mit ihrer rauen Stimme, die aus meiner Kindheit hallt. Fass da nicht an, wasch dich darunter, da sind die schrecklichen Keime, das haben unsere Vorfahren nur wegen der Hygiene in der Wüste gemacht, das ist nicht nötig. Dieser Ekel in ihrer Stimme, von dem ich nicht weiß, gilt er dem Schmutz unter dem Stückchen Haut, die nie bei mir beschnitten wurde, oder gilt er dem Mann, der grundsätzlich verantwortungslos mit seinem Teil durch die Welt geht, Kinder wie mich und gebrochene Herzen wie Leas hinterlässt. Lea weiß nichts von Gott und will wegen ihrer Mutter auch gar nichts von Gott wissen. Sie kann Gott ihretwegen nicht verzeihen.

Ich würde gern Hebräisch lernen, die CD-ROM habe ich zu Hause mit dem freundlichen, nickenden Mann, der kään sagt. Davon werde ich niemals den Zeiger in der Thora führen, die fremden Buchstaben von rechts nach links, ohne Punkte und Striche erkennen, in der Synagoge vorn stehen und laut und deutlich Baruch Atah Adonai aus der Rolle anzeigen, so dass die anderen Juden mir vertraut zunicken, ein Jude unter Juden eben.

Ganz in der Nähe gibt es ein neues Lehrhaus. Im Hinterhof des verfallenen Gebäudes war lange Jahre ein sozialistischer Betrieb, nach dem Mauerfall entdecken sie die Zeichen an der Wand, die verkommene Werkhalle wird wieder Synagoge, vorn stehen nun Polizisten, und ich bekomme einen Ausweis. Die Männer mit den hohen schwarzen Hüten sitzen sich zu zweit gegenüber, lesen sich gegenseitig vor, streiten und lernen. Auch ich sitze nun Woche für Woche hier und lerne hebräische Buchstaben.

Er wird kommen, sagt der Rabbiner, ich bin so weit, sage ich, mein Traum soll Wirklichkeit werden. Du kannst den Mohel kennenlernen, sagt der Rabbiner. Der kleine Herr mit Brille steht vor mir, aber er ist so beschäftigt, dass ich nicht wage, ihn mit Fragen zu überschütten. Er steht im kargen Büro neben der provisorischen Liege, die noch warm von einem anderen Körper ist. Er wendet sich mir zu, nimmt mich Maß, bist du Jude, kannst du es beweisen, hast du eine jüdische Mutter, hast du Papiere. Der Rabbiner sagt, ich bürge für ihn, und der Mohel ist beruhigt. Als ich wieder fragen will, nickt er zur Liege rüber, wir machen es gleich, hebt den linken Zeigefinger, legt mit der rechten Hand Daumen und Zeigefinger als Ring herum und deutet so an, wo er schneiden wird. Mein Herz beginnt zu klopfen.

Ich lasse die Hose runter. Soll ich die Schuhe ausziehen, frage ich, nur wenn du die Füße nicht länger als vor zwei Jahren gewaschen hast, antwortet er. Ich hyperventiliere im Liegen, schaue an die Zimmerdecke. Ich spüre, wie um meinen alten Erzeugerundspaßundwasserlasser eine Rüstung gebaut wird, dann pikst es ein paarmal, die Klinge schneidet schnell einmal im Kreis, der Rest ist Routine, sagt der Mohel und gibt mir den Rat, ruhiger zu atmen.

Nun ist der Apparat mit dem Summen dran, ich hebe den Kopf, um der Sache ins Auge zu sehen. Der russische Assistent mit dem melancholischen Lächeln beugt sich über mich und drückt mir die Schultern wieder runter, challes in Oordnung, sagt er in mein Gesicht. So sehe ich nur aus dem Augenwinkel, wie die Nadel mit Faden in der Hand des Mohels sich auf und ab bewegt, viele Male, einmal rings um mich herum. Ich spreche jetzt zweimal den Segen, sagt der Mohel, du antwortest mit Amen. Mir laufen die Tränen. Der Mohel sagt, du hast eine große Mitzwe vollbracht. Jetzt hast du bei Haschem einen Wunsch frei.

87

DIE SUCHE NACH EINEM anderen Therapeuten nimmt Monate in Anspruch. Das neue Zimmer sieht aus wie das alte, der Mann ist Jude, spricht aber nicht drüber, er spricht überhaupt nicht über sich. Auch ich schweige, starre vom Sofa aus an die Decke, bis ich ihn atmen höre. Schlafen Sie, soll ich Ihnen einen Witz erzählen, kontert er meine Frage. Er sagt, ich soll in eine Gruppe wechseln, dort weitermachen. Erst bin ich entsetzt über die Vorstellung, vor anderen zu sprechen, aber die langen Jahre meiner Behandlung haben mich mürbe gemacht. Ich werde das erste Mal auf andere Patienten treffen, andere, über die ich schon lange spekuliert habe.

Neuerdings ruft Paul sogar zweimal am Tag an. Er sagt, ich will dich sprechen, und dann noch das langgezogene Tschööö. Er liegt am anderen Ende der Stadt im Krankenhaus. Ich stehe vor seiner Tür und höre ihn in seinem Zimmer angeregt mit dem Pfleger plaudern. Als ich öffne und den Kopf hindurchschiebe, zieht er die Mundwinkel nach unten, macht Ooaah, was willst du denn hier. Mir stehen die Tränen in den Augen, er sagt, da guckst du. Ich bin wieder mal auf ihn reingefallen.

Die Ärzte schicken ihn ein letztes Mal nach Hause, sie können nichts mehr für seinen kaputten Rücken tun. Er thront im Krankenbett, umgeben von der Familie. Das gefällt ihm, er gibt seiner Tochter Uta Anweisungen und flirtet ein bisschen mit Anna, seiner Frau. Nach einer Weile der Konversation in alle Richtungen sagt er, ihr geht mal rüber. Gehorsam ziehen sich alle sofort zurück. Nun ist er mit mir allein. Ich muss mich mal hochschaukeln, er hat ein Bett mit Motor bekommen, das seinen schmerzenden Oberkörper aufrichtet. Das ist ein hervorragendes Bett, man kann einen ungebetenen Gast glatt rausschmeißen, schräg und weg.

Nun, bist du müde, sagt Paul in meine Richtung, nein, beeile ich mich zu sagen, obwohl es mich in seiner Nähe runterdrückt. Ich höre, sagt Paul. Er überrumpelt mich, bringt mich in Verlegenheit, ich stottere, meine Stimme klingt zu hoch. Ich dachte, du wolltest mit mir reden. Ich denke an meine Gruppe, die mich aufgefordert hat, dem Gespräch mit Paul nicht länger aus dem Weg zu gehen. Aber mein Mut, den ich in der Sitzung noch hatte, jetzt ist er weg. Also ist Paul im Vorteil.

Ich bin nicht dagegen, mit dir zu reden, ich bin sehr dafür, dass wir ein gutes, ein normales Verhältnis haben, wenn es möglich ist, wenn es dir möglich ist, mir ist es auf jeden Fall möglich, ich wüsste nicht, warum nicht, politische Meinungsverschiedenheiten treten überall mal auf, mehr oder minder heftig. So etwas kommt doch in den besten Familien vor, das sollte kein Hemmnis sein, ich bin alt genug, um über Meinungsverschiedenheiten hinwegzusehen, was mich immer freut, wenn du Erfolg hast, auch als Künstler, wenn es dir auch im Privaten gut geht, natürlich war die Scheidung von deiner Mutter nicht leicht für euch. Ich habe dafür volles Verständnis, es ist für die Kinder aus der ersten Ehe eine schwierige Hypothek.

Seine Worte hüllen mich ein, was soll ich antworten, wie kann ich die Situation zu meinen Gunsten kippen. Ich stottere schon wieder.

Lass doch mal, ich habe verstanden, was du mir sagen willst, es ist okay. Ich glaub dir das, wehre ich ab, da hab ich keinen Aufholbedarf, vielleicht eher, dass wir einen etwas persönlicheren Ton finden können, du nicht wie ein Politiker mit mir sprichst, der an sein Volk die besten Wünsche richtet, sondern einmal mit mir redest, als wärst du mein Vater und nicht der Vorsitzende meiner Parteiorganisation. Dass du nicht einmal mit mir von Mensch zu Mensch sprichst, das macht es mir schwer, was Passendes zu sagen, deshalb schweige ich immer, weil ich dazu keine Worte finde. Sag mal, wie ist dein Plan, wo möchtest du liegen, auf welchem Friedhof.

Wie, was, wo, was hast du gesagt, ich habe gar keine Pläne. Du meinst, auf dem jüdischen Friedhof, wenn du wissen willst, ob ich mich als Jude fühle, diese Schacherer, diese widerwärtigen, ich habe mit der Religion gar nichts am Hut, außer dass ich mich ziemlich gut auskenne. Ich halte mich an meinen Vater, ich verlasse mich aufs Stinken, begraben werden sie mich sowieso. Es ist mir so egal, wo sie mich begraben, sie werden mich begraben, vielleicht mit Würde, sonst habe ich keinen Plan.

Weißt du, setzt er wieder an, ich bin damals, als du in der Armee warst, zu dir gekommen, weil deine Mutter gesagt hat, geh hin, er hat Schwierigkeiten. Du hast den Alkohol reingeschmuggelt, das war unerhört. Bitte, er kann sich doch erinnern. Jetzt werd ich laut, was wolltest du denn erreichen mit *Bitte hart mit ihm verfahren*. Was soll ich sagen, soll ich sagen, es tut mir leid, das macht es auch nicht mehr besser, es ändert doch nichts.

Es klopft an der Tür. Anna steht da. Na, wollt ihr einen Tee. Sie ist im richtigen Moment gekommen, es muss draußen nicht zu überhören gewesen sein. Danke, sage ich, ich muss los. Wir schütteln uns zum Abschied die Hände. Heute hat er zum ersten Mal zugegeben, dass er die ganzen Jahre gelogen hat. Immer kam von ihm nur, ich war es nicht, ich habe das nie zu deinen Offizieren gesagt. Zu Hause hole ich mein altes Gesundheitsbuch der Armee wieder hervor. Auf dem Pappeinband steht: Gesundheitsbuch, Zimmermann, Jakob, Achtzehnter Erster Neunzehnhundertsechsundfünfzig. Truppenteil Dritte Motschützenkompanie, Beginn des Wehrdienstes: Neunzehnhundertfünfundsiebzig.

Ich schlage auf und überfliege die Seiten.

MEDIZINISCHES NACHWEISBLATT

Fünfzehnter Elfter Fünfundsiebzig
Patient klagt über besondere Überforderungen im Zusammenhang mit dem Militärdienst, *ich habe Depressionen und möchte nicht auffällig werden.* Patient möchte zum Psychologen. Gefühl: sehr gesprächig, sehr mitteilsam, kontaktfreudig, neurologisch unauffällig. Diagnose: Kein Anhalt für Psychose, Dr. Pächnatz, Arzt für Allgemeinmedizin

Siebenundzwanzigster Erster Sechsundsiebzig
Patient wirkt deprimiert, lustlos, Dr. Müller, Nervenarzt

Achtundzwanzigster Erster Sechsundsiebzig
Vater, Redakteur beim Sender Radio Berlin International, teilt Kompaniechef mit:
Politisch sehr negative Einstellung.
Versucht auf krumme Tour von der Armee zu kommen.
Bitte hart mit ihm verfahren.

88

AN DIESEM MORGEN sollte es geschehen. Isaak hatte die ganze Nacht wegen der Nachricht von Vaters Tod nicht schlafen können. Nun gingen sie in der langen Reihe zu der Höhle, wo auch Mutter schon bestattet worden war. Rebecca, Isaaks Frau, war immer an seiner Seite, sie hatte seine Unruhe gespürt. Schweigend war der ganze Haufen Menschen, nur die Kinder plärrten immer mal vor sich hin. Es war ein Tag, wie sie so viele waren. Die karge Landschaft, die noch keine richtige Wüste war, die rote Sonne darüber, der Staub, der von den Füßen hochwirbelte.

Dann waren sie da, der Stein wurde zur Seite gerollt. Der Körper des Vaters, der nur in einen Sack gehüllt war, wurde in der Höhle im Sand vergraben, nicht weit von der Stelle, wo sich unter einem kleinen Sandhügel der Körper der Mutter befand. Das also war das Ende, das Ende des Vaters, aber Isaak war jetzt wenigstens beschäftigt. Ismael, den er lange nicht gesehen hatte, war ja auch gekommen. Auch das hatte ihn aufgeregt, denn die Brüder hatten kein gutes Verhältnis, und Vaters Erbe, das ausdrücklich nur auf Isaak überging, so hatte es der Vater festgelegt, hatte sein Übriges getan, die Beziehung zu belasten.

Es war eine Prozedur, wie sie schon seit Menschengedenken erprobt war, sie war eben festgelegt, und jeder hatte seine Rolle darin. Das war ja auch gut so, sonst würde es schon dort am Grab zu schrecklichen Szenen kommen. Es war aber alles ruhig abgelaufen, Ismael und er hatten sich nicht gestritten. Da hatte Rebecca natürlich auch ihren Anteil, denn sie hatte Isaak vorher genau eingeschärft, wie er sich zu verhalten hatte. Anschließend gingen beide Gruppen auseinander, direkt nach der Zeremonie, also schon am Grab, trennte man sich. Isaak zog mit seiner Familie zu sich nach Hause, während Ismael mit den Seinigen in der Nähe des Grabes blieb. Als sie sich trennten, verabschiedeten sich die Brüder nicht groß. So gingen sie zurück, und Isaak nahm Rebecca bei der Hand, die sie ihm jetzt, wo alles überstanden war, auch überließ.

Am Abend war alles wie gewöhnlich, obwohl sich ja eigentlich alles ganz anders anfühlen sollte, wo Vater nicht mehr da war. Aber die Schafe weideten und die Ziegen meckerten wie immer. Die Sonne verschwand auf der flachen Seite, da, wo weiter hinten das große Meer lag, wie sie es immer tat, und so rot, wie sie gekommen war an dem Tag. Alles wie immer, das ist merkwürdig, dachte Isaak. Immer hatte er es sich so bedeutsam, so besonders vorgestellt, den Tod des Vaters.

Dann lagen sie auch schon wie jeden Abend nebeneinander. Isaak konnte immer noch nicht schlafen, er horchte auf Rebeccas Atem. Schläfst du schon, ihr Ton, mit dem sie nein sagte, machte ihn vergnügt, dieser Ton, als ob sie nur darauf gewartet hätte, dass er sprechen würde, und das hatte sie ja auch. Dieser ruhige Ton, wie sie ihn zurückfragte, was hast du, das ließ in ihm ein ungeheures Glücksgefühl hochsteigen, er liebte sie eben nicht nur körperlich, sondern er fühlte sich so unendlich geborgen neben ihr. Seine Stimme war heiser, und er musste sich ein paarmal räuspern, als er von dem zu sprechen begann, was er ihr noch nie erzählt hatte.

Du weißt ja, dass wir früher viel rumgezogen sind, ich war es gewohnt, Vater hat mir immer angesagt, was ich machen soll. Ich musste mich meist um die Schafe kümmern. Er war sehr oft schlechter Stimmung, manchmal verschwand er sogar einfach, tagelang. Dann kam er wieder, und wehe, etwas war nicht genau so, wie er befohlen hatte. Er redete immer von seinem einen Gott und beklagte sich sein ganzes Leben, dass die meisten anderen Menschen für jedes Problem einen anderen Gott anflehen würden und nicht den Einen. Ich habe diese

Litaneien immer gehasst, meist wollte ich doch nur, dass er nett zu mir sein sollte. Das hat nichts mit dem Erbe zu tun, es hat etwas damit zu tun, dass ich nie einen persönlichen Kontakt zu ihm gefunden habe.

Was wolltest du mir eigentlich erzählen, unterbricht Rebecca ihren Mann. Ja, richtig, wir waren in der Nähe von Moria, diesem Berg, an einem frühen Morgen hat er mir gesagt, ich soll mich anziehen, er braucht mich. Ich habe mir nichts dabei gedacht, diese unentwegten Befehle kannte ich ja, also habe ich mich angezogen. Ich dachte, es geht um unsere Tiere, aber das war es nicht. Wir sind losgezogen, ein paar Hirten von uns, Vater und ich. Wir sind den Berg hochgeklettert. Als ich ihn gefragt habe, Vater, was willst du da oben, hat er gemurmelt, wir wollen einen Altar bauen, wollen ein Opfer bringen. Das haben wir ja oft gemacht. Dann aber fiel mir nach einer Weile auf, dass wir keins der Schafe mitgenommen haben. Es konnte doch nicht sein, dass er es vergessen hatte. Wir haben dann die Hirten stehenlassen. Ab hier gehe ich mit dem Jungen allein weiter, hat Vater zu ihnen gesagt.

Irgendwann meinte er, ich soll jetzt Holz sammeln. Nicht so einfach da oben, kaum Bäume dort, aber schließlich hatte ich ein paar Äste zusammen, und er hatte aus Steinen einen Altar gebaut. Darauf haben wir die Äste geschichtet, wie wir es immer gemacht haben. Er war anders als sonst, er hat nur noch geschwiegen. Als alles fertig war, hat er mich noch mal weggeschickt, er wollte zum Beten allein sein. Ich habe mich ein Stückchen weiter hingesetzt und gewartet, mir wurde wieder ganz schön kalt, nachdem ich vorher so geschwitzt hatte, der Wind geht da oben ordentlich. Ich habe mich immer wieder nach ihm umgeschaut, aber er stand nur da, mit dem Gesicht zur Sonne. Ich habe mich nicht getraut, ihn zu stören, habe ich mich nie.

Als ich mich wieder nach ihm umdrehte, stand er plötzlich hinter mir. Komm, sagt er, und wir gehen zu dem Altar zurück. Dann hat er mir gesagt, ich soll mich auf das Holz legen, ich wusste ja immer noch nicht, was er meinte, und hab es getan. Er hat mich gefesselt. Das Merkwürdige war, ich habe mich nicht gewehrt. Er hat die ganze Zeit nicht gesprochen, ich auch nicht. Dann hat er das Messer rausgeholt. Ich habe die Augen geschlossen und gewartet. In meinem Kopf hat sich alles gedreht, und da war ein Ton, so ein Brummen, tief, aber manchmal auch höher. Es hat nie aufgehört. Ich war wach, aber ich wollte auf keinen Fall die Augen öffnen, ich hatte Angst. Ich hatte immer nur Vater mit dem Messer vor mir, das letzte Bild, bevor ich die Augen schloss. Dann habe ich am Arm eine Berührung gespürt. Als ich die Augen öffnete, sah ich Vater, wie er den Strick um mich wieder aufknüpfte, es war inzwischen auch schon dunkel geworden, die Sterne waren zu sehen. Er hat mich immer noch nicht angeschaut, hat nur mit dem Kopf zu dem Widder genickt, der da plötzlich stand und den wir dann auf dem Altar geopfert haben. Ich habe lange gebraucht, bis ich verstanden habe, was damals passiert ist, eigentlich ist es mir erst heute richtig klargeworden.

Was meinst du, wollte er dich opfern auf dem Berg, entfährt es Rebecca in einem Schrei. Ja, er hätte mich getötet, ohne Zögern. Ich habe das Messer doch gesehen, ich kann mich genau daran erinnern. Aber er hat es nicht getan, flüstert Rebecca. Nein, er hat es nicht getan. Hast du je mit ihm darüber geredet, wie denn, er war zwar ein Vielredner, ein großer Welterklärer, aber wenn es darauf ankam, war er immer verschlossen. Später hat er ja noch mal mit dieser anderen Frau gelebt, ich habe noch viele Geschwister bekommen. Da war er sowieso ein ganz anderer, viel heiterer als mit Mutter, Ismael und mir damals, aber darüber haben wir nie gesprochen. Du bist die Erste, der ich das Geheimnis erzähle.

Die Kinder sind wach, haben sie schon die ganze Zeit zugehört. Esau und Jakob machen Krach in ihrer Ecke, wenn einer wach ist, ist es der andere auch. Sie haben nichts mitbekommen, es wird ja auch schon langsam hell, tröstet sich Isaak, der gern noch weitergeredet hätte, doch Rebecca ist schon bei den Kindern. Erst am nächsten Abend, als die Kleinen schlafen, nehmen sie das Gespräch wieder auf.

Was glaubst du, warum Abraham das getan hat, fragt Rebecca. Ich weiß es nicht, aber es macht mich traurig, wenn ich daran denke, es macht mich oft abwesend, weil ich es nicht aus dem Kopf bekomme, es lässt mir die Welt so dunkel erscheinen. Dann ist auf einmal alles, was nah war, ganz fern. Während Rebecca nickt, senkt Isaak den Kopf. Die Frage führt ihn wieder ganz an ihn selbst, an sein bisheriges Leben, sie ist sein Alles oder Nichts. Immer wieder hat er geglaubt, er könnte ihr entkommen, hat an guten Tagen alles scheinbar vergessen, war froh, übermütig und wie als kleiner Junge so unbeschwert. Aber immer wieder kommt ihm das Bild vom Vater mit dem Messer vor Augen und dann ist es mit einem Schlag aus.

Ich habe mich lange schuldig gefühlt, ich habe gedacht, ich habe alles falsch gemacht, der Vater will und muss mich bestrafen. Dann habe ich gedacht, wofür, und bin auf tausend Sachen gekommen, ich habe mir nicht die Hände gewaschen vor dem Gebet, ich bete nicht lang genug, ich habe seine Schafe weglaufen lassen, ich habe mich so lange und immer wieder schuldig gefühlt. Aber das bist du nicht. Ja, das bin ich nicht. Was ist es aber dann, verlangt Gott selbst vom Vater meinen Tod, warum. Das Lächeln, das Isaak den ganzen Tag für seine Söhne hat, wofür ihn Rebecca so liebt, ist verschwunden. Sie weiß, sie kann ihn nicht in dieser Stimmung lassen, also redet sie, ganz egal, welchen Sinn es hat, sie redet, bis Isaak sie wieder unterbricht.

Ich habe heute Nacht geträumt, ich war wieder auf dem Berg mit Vater, ich habe ihm das Messer gegeben, aber er war nicht er, sondern ich war gleichzeitig er und auch ich. Ich konnte fühlen, wie ich zugestochen hätte. Warum hast du nicht, nur diese Frage kann Isaak unterbrechen, das weiß Rebecca, ich konnte mich sehen, wie ich da gefesselt lag, und hätte mich ja selbst getötet. Rebecca nimmt Isaak in die Arme, wir machen es mit unseren Kindern anders, flüstert sie.

89

ICH FAHRE MIT DER S-BAHN, jede Woche die gleiche Strecke, dreizehn Stationen, ich gehe entweder zu früh oder zu spät aus dem Haus, oder die S-Bahn kommt nicht zur rechten Zeit. Druck ist immer da. Schon nach der ersten Station muss ich umsteigen, dann habe ich zwölf weitere Stationen und achthundert Meter beim Laufen Zeit, nachzudenken.

Ich besuche die Gruppe. Es sind immer mehr Frauen als Männer da. Sie wird von Frau Freund aus Israel geleitet. Sie bestimmt die Regeln, sie lässt uns, der Gruppe, aber Leine. Sie spricht ein gebrochenes Deutsch, schweigt allerdings länger, manchmal wechselt die Sprache vom Deutschen ins Englische, ein Patient spricht Hebräisch. Er notiert auch von links nach rechts, sein ununterbrochenes Lächeln macht mich wütend. Hör auf mitzuschreiben. Er hört nicht auf zu lächeln.

Er kann immer antworten, reden, wo bei mir nur noch wortloser Hass ist. Er redet über seine Eltern in Israel, über seine Mutter, die aus Auschwitz wiedergekommen ist. Er redet pausenlos. Er war früher in einer Sekte, jetzt sagt er, dass ihm die Gruppe nichts bringen würde. Durch meine Wut auf ihn komme ich mir näher. Ich erfahre etwas über mich, ich muss über ihn nachdenken, anstatt um mich zu kreisen. Doch ich gleite immer wieder an ihm ab. Er spricht immer, er bleibt so ruhig, wo ich schon Schaum vor dem Mund habe. Meine Wut wird angestachelt, weil er nie über seine Gefühle spricht, als wäre in ihm nur ein Roboter, der alles gleichförmig betrachtet.

Es gibt noch einen anderen Mann aus Israel. Er spricht wenig, hat eine dunkle Hautfarbe, erst wenn wir gemeinsam nach

Hause fahren, erfahre ich etwas über seine Familie, die aus dem Jemen nach Israel eingewandert ist, wie sie als Schwarze ganz unten stehen. Er schämt sich für sein schlechtes Deutsch, bald verlässt er unsere Gruppe. Neue kommen, Alte gehen. So sitzen wir Woche für Woche, die, die bleiben, wachsen allmählich zusammen.

Zweimal die Woche stehe ich vor der Tür, vor der auch die anderen warten. Noch reden wir übermütig, scherzen und benehmen uns wie Arbeitskollegen. Dann gehen wir hinein. Jeder hat seinen bestimmten Stuhl, auch die Therapeutin. Gundula gleitet schnell in ihren Sessel, sie will ihre Ordnung. Sie richtet den Tisch in der Mitte nach, er muss genau im rechten Winkel zu ihr stehen, sie entfernt kleine abgefallene Blätter vom Blumenstrauß darauf, aber trotzdem bleibt sie unzufrieden.

Eine Neue ist gekommen, ein großer, dicker Hund, der sich mit einem Plumps auf den einzigen freien Stuhl fallen lässt. Marianne, der Hund mit tapsigen Pfoten und großen Nasenlöchern, wo bald immer Tränen rausrollen, sagt, sie wäre nach der Arbeit immer allein zu Haus. Sie erzählt von ihrer Kindheit in Bayern, wo sie in einer Kneipe bei der Tante groß wurde. Wieder kullern ihr die Tränen. Carla, die Katze, die aus Argentinien mit den Eltern wieder nach Deutschland kam, nestelt an ihrer Tasche, sie sucht nach einem Bonbon. Sie hat draußen jeden mit einer Umarmung begrüßt, aber drinnen schaut sie schnell nach unten, spricht nicht. Gundula ist nicht entgangen, wie die Katze heute abwesend ist. Wirst du noch mal was probieren, mit dem Job? Die Katze schüttelt den Kopf, ich kann nicht, ich fühle mich zu schwach, ich hoffe auf die Rente. Alle schauen nach unten.

Marianne, die Neue, wird offensiv. Wieso lässt du dich so hängen, Carla, die Katze, sieht den Hund nicht an, sie lässt sich doch von Deutschen nicht sagen, dass sie wieder arbeiten gehen soll. Sie fährt die Krallen aus und schlägt zu, ohne hinzusehen. Das hat gesessen. Der Hund wischt sich über die Nase, die wieder anfängt zu laufen. Wieder Tränen in den Augen.

Der Hund holt vom Tisch die vorbereiteten Taschentücher aus der Box, putzt sich die Nase mit lautem Tröten, schüttelt den dicken Kopf, dass die Tropfen nach allen Seiten fliegen. Ich versteh das nicht, du brätst doch keine Extrawurst, sagt der Hund zur Katze. Carla hat ihre Eltern, die im argentinischen Exil waren, wo Carla geboren wurde, wieder in Berlin bis zum Tod gepflegt, aber nie in Deutschland Fuß gefasst. Ihre Eltern haben immer gesagt, das ist alles nicht so schlimm wie bei uns damals in Auschwitz. Marianne, der Hund aus Bayern, ist lesbisch, aber ohne Partnerin, nie ist jemand für immer beim Hund geblieben. Der Hund hat Rückenschmerzen, so dass er nicht mehr arbeiten kann, war, wie die meisten hier, schon mal in der Psychiatrie, statt Tabletten soll ihm nun die Therapie helfen.

Nach ein paar Wochen und langen Kämpfen mit Carla kommt Marianne nicht mehr. Die Therapeutin macht uns am Anfang der Stunde eine Mitteilung. Marianne hat sich das Leben genommen, hat die Rosskur mit uns nicht ausgehalten.

Ich sitze mit euch im Kreis. Wenn sich nicht einer von euch schnell entscheidet, dann beginne ich zu sprechen. Ihr lächelt und sagt, Jakob ist ein Schauspieler, ein Mensch für die Bühne, ihr lächelt, wenn ihr so über mich redet. Aber ich sage euch, ihr seid im Moment meine Familie, ich erzähle, weil, wie meine Mutter immer sagte, du kannst dich eben nicht in mich hineinversetzen, sich niemand in den anderen hineinversetzen kann. Deshalb hört ihr euch meine Geschichte an, so wie ich mir eure anhöre. Ich habe mich vorbereitet, habe alte Papiere gelesen, die ich in meinem Zimmer aufbewahre, habe Erinnerungen, die aber trügen, wie auch die Stimmen meiner Kindheit.

Meine Geschichte ist auch die Geschichte meiner Vorväter, also im Wesentlichen die meines Großvaters, Vaters und meine. Ihr seid Juden und Deutsche, ihr habt alle Gründe, weshalb ihr euch gerade diese Gruppe ausgesucht habt und keine andere, wie ich auch. Ich bin hier der Einzige, der früher mal in der DDR gelebt hat. Ich fange beim Urschlamm an, so, wie mein Vater, wenn er erzählt, so, wie ich es von ihm nie hören wollte.

Die Geschichte meiner Familie ist auch von Frauen geprägt, beginne ich, wie hier in der Gruppe, wo Frauen die Übermacht bilden. Wenn es Veränderungen gibt, dann kommen sie von den Frauen, sie sind näher am Leben. Die Männer, und das teile ich mit den Männern meiner Familie, nahmen sich Frauen, um sich *aufzunorden*, wie mein Großvater immer sagte, zu verbessern. Nach siebzehn Jahren Analyse habe ich nichts entdeckt, was uns im Innern trennt, ob Juden oder Deutsche, wir sind alle Menschen, die sich vor allem nach einem sehnen, nach Liebe. Alle haben diese Sehnsucht in sich, alle haben traumatische Erfahrungen in ihrer Kindheit gemacht, bei jedem anders, aber immer traumatisch. Diese Gleichheit der Erfahrung lässt in uns endlich wieder ein Gefühl der Wärme zueinander entstehen, wie wir es nur als Sehnsucht, als Traum von der frühesten Kindheit kennen. Es entzündet wieder die alte Flamme der Liebe in uns, lässt ganz allmählich Heilung zu.

Mich hat diese Heilung zu neuen Bindungen geführt, die mein Anker, mein Platz in der Welt wurden. Diesen Platz hatte ich verloren. Dieser Verlust hat mich so lange selbstzerstörerisch gemacht. Erst die Fähigkeit, mich in anderen zu erkennen und damit den anderen etwas solidarischer wahrzunehmen, lässt mich mich selber besser aushalten. Nach siebzehn Jahren kann ich nach Hause gehen. Ihr lasst mich gehen, ihr sagt, ich bin reif, gesund genug, wieder ohne euch zu leben. Ich spüre, dass es ernst gemeint ist, auch an eurem Neid. Also im Guten wie im Schlechten. Es macht mich stolz und froh, natürlich bin ich auch ängstlich, aber wie ihr mir gesagt habt, ich darf immer wieder zu euch zurück. Das ist beruhigend.

Also, macht's gut.

90

PAUL LIEGT IM VIERTEN STOCK des Pflegeheims in seinem neuen Zimmer, nur ein paar Meter von seiner alten Wohnung entfernt, wo auf dem langen Flur die Räume mit Bildern auf den Türen abgehen, die sich jeder selber ausgesucht hat. An seiner Tür hängt eine Zeichnung von Don Quichotte, dem Ritter von der traurigen Gestalt. Der Mann daneben hat ein Elvis-Foto dran, er hört den ganzen Tag laut Popmusik im Radio. Daneben eine Alte, sie sitzt bei geöffneter Tür, mit offenem Mund, starrt sabbernd aufs Fernsehprogramm. Daneben der Essraum, wo all die anderen Alten versammelt sind, die noch krauchen können. Dazwischen die Pfleger und Ärzte, die Schwestern und Reiniger, diese ganzen Leute, die Paul so gern von seinem Bett aus befehligt.

Er hat die Klingel und sein Telefon ständig neben seiner Hand, den Fernsehbildschirm vor sich am Bettende, am Kopfende den Nachttisch, neuerdings mit der Mischna in der Schublade. Das Fenster an der Seite, aus dem er in den grauen Berliner Himmel schaut. Er beißt die Zähne zusammen, erhebt sich mit dem Beutel mit der gelben Flüssigkeit, der an seiner Seite hängt, dessen Schlauchende ihn auch noch schmerzt, wo es in ihm steckt, macht ein paar Schritte zum Klo, das ist der Ausflug des Tages. Zurück im Bett, kommt ihn Anna besuchen, um mit ihm gemeinsam Mittag zu essen, aber auch ihre Kräfte lassen nach.

Paul bleibt nicht mehr viel Zeit, er hat noch einen letzten Plan. Haschem unterstützt ihn. Er hat es so eingerichtet, dass Paul einen guten Grund hat, nicht selbst zu erscheinen. Er muss sich keine Blöße geben. Nur noch das Treffen einrühren, nicht mal Anna hat er bis zuletzt was gesagt. Er hat den Wink an die Stadt gegeben, die haben sich mit dem Künstler in Verbindung gesetzt. Dann hat man ihm geantwortet, den Tag mitgeteilt.

Er hat an alle in der Familie Signale gesendet, fahrt nach Hannover, es werden Stolpersteine gelegt. Er weiß, wir würden uns schwertun, uns zu verabreden, uns zu einigen, auf einen höflichen Nenner zu kommen, uns gar ohne Anlass zu sehen. Aber er will das Familientreffen, mehr bleibt nicht, mehr ist nicht zu erwarten.

Er telefoniert wieder und wieder, hört nach dem neuesten Stand, murmelt Mhm, lehnt sich zurück, wimmelt ab, wenn ihm was nicht passt. Er hat genau berechnet, was der Auftrag für jeden von uns ist. Alles geht nach seinem Kommando, obwohl er das nie zugeben würde. Er hält alle Fäden in der Hand, sowohl bei den verschiedenen Genehmigern – wie bei der Stadt wegen des Termins – als auch bei der Familie. Johann wird Pauls Grußadresse verlesen. Konrads Sohn wird aus London anreisen und über Konrad sprechen. Bei Lena muss er sich nicht anstrengen, er erwartet keine Widerworte, sie pariert, holt ihre Kinder dazu. Jeder erfüllt die ihm aufgetragene Aufgabe, ohne sie zu kommentieren.

Ich gehe auch zu ihm, um zu hören, was er von mir will. So weit keine wirklichen Beschwerden, man ist hier ganz gut versorgt, das Wetter könnte mal besser werden, beginnt er diplomatisch. Er spricht nicht über seine Schmerzen vor mir, jetzt keine Schwäche zeigen, scheint er sich zu befehlen, er hat ja noch den Auftrag für mich. Hast du die Absicht, bei der Stolpersteinlegung zu singen, fragt er. Ich stottere schon wieder. Ich wüsste nicht, was da passend wäre. Das kann ich dir sagen, kommt es wie aus der Pistole geschossen, ein Kaddisch. Es sind genügend Leute da, dass ein Kaddisch gesagt werden kann, du musst nicht, aber so viel Zeit ist allemal. Wenn nicht, dann nicht.

Das hat gesessen, wumm. Der alte Kommunist, für den Religion Opium für das Volk ist, hat eine Kehrtwendung vollzogen. Vater, ich bin gerührt, dass du möchtest, dass ich ein Gebet sage, ich liebe dich, ich verstehe dich, ich teile deine Gedanken, ich werde sie umsetzen, du gibst mir Frieden, es wird ganz so sein, wie du es dir wünschst. Das alles sage ich nicht. Stattdessen nicke ich vorsichtig und sage, gut, ich denke darüber nach.

Ich bin aufgeregt, da hilft nur gute Vorbereitung. Ein genauer Plan für den Ablauf, alles schriftlich, was zu sagen ist, wichtige Namen notieren, damit ich in der Konversation nicht versage. Wie soll ich es sagen, auf Hebräisch, gar auf Deutsch, es liegt alles bei mir. Ich will es gut machen, bin ganz der kleine zögernde Jakob. Wer von uns wird von Vater am meisten geliebt, nun, da Mutter nicht mehr da ist, gibt es nur noch ihn, in dessen Licht wir Kinder uns sonnen wollen. Vielleicht deshalb die Aggressionen unter uns, hinter der Angst, die Rhetorik, das Wissen und das Halbwissen, wessen Argument schlägt, hinter der Höflichkeit die Wut. Zunächst wurde der Sieger immer nach dem Alter entschieden – erst groß, dann klein. Da hatte ich keine Chance. Doch die Kindheit ist vorbei.

Nachdem ich das Auto geparkt habe, muss ich zuerst eine Toilette aufsuchen, die Wirtin im Café sagt, nicht hier. Ich gehe quer über die Kreuzung in ein öffentliches Pissoir, habe aber nur eine große Münze, man wechselt mir übellaunig im Kiosk daneben. Ich lasse das Metall in den Schlitz rollen. Dann schiebe ich mich erleichtert auf die Menge auf der Straße zu. Heinrichs Haus im Hintergrund ist größer, als ich es mir vorgestellt habe.

Zuerst versuche ich alle Personen herauszufiltern, die ich nicht kenne, die aber heute noch eine Rolle spielen werden. Ich arbeite meine Namensliste ab, schüttele Hände. Dazwischen meine Familie. Der Baulärm hat schon begonnen, der Straßenbelag wird aufgebrochen. Mein Bruder holt bereits seine vorbereiteten Mappen heraus und verteilt sie. Sie tragen auf der Deckseite das Dreieck, wie man es von den Erinnerungssteinen aus der DDR kennt. Er hat die Dreiecke selber ausgeschnitten, dazu die Kopien der alten Fotos von der Familie und die Innen- und Außenansichten vom Haus eingeklebt. Der Künstler, der die Steine setzt, hatte heute schon einen Termin und muss bald zum nächsten weiter. Deshalb setzt er mit seinen Gehilfen zügig an. Die Löcher sind schon im Asphalt. Aber ganz so schnell geht es dann doch nicht. Alle wollen das Ereignis als Foto festhalten. Also müssen wir gemeinsam mit den Stolpersteinen posieren, während Johann mir leise die Reihenfolge der Ansprachen ins Ohr sagt, die Dramaturgie des Ablaufs festlegt.

Es erfolgt das Einsetzen, Fixieren und Verschmieren. Heinrich und Rosa oben, Gertrud, Konrad und Fanny unten, Paul fehlt, er lebt ja noch. Er meldet sich im minütlichen Abstand, seine Stimme klingt rau und nasal immer wieder aus einem anderen Handy in der Menge, er muss vom Bett aus den neuesten Stand haben oder kontrollieren, ob einer von uns doch nicht erschienen ist. Nun werden Blumen der Stadt um die Steine gelegt, wieder klicken die Apparate.

Der Baulärm ist verstummt, darauf hat mein Bruder gewartet, er verliest die Grußadresse unseres Vaters. Johanns Stimme ist brüchig, er hat Schwierigkeiten, während er liest, gleichzeitig in seiner Mappe zu blättern, um die Fotos darin herumzuzeigen. Ich nehme sie ihm ab und blättere für ihn, aber er greift immer wieder danach und berichtigt, denn die Bilder und seine Worte sollen nach seiner Dramaturgie übereinstimmen. Ich schaue mich um. Wen von den Männern kann ich für das Minjen zählen, niemand trägt Hut oder Kippa, es ist Sommer, ein heißer Tag, und trotzdem, nicht mal ein Sonnenhut. Ich sage *Sein großer Name werde erhoben und geheiligt in der Welt, die er nach seinem Willen erschaffen hat. Sein Reich erstehe in eurem Leben und in euren Tagen, bald und in naher Zeit, und sprecht, Amen.* Ich blicke um mich, niemand spricht mit. Der Künstler hat den Zement mit Wasser begossen, dadurch blinken die Steine in der Sonne.

Der offizielle Teil ist vorbei, wir werden von den neuen Besitzern der Villa, die auch bei der Zeremonie waren, hereingebeten. Da ist die temperamentvolle Musikmanagerin mit ihrem Gatten aus dem Parterre, sie gibt uns schon die ganze Zeit Zeichen, sie hat hinten im Garten eine große Tafel aufgebaut, wo es gleich Kaffee und Kuchen gibt. Erst betreten wir das Haus, gehen unter ihrer Führung von Zimmer zu Zimmer, sogar ihr Schlafzimmer dürfen wir besichtigen und einen Raum, in dem allein die Anzüge ihres Gatten aufbewahrt werden.

Die Gastgeberin erklärt, wie viel Mühe sie sich gegeben hätte, nach all den Jahren die ursprüngliche Struktur wiederherzustellen. Sogar eine originale Türklinke von Heinrich hat sie wiedergefunden. Die Fotoapparate klicken, die Aaahs und Oohs klingen. Mein Kopf schwimmt. Ich sehe die gemütliche Hundehütte im Garten, in der Paul so gerne lag, da krieche ich jetzt rein, lege mich auf die Decke und schlafe. Aber es gibt sie nicht mehr.

Die Besitzerin des zweiten Stocks ist Jüdin und arbeitet als Analytikerin, sagt sie mir, ich war heute schon auf der Stolpersteinlegung meiner Tante und wusste gar nicht, dass das Haus hier früher Ihnen gehört hat. Nach dem Kuchen stellen wir uns im Garten für ein weiteres gemeinsames Foto auf. Unsere Familie vor der Kulisse der Villa.

Ein Mann nutzt die Gunst des Augenblicks. Er steht gebückt, mit verbeulter Aktentasche, schon die ganze Zeit dabei. Ich möchte Ihnen einen weiteren Wohnort Ihrer Familie und die Grabsteine Ihrer Vorfahren zeigen. Er ringt mit den Händen, während er erklärt. Ich möchte mich Ihnen nicht aufdrängen, wenn ich in Ihren Gesichtern sehe, dass Sie sich langweilen, während ich rede, höre ich sofort auf. Alle gehen in die Autos und werden sich seiner Führung anschließen, er weiß mehr über unsere Familie als wir alle zusammen.

Wir fahren zu Rosas und Heinrichs erster Wohnung, sehen zur Kirche rüber, schauen von außen in die Fenster.

Er hat den Schlüssel zum alten jüdischen Friedhof dabei und zeigt beim Sprechen auf die Ruine eines Grabsteins. Er hat eine Tabelle mit dem Namen Spanier und dem Stammbaum unserer Vorfahren, die er zeigt. Nur einmal blitzt mein altes Temperament auf, als meine Schwester Heinrich als Vorsitzenden der Gemeinde bezeichnet und ich den Kopf schüttele, als der Mann sagt, er war nicht der Vorsitzende, sehe ich triumphierend zu ihr. Alle Kindeskinder schauen tadelnd in meine Richtung. Warum bin ich so ein Rechthaber, nur keinen Streit.

Für alle Zeiten eine freundliche, liebevolle Familie ohne Probleme. Warum können wir uns nicht umarmen, warum sind wir nicht näher beieinander. Stattdessen stehen wir distanziert und lauschen den Worten. Der Mann weiß alles. Am Ende des Tages reicht Johann diskret einen Briefumschlag. Auch das hat Paul angeordnet, während wir im Gartenlokal um den großen Tisch sitzen.

Es wird Zeit, sich zu verabschieden. Lasst uns einander öfter sehen, sagen wir uns matt. Konrads Sohn, mein Cousin, macht sich mit seiner Frau auf, sie nehmen den Flieger nach London. Wir fahren, jeder in seinem Auto, nach Berlin.

Ich fahre nach Hause in mein neues Leben nach der Therapie. Ich werde die Geschichte aufschreiben, damit ich weiß, wer wir sind und wie wir waren, damit ich besser leben kann.

GLOSSAR

Baruch Atah Adonai – Hebräisch für »Gelobt seist du, Ewiger unser Gott«

Chadar ochel – Hebräisch für Speisesaal / Esszimmer

Challa / Challes – ein geflochtenes Weißbrot, wird meist für den Sabbat gebacken

Chanukka – das acht Tage andauernde Lichterfest, mit dem der Wiedereinweihung des zweiten Tempels in Jerusalem gedacht wird

Chevra Kadisha – Hebräisch für »Heilige Bruderschaft«, Beerdigungsgesellschaften, die sich der rituellen Bestattung Verstorbener widmen

Haggada – ein schmales Buch, welches die Anleitung zur Begehung vom Seder, dem Vorabend des Pessachfests, enthält, und aus dem mit der Familie gemeinsam gelesen und gesungen wird

Haschem – Hebräisch für »der Name«, im Judentum gängige Bezeichnung für »Gott«

Kaddisch – eines der wichtigsten Gebete im jüdischen Glauben, wird u. a. zum Totengedenken und am Grabe rezitiert, darf nur gesprochen werden, wenn ein > Minjan anwesend ist

Kibbuz / Kibbutz – ländliche Kollektivsiedlung in Israel mit gemeinsamem Eigentum und basisdemokratischen Strukturen

Kiddusch – wörtl. »Heiligung«, Segensspruch über einen Becher Wein, mit dem der Schabbat und die jüdischen Feiertage eingeleitet werden

Kidduschbecher – ein ritueller, mit Wein gefüllter Becher, oft reich verziert und aus Silber

Kippa(h) / Kipa – kleine, kreisförmige Mütze aus Stoff oder Leder, die den Hinterkopf bedeckt, traditionelle Kopfbedeckung männlicher Juden, hauptsächlich zur Ausübung der Religion, von vielen orthodoxen Juden auch im Alltag getragen

Matze – dünner Brotfladen, ohne Triebmittel gebacken aus Mehl und Wasser, wird zur Erinnerung an den Auszug der Israeliten aus Ägypten gegessen

Mazel tov / Mazeltov / Masel-tov / Mazal tov – Hebräisch bzw. Jiddisch für »Viel Glück« oder »Viel Erfolg«, wird oft auch im Sinne von »Glückwunsch« gebraucht

Mischpoke / Mischpoche / Mespoche – Jiddisch für Familie bzw. familienähnliche Gemeinschaft

Minjan / Minjen – die Anzahl von im religiösen Sinne mündigen und gläubigen Juden, nämlich mindestens zehn, die man zur Abhaltung eines Gottesdienstes benötigt

Mischna – die erste größere Niederschrift der mündlichen Tora und als solche die Basis für den Talmud

Mitzwe / Mitzwa – Gebot im Judentum, wird in der Tora benannt oder von Rabbinern festgelegt

Mohel – ein fachlich und religiös ausgebildeter Beschneider, der die Brit Mila, die männliche Beschneidung nach jüdischer Sitte, vollzieht

Pessach – das Fest zum Gedenken an den Auszug der Juden aus Ägypten und der Befreiung von der Sklaverei, eines der wichtigsten Feste des Judentums

Purim – das Fest zum Gedenken an die Errettung des jüdischen Volkes aus drohender Gefahr in der persischen Diaspora

Sabbat / Schabbat – der siebte Wochentag, ein Ruhetag, an dem keine Arbeit verrichtet werden soll, er beginnt am Abend und dauert von Sonnenuntergang am Freitag bis zum Beginn der Dunkelheit am folgenden Samstag

Schadchen – Jiddisch für Kuppler, Heiratsvermittler

Shalom Aleichem – Hebräisch für »Friede sei mit euch«

sha na tova / Schana tova – hebräischer Neujahrsgruß, wörtlich: »Gutes Jahr«

Tallit – Gebetsmantel, ein viereckiges, weiß oder cremefarbenes Tuch mit meist blauen Zierelementen, welches erstmals bei der Bar Mizwa, später beim Morgengebet getragen wird

Tora / Thora – der erste Teil des Tanach, der hebräischen Bibel, besteht aus fünf Büchern, in der christlichen Bibelübersetzung sind dies die fünf Bücher Mose; der Begriff kann auch die Torarolle bezeichnen, eine Rolle aus Pergament, auf der von Hand die Tora geschrieben steht und aus der im jüdischen Gottesdienst gelesen wird

Yisgadal v'yiskadash shmai raba – Hebräisch für »Erhoben und geheiligt sei Sein großer Name«, die erste Zeile aus dem > Kaddisch

Jom Kippur / Yom Kippur – der höchste jüdische Feiertag, seine zentrale Motive sind Reue und Vergebung, wird mit Fasten und Beten zu Hause und in der Synagoge verbracht

DANKSAGUNG

Ich danke meiner Frau, die von Anfang an an das Buch geglaubt hat, mit Geduld und Beharrlichkeit meine Phasen von Verzweiflung, Euphorie und Stumpfheit ertrug, und die mich immer wieder zum stringenten Erzählen antrieb.

Ich danke meiner Lektorin Kristine Kress, die mit Respekt und positiver Kritik mir half, den Roman in die richtige Form zu bringen.

Ich freue mich besonders, mein Buch beim Ullstein Verlag herauszubringen, an dessen Tradition ich gern anknüpfe.

Ich danke Gott, der mir nach vielen schwierigen Jahren wieder den Weg ins Licht gezeigt hat. Ich widme dieses Buch meinem Onkel Bernhard Herzberg.

Das Zitat auf S. 157/158 stammt aus dem Lied
»Mein bunter Harlekin« (1968) von Siw Malmkvist,
Text von Hans Blum.

Das Zitat auf S. 158 stammt aus dem Lied
»Es steht ein Haus in New Orleans« (1965), original
»The House of the Rising Sun«,
deutscher Text von Manfred Krug.

Das Zitat auf S. 167 stammt aus dem Gedicht
»Ach Freund, geht es dir nicht auch so?« (1965) von Wolf Biermann,
erschienen in »Mit Marx und Engelszungen.
Gedichte – Balladen – Lieder«, Berlin 1968.

Das Zitat auf S. 202 stammt aus dem »Omnibuslied«
aus dem Rockspektakel »Paule Panke« der Band Pankow,
Text von Wolfgang Herzberg.

Einzelne Passagen hat der Autor seinen bereits andernorts
erschienenen Büchern entnommen, dem autobiografischen Roman
»Mosaik« (Avinus-Verlag, 2004) und dem Erzählungsband
»Geschichten aus dem Bett« (Eulenspiegel, 2000).

ISBN: 978-3-550-08056-2

© 2015 by Ullstein Buchverlage GmbH, Berlin
Alle Rechte vorbehalten
Gesetzt aus der Dante MT
Satz: Pinkuin Satz und Datentechnik, Berlin
Druck und Bindearbeiten: GGP Media GmbH, Pößneck
Printed in Germany